"大学高等数学类规划教材"题词

高等数学诸分支知识及技巧,

是通往现代科技诸领域的

钥匙和通用语言.

徐利治

2009年8月于大连

大学高等数学类规划教材

丛书主编　王立冬

经管类

微积分 （下册）

CALCULUS

主　编　王立冬　周文书

副主编　齐淑华　王金芝

主　审　刘　满

大连理工大学出版社

DALIAN UNIVERSITY OF TECHNOLOGY PRESS

图书在版编目(CIP)数据

微积分. 下册 / 王立冬，周文书主编. — 大连 ：
大连理工大学出版社，2012.2
　　ISBN 978-7-5611-6748-9

　　Ⅰ. ①微… Ⅱ. ①王… ②周… Ⅲ. ①微积分—高等
学校—教材 Ⅳ. ①O172

中国版本图书馆 CIP 数据核字(2012)第 019747 号

大连理工大学出版社出版
地址：大连市软件园路 80 号　邮政编码：116023
电话：0411-84708842　邮购：0411-84703636　传真：0411-84701466
E-mail：dutp@dutp.cn　URL：http://www.dutp.cn
大连美跃彩色印刷有限公司印刷　　大连理工大学出版社发行

幅面尺寸：170mm×240mm　　印张：12.75　　字数：236 千字
2012 年 2 月第 1 版　　　　2012 年 2 月第 1 次印刷

责任编辑：王　伟　　　　　　　　　责任校对：锦　墨
封面设计：齐冰洁

ISBN 978-7-5611-6748-9　　　　　　　定　价：32.00 元

序

21世纪已出现了高等教育向大众化教育转化的趋势.我国高等教育也开始呈现出了多层次与多样性的特点.这些特点正是反映了现代科技与文化教育发展形势的客观要求.

上述发展形势的启示下,具有多科性的大连民族学院的数学教师们,近年来一直致力于数学教材的建设,已相继编写出高等数学、线性代数、概率论与数理统计三门基础课讲义,这三门课曾分别被评选为省级精品课与校级精品课.

在上述讲义的基础上,进行改进和修订后产生的这套"大学高等数学类规划教材"丛书,可以作为普通高校理工科与经济及管理学科各专业的通用教材或教学参考书.

这套教材并不以"英才教育"为特殊目标,其根本旨趣是要力求反映高校大众化数学教育的基本要求,并希望教材中能渗透人文素质教育的精神.因此简要说来,这套教材希冀和呈现的主要特点,约有下列三点.

一、尽可能从实践经验与直观背景出发,提出数学问题,以便于学生了解数学知识的源流与背景.

二、教材内容的安排与表述方式上,力求深入浅出、易教易学、简明实用.注重讲清基本概念,适度淡化理论证明,并适当反映数学所蕴含的素质教育与美育教育.

三、例习题的选取与安排力求体现理论联系实践的原则,多数例题选自实践、应用与生活.

凡是具有生命力的教材,总是处于不断适应客观要求和不断更新改进的过程中,这套教材丛书自然也不例外.我为本书作序,诚挚希望本教程使用者与读者的任何指正或改进建议,将能直接函告丛书主编或教材编著者为幸.

徐利治

2009 年 8 月于大连

前　言

　　微积分是高等院校为非数学专业本科生开设的一门重要基础课程。根据不同专业的需要,该课程的内容和深度有所不同。从内容和深度上看,理工类专业要求较高,其次是经管类专业,然后是其他文科类专业,但数学教育本质上是一种素质教育,学习数学的目的,不仅在于学到一些数学概念、公式和结论,更重要的是了解数学的思想方法和精神实质。在这些方面,理工类、经管类和其他文科类专业学生的要求应该是一样的。

　　本书是依据高等学校本科微积分课程教学基本要求专为经管类本科生编写的,在编写过程中我们努力体现下述特色:

　　(1)遵循经管类专业教育的教学规律,考虑经管类教育的特色,强调了"必需"、"够用",加强学生素质的培养。

　　(2)贯彻"掌握概念,强化应用"的教学原则。掌握概念落实到使学生能用数学思想考虑问题;强化应用落实到使学生能用所学的数学方法解决实际问题。

　　(3)在教学内容上注意对学生抽象概括能力、逻辑推理能力、将复杂问题归纳为简单规律和步骤的能力的培养。

（4）力求将数学思维方法与数学学习相结合，使学生能够认识、理解和运用数学思想方法，提高数学学习效果，增强思维品质。

（5）例题典型多样，难度上层次分明，注意解题方法的总结。

（6）为了配合双语教学，给出了一些重要词汇的英文翻译。

参加本书编写工作的有张友、王书臣、付军、冯丽、夏元琦、楚振艳、董莹、刘恒、刘延涛、刘强、丁淑妍、刘力军、牛大田、李阳、周晓阳、葛仁东、孟佳娜、孙雪莲等。

由于编者水平有限，书中的错误在所难免，敬请读者批评指正。

编　者

2012 年 1 月

目 录

第 6 章　空间解析几何与向量代数
Analytic Geometry in Space and Vectors

17 世纪上半叶,法国数学家笛卡尔和费马创立了解析几何.解析几何的基本思想是用代数的方法研究几何问题,我们在中学所学的平面解析几何中对此已有所领悟.为了进一步学习多元微积分,本章先介绍空间直角坐标系,并引进向量的概念和运算,然后,在此基础上以向量为工具讨论空间中的平面、直线、曲面、曲线以及一类较特殊的曲面——二次曲面.

6.1　空间直角坐标系及空间中两点间的距离

6.1.1　空间直角坐标系

在平面解析几何中,建立平面直角坐标系,使平面上的点与二元有序数组 (x,y) 一一对应起来了.类似地,可以建立空间直角坐标系,使空间中的点与三元有序数组 (x,y,z) 建立一一对应关系,这样,就可以用代数的方法研究几何问题了.

过空间一定点 O,作三条相互垂直的数轴,依次称为 x 轴(横轴)、y 轴(纵轴)、z 轴(竖轴),并统称为坐标轴.各轴正向之间的顺序通常按下述法则确定:以右手握住 z 轴,当右手 4 个手指从 x 轴正向以 $\frac{\pi}{2}$ 的角度转向 y 轴正向时,大拇指的指向就是 z 轴正向,这一法则称为**右手法则**(图 6-1).与之相反的还有左手法则,一般习惯上都选用右手法则.这样就建立了**空间直角坐标系**.按右手法则建立的坐标系称为右手系,O 称为坐标原点,3 条坐标轴中的每两条坐标轴所确定的平面称为坐标平面,依次为 xOy 坐标平面、yOz 坐标平面、zOx 坐标平面.3 个坐标平面把空间分成 8 个部分,每个部分称为一个卦限(图 6-2),共 8 个卦限.其中,$x>0,y>0$,$z>0$ 部分为第 Ⅰ 卦限,第 Ⅰ、Ⅱ、Ⅲ、Ⅳ 卦限在 xOy 平面的上方并按逆时针方向来确定;$x>0,y>0,z<0$ 部分为第 Ⅴ 卦限,第 Ⅴ、Ⅵ、Ⅶ、Ⅷ 卦限在 xOy 平面的下方,仍然按逆时针方向来确定.

图 6-1　　　　　　　　　　　　图 6-2

设 M 为空间中的任意一点,过点 M 分别作垂直于三条坐标轴的平面,与三条坐标轴分别相交于 P、Q、R 三点,这三个点在 x 轴、y 轴、z 轴上的坐标分别为 x、y、z.这样点 M 就唯一确定了一个三元有序数组 (x,y,z).反之,若给定了一个三元有序数组 (x,y,z),就可以分别在 x 轴、y 轴、z 轴上找到坐标为 x、y、z 的三个点 P、Q、R,过三个点分别作垂直于 x 轴、y 轴、z 轴的平面,这三个平面就确定了唯一的交点 M.至此,空间中的点 M 与三元有序数组 (x,y,z) 就建立了一一对应关系(图 6-3).有序数组 (x,y,z) 称为点 M

图 6-3

的坐标,记为 $M(x,y,z)$,并依次称 x、y、z 为点 M 的横坐标、纵坐标和竖坐标.

坐标原点 O 的坐标为 $(0,0,0)$.x 轴上的点的纵坐标和竖坐标均为 0,因而可表示为 $(x,0,0)$.y 轴上的点的坐标为 $(0,y,0)$,z 轴上的点的坐标为 $(0,0,z)$.xOy 平面上的点的坐标可表示为 $(x,y,0)$;yOz 平面上的点的坐标可表示为 $(0,y,z)$;zOx 平面上的点的坐标可表示为 $(x,0,z)$.

设点 $M(x,y,z)$ 为空间直角坐标系中的一点,则点 M 关于 xOy 坐标平面的对称点为 $M_1(x,y,-z)$,关于 z 轴的对称点为 $M_2(-x,-y,z)$,关于原点的对称点为 $M_3(-x,-y,-z)$.

6.1.2 空间中两点间的距离公式

设空间直角坐标系中有两点 $M_1(x_1,y_1,z_1)$，$M_2(x_2,y_2,z_2)$，下面来求它们之间的距离 $|M_1M_2|$.

过这两个点各作三个分别垂直于坐标轴的平面，这 6 个平面围成一个以 M_1M_2 为对角线的长方体(图 6-4). 因为

$$
\begin{aligned}
|M_1M_2|^2 &= |M_1Q|^2 + |QM_2|^2 \\
&= |M_1P|^2 + |PQ|^2 + |QM_2|^2 \\
&= |M_1'P'|^2 + |P'M_2'|^2 + |QM_2|^2 \\
&= (x_2-x_1)^2 + (y_2-y_1)^2 + (z_2-z_1)^2
\end{aligned}
$$

图 6-4

所以

$$|M_1M_2| = \sqrt{(x_2-x_1)^2 + (y_2-y_1)^2 + (z_2-z_1)^2} \tag{6-1-1}$$

特别地，点 $M(x,y,z)$ 与原点 $O(0,0,0)$ 的距离为

$$|OM| = \sqrt{x^2+y^2+z^2} \tag{6-1-2}$$

【例 1】 在 x 轴上求一点，使它到点 $M(0,1,3)$ 的距离是到点 $N(0,-1,1)$ 的距离的 2 倍.

解 设所求点为 P，因其在 x 轴上，故设其坐标为 $(x,0,0)$，则

$$|PM| = \sqrt{(x-0)^2 + (0-1)^2 + (0-3)^2} = \sqrt{x^2+10}$$

$$|PN| = \sqrt{(x-0)^2 + (0+1)^2 + (0-1)^2} = \sqrt{x^2+2}$$

因为

$$|PM| = 2|PN|$$

所以

$$\sqrt{x^2+10} = 2\sqrt{x^2+2}$$

解得 $x = \pm\dfrac{\sqrt{6}}{3}$，故所求点为 $\left(\dfrac{\sqrt{6}}{3},0,0\right)$，$\left(-\dfrac{\sqrt{6}}{3},0,0\right)$.

习题 6-1

1. 在空间直角坐标系中,指出下列各点各在哪个卦限?

$A(3,-1,5)$;$B(0,0,-1)$;$C\left(-\dfrac{1}{2},-1,5\right)$;$D(-4,-3,-2)$.

2. 指出下列各点在空间直角坐标系中的位置.

$A(1,1,0)$; $B(0,0,-1)$; $C(0,1,3)$; $D(0,-3,0)$.

3. 求点 $(-1,1,3)$ 关于 x 轴、y 轴、z 轴、xOy 平面、yOz 平面、zOx 平面以及原点 $(0,0,0)$ 的对称点.

4. 求点 $M(1,-1,2)$ 到各坐标轴的距离.

5. 在 z 轴上求一点,使其到点 $M(-4,1,7)$ 的距离与到点 $N(3,5,-2)$ 的距离相等.

6. 证明以 $A(4,3,1)$、$B(7,1,2)$、$C(5,2,3)$ 三点为顶点的三角形是等腰三角形.

6.2   向量及其运算

6.2.1   向量的概念

我们接触的量一般可分为两类:一类诸如距离、质量、体积、温度、长度等,它们只有大小而没有方向,称为数量(标量);另一类如位移、力、速度、电场强度等既有大小又有方向,称为**向量**(Vector).

空间中的向量通常用标有方向的线段来表示,这种线段称为有向线段.在选定长度单位后,这条有向线段的长度表示向量的大小,方向表示向量的方向.如图 6-5 所示,以 A 为起点,B 为终点的向量记为 $\boldsymbol{AB}$,为简便起见,常用小写的粗体字母来表示,如 $\boldsymbol{a}$(也记为 $\vec{a}$)可表示 $\boldsymbol{AB}$.

向量的大小称为向量的**模**(Norm),记为 $|\boldsymbol{AB}|$ 或 $|\boldsymbol{a}|$,模等

图 6-5

于 1 的向量称为**单位向量**(Unit Vector). 模等于 0 的向量称为**零向量**(Zero Vector),记为 **0**. 零向量没有规定方向,可以看做是任意方向的.

两个向量 a、b,如果它们的方向相同且模相等,则称这两个向量相等,记为 $a=b$. 由此定义,不论 a、b 起点是否一致,只要大小相等,方向相同,即为相等的向量,也就是说,一个向量和它经过平行移动(方向不变,起点和终点位置改变)所得的向量都是相等的.

记两个向量 a 与 b 之间的夹角 θ 为 $(\widehat{a,b})$,规定 $0 \leqslant \theta \leqslant \pi$. 当 a 与 b 同向时,$\theta=0$;当 a 与 b 反向时,$\theta=\pi$;当 a、b 均为非零向量时,其意义就是将 a 与 b 平行移动,使其起点重合后两个向量之间的夹角(图 6-6).

如果两个非零向量 a 与 b 的方向相同或相反,则称这两个向量平行,记为 $a // b$. 因为零向量的方向是任意的,所以可以认为零向量平行于任何向量.

图 6-6

若将两个平行向量的起点放在同一点,那么它们的终点和公共起点在同一条直线上,所以,两个向量平行也称为两个向量共线.

6.2.2 向量的线性运算

1. 向量的加法

定义 1 设有两个非零向量 a 与 b,且 a、b 不平行,则以 a 和 b 为邻边,且以 a、b 的共同起点为起点的平行四边形的对角线所表示的向量称为 a 与 b 的和(图 6-7),记为 $a+b$. 这种作出两个向量之和的方法称为向量相加的**平行四边形法则**.

图 6-7

若向量 a 与 b 平行,则规定 $a+b$:当 a 与 b 方向相同时,$a+b$ 的方向与 a 和 b 方向相同,$a+b$ 的长度等于两个向量的长度之和;当 a 与 b 方向相反时,$a+b$ 的方向与 a、b 中较长的向量方向相同,$a+b$ 的长度等于两个向量的长度之差.

从图 6-7 中可以得到向量加法的**三角形法则**:

定义 2 设有向量 a 与 b,任取一点 A,作 $AB=a$,再以 B 为起点,作 $BC=b$,连结 AC(图 6-8),则向量 $AC=c$ 称为向量 a 与 b 的和.

向量的加法满足交换律和结合律：

(1)$a+b=b+a$；

(2)$(a+b)+c=a+(b+c)$.

对于(1)，从图 6-7 中可以看出

$$a+b=AB+BC=AD+DC=b+a$$

对于(2)，如图 6-9 所示，先作出 $a+b$，再将其与 c 相加，得和 $(a+b)+c$. 如将 a 与 $b+c$ 相加，则得同一结果，可见(2)成立.

图 6-8   图 6-9

设有向量 a，称与 a 的模相等而方向相反的向量为 a 的负向量，记为 $-a$. 两个向量 b 与 a 的差定义为

$$b-a=b+(-a)$$

可见，向量 b 与 a 的差就是向量 b 与 $-a$ 的和(图 6-10)，特别地，当 $b=a$ 时，$a-a=a+(-a)=0$.

若将向量 a 与 b 移到同一起点 O，显然，从 a 的终点 A 向 b 的终点 B 所作的向量 AB 即是向量 b 与 a 的差 $b-a$(图 6-11).

图 6-10   图 6-11

2. 向量的数乘

定义 3　设 a 是一个向量，λ 是一个实数，规定数 λ 与 a 的乘积是一个向量，记为 λa. 该向量的大小、方向按如下方法确定：

(1)$|\lambda a|=|\lambda||a|$；

(2)当 $\lambda>0$ 时，λa 的方向与 a 的方向相同；当 $\lambda<0$ 时，λa 的方向与 a 的方向相反；当 $\lambda=0$ 时，$\lambda a=0$.

当 $\lambda > 0$ 时,λa 的大小是 a 的大小的 λ 倍,方向不变;当 $\lambda < 0$ 时,λa 的大小是 a 的大小的 $|\lambda|$ 倍,方向相反(图 6-12).

图 6-12

向量的数乘满足结合律与分配律(λ,μ 为实数):

(1) $\lambda(\mu a) = \mu(\lambda a) = (\lambda\mu)a$;

(2) $(\lambda + \mu)a = \lambda a + \mu a$;

(3) $\lambda(a + b) = \lambda a + \lambda b$.

以上运算规律均可从数乘的定义给出证明,请读者自己完成.我们仅以(3)为例,给出一个几何解释($\lambda > 0$),如图 6-13 所示.

向量的加法运算和数乘运算统称为向量的线性运算.

通常把与 a 同方向的单位向量称为 a 的单位向量,记为 a^0,显然,$a = |a|a^0$,

$a^0 = \dfrac{a}{|a|}$(图 6-14).

图 6-13   图 6-14

由数乘向量的定义易得下面的定理:

定理 1　设向量 $a \neq 0$,那么向量 b 平行 a 的充分必要条件是:存在实数 λ,使得 $b = \lambda a$.

定理 1 为数轴的建立提供了理论基础.我们知道数轴是确定了原点、单位长度和正方向的一条直线.由于单位向量已经确定了方向,同时又确定了单位长度,所以,只需给定一个点就行了,也就是说,给定一个单位向量和一个点即可确定一条数轴.

设点 O 和单位向量确定了一条数轴,如图 6-15 所示,对于数轴上任意一点 P,对应一个向量 OP,因为 $OP \parallel i$(单位向量),由定理 1 知,必存在唯一的实数 x,使得 $OP = xi$.这样向量 OP 就与实数 x 一一对应了.以后也称 x 为有向线段 OP 的值,并将其定义为点 P 的坐标.这样就完成了数轴上的点与实数的一一对应.

图 6-15

【例 1】 已知菱形 $ABCD$ 的对角线向量 $AC = a$,$BD = b$,试用向量 a、b 表示 AB、BC、CD、DA.

解 如图 6-16 所示,由向量的平行四边形法则,有

$$AB = AO + OB = \frac{1}{2}a - \frac{1}{2}b = \frac{1}{2}(a - b)$$

$$CD = -AB = \frac{1}{2}(b - a)$$

同理

$$BC = \frac{1}{2}(a + b), \quad DA = -\frac{1}{2}(b + a)$$

图 6-16

6.2.3 向量的分解与坐标表示

为了将向量的几何运算转化为代数运算,我们将向量按三个坐标轴方向进行分解,并用坐标表示向量.

任给空间一向量 a,将其平行移动,使其起点与坐标原点重合,终点记为 $P(x, y, z)$.过点 P 作三条坐标轴的垂直平面,与 x 轴、y 轴、z 轴的交点分别为 A、B、C(图 6-17).于是有

$$a = OP = OA + AE + EP = OA + OB + OC$$

图 6-17

OA、OB、OC 分别称为向量 OP 在 x 轴、y 轴、z 轴上的分量.

以 i、j、k 分别表示与 x 轴、y 轴、z 轴正向一致的单位向量,并称为**基本单位向量**,于是

$$OA = xi, \quad OB = yj, \quad OC = zk$$

因而

$$a = OP = xi + yj + zk$$

上式称为向量 OP 的坐标分解式. x、y、z 称为 OP 的坐标,记为 $a = OP = (x, y, z)$.

显然,给定向量 a,就确定了点 P 以及 OA、OB、OC 三个分量,进而确定了三个有序数 x、y、z. 反过来,给定三个有序数 x、y、z,也可确定向量 a 与点 P. 可见,向量 a、点 P 与三个有序数 x、y、z 之间存在一一对应关系.

i, j, k 的坐标表示分别为 $(1,0,0)$、$(0,1,0)$、$(0,0,1)$. 有了向量的坐标表示,可将空间任一起点为 $A(x_1, y_1, z_1)$,终点为 $B(x_2, y_2, z_2)$ 的向量 AB 用坐标表示(图 6-18).

$$AB = OB - OA$$
$$= (x_2 i + y_2 j + z_2 k) - (x_1 i + y_1 j + z_1 k)$$
$$= (x_2 - x_1) i + (y_2 - y_1) j + (z_2 - z_1) k$$

故 $AB = (x_2 - x_1, y_2 - y_1, z_2 - z_1)$,这说明向量 AB 的坐标等于终点坐标与起点坐标之差. 有了向量的坐标表示就可以把向量的几何运算转化为代数运算.

图 6-18

设 $a = x_1 i + y_1 j + z_1 k, b = x_2 i + y_2 j + z_2 k$,即 $a = (x_1, y_1, z_1), b = (x_2, y_2, z_2)$,则

$$a \pm b = (x_1 \pm x_2) i + (y_1 \pm y_2) j + (z_1 \pm z_2) k$$
$$= (x_1 \pm x_2, y_1 \pm y_2, z_1 \pm z_2)$$
$$\lambda a = (\lambda x_1) i + (\lambda y_1) j + (\lambda z_1) k$$
$$= (\lambda x_1, \lambda y_1, \lambda z_1)$$

【例 2】 设 $a = -i + 2j + 3k, b = 2i - 3j + k, c = 2i - 5j - 2k$,求 $d = 2a - b + 3c$,并求 d 的各个分量及其在 y 轴上的坐标.

解
$$d = 2a - b + 3c$$
$$= 2(-i + 2j + 3k) - (2i - 3j + k) + 3(2i - 5j - 2k)$$
$$= 2i - 8j - k$$

d 在 x 轴、y 轴、z 轴上的分量分别为 $2i$、$-8j$、$-k$,d 在 y 轴上的坐标为 -8.

【例 3】 在 $\triangle ABC$ 中,D 是 BC 上一点,若 $AD = \dfrac{1}{2}(AB + AC)$,求证 D 是 BC

的中点.

证明 如图 6-19 所示,因为

$$AD=\frac{1}{2}(AB+AC)$$

所以

$$2\,AD=AB+AC$$

$$AD-AC=AB-AD$$

故

$$CD=DB$$

因点 D 在 BC 上,所以 $|\textbf{CD}|=|\textbf{DB}|$,即 $BD=CD$,D 是 BC 的中点.

图 6-19

6.2.4 向量的模和方向余弦

与平面解析几何里用倾角表示直线对坐标轴的倾斜程度相类似,我们可以用向量 $a=(x,y,z)$ 与三条坐标轴正向的夹角 α、β、γ 来表示向量 a 的方向.

如图 6-20 所示,作 $OM=a$,根据两点间的距离公式可得向量 a 的模

$$|a|=|OM|=\sqrt{x^2+y^2+z^2}$$

图 6-20

规定 $0\leqslant\alpha\leqslant\pi$、$0\leqslant\beta\leqslant\pi$、$0\leqslant\gamma\leqslant\pi$,称 α、β、γ 为向量 a 的**方向角**,$\cos\alpha$、$\cos\beta$、$\cos\gamma$ 为向量 a 的**方向余弦**.

在 $\triangle OPM$、$\triangle OQM$、$\triangle OMR$ 中,有

$$\cos\alpha=\frac{x}{|a|}=\frac{x}{\sqrt{x^2+y^2+z^2}}$$

$$\cos\beta=\frac{y}{|a|}=\frac{y}{\sqrt{x^2+y^2+z^2}}$$

$$\cos\gamma=\frac{z}{|a|}=\frac{z}{\sqrt{x^2+y^2+z^2}}$$

以上三式平方后相加,便可得到

$$\cos^2\alpha+\cos^2\beta+\cos^2\gamma=1$$

即任一向量的方向余弦的平方和等于 1,同时也说明一个非零向量 a 的方向余弦

$(\cos\alpha,\cos\beta,\cos\gamma)$ 是与 a 同方向的单位向量.

【**例 4**】 设两点 $A(2,2,\sqrt{2})$ 和 $B(1,3,0)$,求向量 AB 的方向余弦、方向角,以及与向量 AB 平行的单位向量 e.

解 $$AB = (1-2,3-2,0-\sqrt{2}) = (-1,1,-\sqrt{2})$$
$$|AB| = \sqrt{(-1)^2 + 1^2 + (-\sqrt{2})^2} = 2$$

向量 AB 的方向余弦分别为

$$\cos\alpha = \frac{-1}{2} = -\frac{1}{2}, \quad \cos\beta = \frac{1}{2}, \quad \cos\gamma = \frac{-\sqrt{2}}{2} = -\frac{\sqrt{2}}{2}$$

方向角分别为 $\alpha = \dfrac{2\pi}{3}$, $\beta = \dfrac{\pi}{3}$, $\gamma = \dfrac{3\pi}{4}$.

与向量 AB 平行的单位向量为

$$e = \pm\frac{AB}{|AB|} = \pm\frac{1}{2}(-1,1,-\sqrt{2})$$

习 题 **6-2**

1. 已知平行四边形 $ABCD$ 的对角线向量 $AC = a$,$BD = b$,试用向量 a、b 表示 AB、BC、CD、DA.

2. 试用向量证明:如果平面上一个四边形的对角线互相平分,则该四边形是平行四边形.

3. 求平行于 $a = (-1,2,-3)$ 的单位向量.

4. 已知向量 $a = i - 2j + 3k$ 的起点为 $(1,3,-2)$,求向量 a 的终点的坐标.

5. 已知两点 $M_1(2,\sqrt{2},1)$ 和 $M_2(1,0,2)$,求向量 M_1M_2 的模、方向余弦、方向角,以及与 M_1M_2 方向相反的单位向量.

6.3 向量的数量积与向量积

6.3.1 向量的数量积

由中学物理知识可知,若质点在常力 F 作用下,沿直线从点 A 移动到点 B,其

位移为 **AB**,那么常力 **F** 所做的功为

$$W = |F||AB|\cos\theta$$

其中,θ 为常力 **F** 的方向与位移方向之间的夹角(图 6-21).

图 6-21

与之相类似的问题在工程技术中很常见,它们都涉及两个向量的模及夹角余弦的乘积运算,于是,可抽象出向量的数量积的概念.

定义 1 设 **a**、**b** 为两个向量,它们的夹角为 θ,则称 $|a||b|\cos\theta$ 为向量 **a** 与 **b** 的**数量积**(Scalar Product),或称**内积**(Inner Product),或称**点积**(Dot Product),记为 **a · b**,即

$$a \cdot b = |a||b|\cos\theta$$

$\cos\theta$ 也可记为 $\cos(\hat{a,b})$.

由定义 1 可知,上述常力 **F** 所做的功 W 就是 **F** 与位移 **AB** 的数量积,即 $W = F \cdot AB$.

数量积满足以下运算性质:

(1)$a \cdot b = b \cdot a$;

(2)$(a+b) \cdot c = a \cdot c + b \cdot c$;

(3)$(\lambda a) \cdot b = a \cdot (\lambda b) = \lambda(a \cdot b)$.

由数量积的定义,容易得出下面的结论:

(1)$a \cdot a = |a|^2$;

(2)两个非零向量 **a** 与 **b** 互相垂直的充要条件是 $a \cdot b = 0$.

我们对(2)给予证明.

证明 若 $a \cdot b = 0$,由 $|a| \neq 0$,$|b| \neq 0$,则有 $\cos\theta = 0$,从而 $\theta = \dfrac{\pi}{2}$,故 $a \perp b$.

反之,若 $a \perp b$,则有 $\theta = \dfrac{\pi}{2}$,从而 $\cos\theta = 0$,于是

$$a \cdot b = |a||b|\cos\theta = 0$$

下面我们来推导数量积的坐标表达式.

设 $a = a_x i + a_y j + a_z k$,$b = b_x i + b_y j + b_z k$,则

$$a \cdot b = (a_x i + a_y j + a_z k) \cdot (b_x i + b_y j + b_z k)$$

$$= a_x b_x i \cdot i + a_x b_y i \cdot j + a_x b_z i \cdot k +$$

$$a_y b_x \boldsymbol{j} \cdot \boldsymbol{i} + a_y b_y \boldsymbol{j} \cdot \boldsymbol{j} + a_y b_z \boldsymbol{j} \cdot \boldsymbol{k} +$$

$$a_z b_x \boldsymbol{k} \cdot \boldsymbol{i} + a_z b_y \boldsymbol{k} \cdot \boldsymbol{j} + a_z b_z \boldsymbol{k} \cdot \boldsymbol{k}$$

因为 $\boldsymbol{i}$、$\boldsymbol{j}$、$\boldsymbol{k}$ 是两两垂直的单位向量,所以有

$$\boldsymbol{i} \cdot \boldsymbol{j} = \boldsymbol{j} \cdot \boldsymbol{k} = \boldsymbol{k} \cdot \boldsymbol{i} = \boldsymbol{j} \cdot \boldsymbol{i} = \boldsymbol{k} \cdot \boldsymbol{j} = \boldsymbol{i} \cdot \boldsymbol{k} = 0$$

$$\boldsymbol{i} \cdot \boldsymbol{i} = \boldsymbol{j} \cdot \boldsymbol{j} = \boldsymbol{k} \cdot \boldsymbol{k} = 1$$

因此

$$\boldsymbol{a} \cdot \boldsymbol{b} = a_x b_x + a_y b_y + a_z b_z$$

即两个向量的数量积等于它们同名坐标的乘积之和.

由于 $\boldsymbol{a} \cdot \boldsymbol{b} = |\boldsymbol{a}||\boldsymbol{b}|\cos(\hat{\boldsymbol{a},\boldsymbol{b}})$,当 $\boldsymbol{a}$,$\boldsymbol{b}$ 都是非零向量时,有

$$\cos(\hat{\boldsymbol{a},\boldsymbol{b}}) = \frac{\boldsymbol{a} \cdot \boldsymbol{b}}{|\boldsymbol{a}||\boldsymbol{b}|} = \frac{a_x b_x + a_y b_y + a_z b_z}{\sqrt{a_x^2 + a_y^2 + a_z^2}\ \sqrt{b_x^2 + b_y^2 + b_z^2}}$$

这就是两个向量夹角余弦的坐标表示式. 由此,进一步可得两个非零向量互相垂直的充要条件为

$$a_x b_x + a_y b_y + a_z b_z = 0$$

6.3.2　向量在轴上的投影

设有一轴 u,它由单位向量 $\boldsymbol{e}$ 及定点 O 确定(图 6-22),则对任给的向量 $\boldsymbol{a}$,作 $\boldsymbol{OP} = \boldsymbol{a}$,并由点 P 作与 u 轴垂直的平面交 u 轴于点 P',则点 P' 称为点 P 在 u 轴上的投影,向量 $\boldsymbol{OP'}$ 称为向量 $\boldsymbol{a}$ 在 u 轴上的分向量. 设 $\boldsymbol{OP'} = \lambda \boldsymbol{e}$,则数 λ 称为向量 $\boldsymbol{a}$ 在 u 轴上的**投影**(Projection),记为 $\mathrm{Prj}_u \boldsymbol{a}$ 或 a_u.

设向量 $\boldsymbol{a}$ 在直角坐标系 $Oxyz$ 中的坐标为 a_x、a_y、a_z,即 $\boldsymbol{a} = (a_x, a_y, a_z) = a_x \boldsymbol{i} + a_y \boldsymbol{j} + a_z \boldsymbol{k}$,由投影定义可知

$$a_x = \mathrm{Prj}_x \boldsymbol{a}, \qquad a_y = \mathrm{Prj}_y \boldsymbol{a}, \qquad a_z = \mathrm{Prj}_z \boldsymbol{a}$$

关于向量在轴上的投影有下面两个定理:

图 6-22

定理 1　向量 $\boldsymbol{a}$ 在 u 轴上的投影等于向量 $\boldsymbol{a}$ 的模乘以 u 轴与向量 $\boldsymbol{a}$ 的夹角的余弦,即

$$\mathrm{Prj}_u \boldsymbol{a} = |\boldsymbol{a}|\cos\theta \quad (\theta\ 为向量\ \boldsymbol{a}\ 与\ u\ 轴的夹角)$$

定理 2　两个向量的和在某轴上的投影等于这两个向量在该轴上投影的和,即

$$\text{Prj}_u(a+b)=\text{Prj}_u a+\text{Prj}_u b$$

显然,定理 2 可推广到有限个向量的情形.以上两个定理的证明略.

【例 1】 已知 $a=(1,2,-3)$,$b=(2,-3,1)$,求:

(1)$a \cdot b$;　　(2)a 与 b 的夹角 θ;　　(3)a 在 b 上的投影.

解 (1) 　　　　$a \cdot b=1\times 2+2\times(-3)+(-3)\times 1=-7$

(2) 　　$\cos\theta=\dfrac{a_x b_x+a_y b_y+a_z b_z}{\sqrt{a_x^2+a_y^2+a_z^2}\sqrt{b_x^2+b_y^2+b_z^2}}=\dfrac{-7}{\sqrt{14}\times\sqrt{14}}=-\dfrac{1}{2}$

因此 $\theta=\dfrac{2\pi}{3}$;

(3) 因为 $a \cdot b=|b|\,\text{Prj}_b a$,所以 $\text{Prj}_b a=\dfrac{a \cdot b}{|b|}=\dfrac{-7}{\sqrt{14}}=-\dfrac{\sqrt{14}}{2}$.

【例 2】 用向量方法证明三角形的余弦定理.

证明 如图 6-23 所示,设 $\angle BCA=\theta$,$|CB|=a$,
$|CA|=b$,$|AB|=c$,由三角形法则可知

$$AB=CB-CA$$

所以

图 6-23

$$
\begin{aligned}
|AB|^2 &=AB \cdot AB\\
&=(CB-CA)\cdot(CB-CA)\\
&=CB \cdot CB+CA \cdot CA-2CB \cdot CA\\
&=|CB|^2+|CA|^2-2|CB||CA|\cos\theta
\end{aligned}
$$

由 $|AB|=c$,$|CB|=a$,$|CA|=b$,得

$$c^2=a^2+b^2-2ab\cos\theta$$

其他两个等式同理可以得到.

【例 3】 在 xOy 平面上求一单位向量与 $r=(-2,1,3)$ 垂直.

解 设所求向量为 $e=(m,n,p)$,因为 e 在 xOy 平面上,所以 $p=0$.

因为 $e=(m,n,0)$ 与 $(-2,1,3)$ 垂直,且是单位向量,故有

$$-2m+n=0,\quad m^2+n^2=1$$

由此可得 $m=\pm\dfrac{\sqrt{5}}{5}$,$n=\pm\dfrac{2\sqrt{5}}{5}$,因此,所求向量为 $\left(\pm\dfrac{\sqrt{5}}{5},\pm\dfrac{2\sqrt{5}}{5},0\right)$.

6.3.3 向量的向量积

在上节,我们已经知道,两个向量的数量积是一个数.本节我们介绍的两个向量的**向量积**(Vector Product)仍是一个向量,它按如下方式定义:

定义 2 若由向量 a 与 b 所确定的一个向量 c 满足下列条件:

(1)c 的方向既垂直于 a 又垂直于 b(即垂直于 a 与 b 确定的平面),c 的正方向按右手法则从 a 转向 b 来确定(图 6-24);

(2)$|c| = |a||b|\sin(\hat{a,b})$.

则称向量 c 为向量 a 与 b 的向量积(或称外积、叉积),记为 $c = a \times b$.

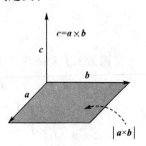

图 6-24

由向量积的定义可知,$|c| = |a \times b|$,即 a 与 b 的向量积的模等于以 a、b 为邻边的平行四边形的面积.

按定义 2 可推出以下结果:

(1) $a \times a = 0$;

(2)设 a、b 为两个非零向量,则 $a // b$ 的充要条件是 $a \times b = 0$.

事实上,若 $a \times b = 0$,则 $|a \times b| = |a||b|\sin(\hat{a,b}) = 0$. 由于 a、b 为非零向量,所以 $\sin(\hat{a,b}) = 0$,即 a 与 b 的夹角为 0 或 π,也即 a 与 b 平行.反之,若 $a // b$,则 a 与 b 的夹角为 0 或 π,故 $\sin(\hat{a,b}) = 0$,依定义有 $a \times b = 0$.

综上,若向量 a 与 b 为非零向量,则 $a // b \Leftrightarrow a \times b = 0$.

向量积满足下列运算规律:

(1) $a \times b = -b \times a$;

(2) $(a + b) \times c = a \times c + b \times c$(分配律);

(3) $\lambda(a \times b) = (\lambda a) \times b = a \times (\lambda b)$($\lambda$ 为实数)(结合律).

对于(1),因为按右手法则,从 b 转向 a 所确定的方向恰好与按右手法则从 a 转向 b 所确定的方向相反,所以成立.用同样方法还可推出 $(-a) \times b = -(a \times b)$,这一公式表明向量积不满足交换律.

(2)、(3)的证明略.

下面推导向量积的坐标表达式.

设 $a = a_x i + a_y j + a_z k, b = b_x i + b_y j + b_z k$，则

$$a \times b = (a_x i + a_y j + a_z k) \times (b_x i + b_y j + b_z k)$$
$$= a_x b_x i \times i + a_x b_y i \times j + a_x b_z i \times k +$$
$$a_y b_x j \times i + a_y b_y j \times j + a_y b_z j \times k +$$
$$a_z b_x k \times i + a_z b_y k \times j + a_z b_z k \times k$$

因为 i、j、k 是两两垂直的单位向量(图 6-25)，故

$$i \times i = j \times j = k \times k = 0$$
$$i \times j = k, \quad j \times k = i, \quad k \times i = j$$
$$j \times i = -k, \quad k \times j = -i, \quad i \times k = -j$$

图 6-25

所以，$a \times b = (a_y b_z - a_z b_y)i + (a_z b_x - a_x b_z)j + (a_x b_y - a_y b_x)k$.

为了便于记忆，可将上式写成

$$a \times b = \begin{vmatrix} a_y & a_z \\ b_y & b_z \end{vmatrix} i + \begin{vmatrix} a_z & a_x \\ b_z & b_x \end{vmatrix} j + \begin{vmatrix} a_x & a_y \\ b_x & b_y \end{vmatrix} k = \begin{vmatrix} i & j & k \\ a_x & a_y & a_z \\ b_x & b_y & b_z \end{vmatrix}$$

因为两个向量 a、b 平行的充要条件为 $a \times b = 0$，所以，由此可以得到 a、b 平行的充要条件为

$$a_y b_z - a_z b_y = 0, \quad a_z b_x - a_x b_z = 0, \quad a_x b_y - a_y b_x = 0$$

或

$$\frac{a_x}{b_x} = \frac{a_y}{b_y} = \frac{a_z}{b_z}$$

其中 b_x, b_y, b_z 不能同时为零. 若 b_x, b_y, b_z 中有为零的数时，约定相应的分子也为零，如等式 $\frac{a_x}{0} = \frac{a_y}{b_y} = \frac{a_z}{b_z}$（$b_y, b_z$ 非零）应理解为 $a_x = 0$，且 $\frac{a_y}{b_y} = \frac{a_z}{b_z}$.

【例 4】 求同时垂直于向量 $a = (2, -1, 3)$ 与 $b = (4, 2, 1)$ 的单位向量 e.

解 $$c = a \times b = \begin{vmatrix} i & j & k \\ 2 & -1 & 3 \\ 4 & 2 & 1 \end{vmatrix} = -7i + 10j + 8k$$

$$|c| = \sqrt{(-7)^2 + 10^2 + 8^2} = \sqrt{213}$$

于是,同时垂直于 a 与 b 的单位向量有两个:

$$e_1 = \frac{1}{\sqrt{213}}(-7,10,8), \quad e_2 = -\frac{1}{\sqrt{213}}(-7,10,8)$$

习题 6-3

1. 已知 $|a|=3$, $|b|=1$, a 与 b 的夹角为 $\frac{\pi}{6}$,求:

(1) $a \cdot a$;   (2) $a \cdot b$;   (3) $(3a-2b) \cdot (a+b)$.

2. 设 $a = 2i - j + k$, $b = i + 2j - 3k$,求:

(1) $a \cdot b$;   (2) $a \times b$;   (3) $(2a) \cdot (-b)$;

(4) $(a+b) \cdot (a-b)$.

3. 已知 $A(1,-1,2)$, $B(2,2,1)$, $C(1,2,1)$,求与 **AB** 和 **BC** 垂直的单位向量.

4. 求向量 $a=(2,-1,2)$ 在向量 $b=(3,3,1)$ 上的投影.

5. 在 xOy 坐标平面上求一向量 a,使其垂直于向量 $b=4i-3j+5k$ 且 $|a|=2|b|$.

6. 求以 $A(-1,2,3)$, $B(3,2,5)$, $C(-1,-2,-3)$ 为顶点的 $\triangle ABC$ 的面积.

7. 设 $a+3b$ 与 $7a-5b$ 垂直,$a-4b$ 与 $7a-2b$ 垂直,求 a 与 b 之间的夹角.

8. 已知 $a \neq 0$, $b \neq 0$,证明 $|a \times b|^2 = |a|^2|b|^2 - (a \cdot b)^2$.

6.4 曲面及其方程

6.4.1 曲面方程的概念

在平面解析几何中,我们曾把曲线看成是点运动的轨迹.类似地,在空间解析几何中,我们把曲面当作是空间中的动点或一条动曲线按一定规律运动而成的轨迹.

先看下面的例子.

【例1】 求到一定点 $M_0(x_0, y_0, z_0)$ 的距离等于定长 R 的点的轨迹.

解 设 $M(x, y, z)$ 是该轨迹上的任一点,依题意,有

$$|MM_0| = R$$

由两点间距离公式,有

$$\sqrt{(x-x_0)^2 + (y-y_0)^2 + (z-z_0)^2} = R$$

化简,得

$$(x-x_0)^2 + (y-y_0)^2 + (z-z_0)^2 = R^2$$

上式称为球心为 $M_0(x_0, y_0, z_0)$,半径为 R 的球面方程.

特别地,当球心为原点 $O(0,0,0)$ 时,球面方程为

$$x^2 + y^2 + z^2 = R^2$$

一般地,如果曲面 S 与三元方程 $F(x,y,z)=0$ 之间存在如下关系:

(1)曲面 S 上任一点的坐标都满足方程 $F(x,y,z)=0$;

(2)不在曲面 S 上的点的坐标都不满足这个方程,满足方程的点都在曲面上.

则称 $F(x,y,z)=0$ 为曲面 S 的方程,而曲面 S 称为方程 $F(x,y,z)=0$ 的图形(图6-26).

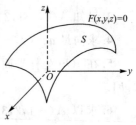

图 6-26

【例2】 求与点 $M_1(-1, 2, 0)$ 及点 $M_2(2, -1, 3)$ 等距离的动点的全体所构成的曲面方程.

解 设 $M(x, y, z)$ 是曲面上任一点,根据题意,有

$$|MM_1| = |MM_2|$$

即

$$\sqrt{(x+1)^2 + (y-2)^2 + (z-0)^2} = \sqrt{(x-2)^2 + (y+1)^2 + (z-3)^2}$$

故所求方程为

$$2x - 2y + 2z - 3 = 0$$

6.4.2 两类特殊的曲面

1.柱面

定义1 平行于某定直线 l,并沿定曲线 C 移动所形成的轨迹称为柱面.其中定曲线 C 称为柱面的准线,动直线 L 称为柱面的母线(图6-27).

设 C 为 xOy 坐标平面上的一条曲线,方程为 $F(x,y)=0$,直线 L 平行于 z 轴,则这时的柱面方程可如下建立:

设 $P(x,y,z)$ 为该柱面上的任一点,过点 P 作平行于 z 轴的直线,交 xOy 坐标平面于点 $P'(x,y,0)$.由柱面的定义可知点 P' 必在准线 C 上,因而点 P' 的坐标满足 C 的方程 $F(x,y)=0$,而方程 $F(x,y)=0$ 中不含 z,所以点 $P(x,y,z)$ 的坐标也满足方程 $F(x,y)=0$,显然,不在柱面上的点的坐标不满足方程 $F(x,y)=0$.由曲面方程的定义知,不含 z 的方程 $F(x,y)=0$ 即表示以 xOy 坐标平面上的曲线 $F(x,y)=0$ 为准线,母线平行于 z 轴的柱面(图6-28).

图6-27   图6-28

一般地,在空间直角坐标系中,不含 z 而仅含 x、y 的方程

$$F(x,y)=0 \tag{6-4-1}$$

表示母线平行于 z 轴的柱面,它的准线是 xOy 坐标平面上的曲线 $F(x,y)=0$.

这里需要注意,在空间解析几何中,二元方程可能表示某个坐标平面上的曲线,也可能表示一种特殊的曲面——柱面.

同理,不含 y 而只含 x、z 的方程 $G(x,z)=0$ 表示母线平行于 y 轴的柱面;不含 x 而仅含 y、z 的方程 $H(y,z)=0$ 表示母线平行于 x 轴的柱面.

例如,方程 $x^2+y^2=R^2$ 表示母线平行于 z 轴,准线是 xOy 坐标平面上的圆

$x^2 + y^2 = R^2$ 的圆柱面(图 6-29(a)).

又如,方程 $y^2 = 2x$ 表示母线平行于 z 轴,准线为 xOy 坐标平面上的抛物线 $y^2 = 2x$ 的柱面,这种柱面称为抛物柱面(图 6-29(b)).

平面也可以看成是一种柱面,如 $x + y - 2 = 0$,方程中不含 z,它表示母线平行于 z 轴,准线为 xOy 坐标平面上的直线 $y = -x + 2$ 的柱面(图 6-29(c)).

(a)   (b)   (c)

图 6-29

2. 旋转曲面

定义 2 平面曲线 C 绕同一平面上的一条定直线 L 旋转所形成的图形称为旋转曲面,定直线 L 称为旋转轴,曲线 C 称为旋转曲面的母线.

设 yOz 坐标平面上有一曲线 $C: f(y,z) = 0$,将这条曲线绕 z 轴旋转一周,就得到一个以 z 轴为旋转轴的旋转曲面(图 6-30).

设 $M_1(0, y_1, z_1)$ 是曲线 C 上的一点,则有 $f(y_1, z_1) = 0$,M_1 到 z 轴的距离为 $|y_1|$,当曲线 C 绕 z 轴旋转时,$M_1(0, y_1, z_1)$ 旋转到 $M(x, y, z)$ 的位置,二者之间的关系是

$$\begin{cases} z = z_1 \\ \sqrt{x^2 + y^2} = |y_1| \end{cases}$$

将其代入到 $f(y_1, z_1) = 0$,就可得到所求的旋转曲面的方程

$$f(\pm\sqrt{x^2 + y^2}, z) = 0 \tag{6-4-2}$$

因此,求平面曲线 $f(y,z) = 0$ 绕 z 轴旋转的曲面方程,只需将方程 $f(y,z) = 0$ 中的 y 改成 $\pm\sqrt{x^2 + y^2}$ 即可.

同理,曲线 C 绕 y 轴旋转一周所得到的旋转曲面的方程为

$$f(y, \pm\sqrt{x^2 + z^2}) = 0 \tag{6-4-3}$$

图 6-30

【例3】 求下列平面曲线绕指定坐标轴旋转所得的旋转曲面的方程：

(1) xOy 坐标平面上的曲线 $y=x^2$ 绕 y 轴旋转；

(2) yOz 坐标平面上的直线 $z=ky$ 绕 z 轴旋转.

解 (1) $y=x^2$ 绕 y 轴旋转，故将方程中的 x 用 $\pm\sqrt{x^2+z^2}$ 代入即得所求方程

$$y=x^2+z^2$$

该曲面称为旋转抛物面(图 6-31(a)).

(2) 因旋转轴为 z 轴，故只要将方程 $z=ky$ 中的 y 改成 $\pm\sqrt{x^2+y^2}$，便得所求方程

$$z=\pm k\sqrt{x^2+y^2} \ \text{或}\ z^2=k^2(x^2+y^2)$$

该旋转面称为圆锥面(图 6-31(b)).

图 6-31

6.4.3 平面及其方程

1. 平面的点法式方程

垂直于一个平面的非零向量叫做该平面的法线向量，简称**法向量**.

设平面 Π 过点 $M_0(x_0,y_0,z_0)$，法向量 $\boldsymbol{n}=(A,B,C)$. 在平面 Π 上任取一点 $M(x,y,z)$ (图 6-32)，则有 $\boldsymbol{M_0M}\perp\boldsymbol{n}$，故 $\boldsymbol{M_0M}\cdot\boldsymbol{n}=0$. 因为

$$\boldsymbol{M_0M}=(x-x_0,y-y_0,z-z_0)$$

所以

图 6-32

$$A(x-x_0)+B(y-y_0)+C(z-z_0)=0 \qquad (6\text{-}4\text{-}4)$$

因为平面 Π 上的任一点的坐标都满足方程(6-4-4),而不在平面 Π 上的点的坐标都不满足方程(6-4-4),所以,方程(6-4-4)就是所求平面 Π 的方程. 方程(6-4-4)叫做平面的点法式方程.

【例 4】 求过点 $(2,3,-3)$ 且与平面 $x+2y-4z=5$ 平行的平面方程.

解 因所求平面与已知平面平行,已知平面的法向量 $\boldsymbol{n}_1=(1,2,-4)$,若设所求平面的法向量为 $\boldsymbol{n}$,则 $\boldsymbol{n} \ // \ \boldsymbol{n}_1$,故可取 $\boldsymbol{n}=\boldsymbol{n}_1$,于是,所求平面方程为

$$(x-2)+2(y-3)-4(z+3)=0$$

即 $x+2y-4z-20$.

2. 平面的一般方程

将方程(6-4-4)化简,得

$$Ax+By+Cz-Ax_0-By_0-Cz_0=0$$

令 $D=-Ax_0-By_0-Cz_0$,则 $Ax+By+Cz+D=0$.

这是一个关于 x,y,z 的三元一次方程,可见任何平面都可以用三元一次方程来表示.

反之,对于给定的三元一次方程

$$Ax+By+Cz+D=0 \qquad (6\text{-}4\text{-}5)$$

任取满足该方程的一组数 x_0,y_0,z_0,则

$$Ax_0+By_0+Cz_0+D=0$$

将上述两式相减,得

$$A(x-x_0)+B(y-y_0)+C(z-z_0)=0 \qquad (6\text{-}4\text{-}6)$$

由此可见,方程(6-4-6)就是过点 $M_0(x_0,y_0,z_0)$,且以 $\boldsymbol{n}=(A,B,C)$ 为法向量的平面方程. 因为方程(6-4-6)与方程(6-4-5)同解,所以,任意一个三元一次方程(6-4-5)的图形都是一个平面. 方程(6-4-5)称为平面的一般方程.

3. 平面的一般方程的几种特殊情形

(1)过原点的平面

将 $(0,0,0)$ 代入方程(6-4-5),得 $D=0$,所以,过原点的平面方程为

$$Ax+By+Cz=0$$

(2)平行于坐标轴的平面

若平面平行于 x 轴,则平面的法向量 $\boldsymbol{n}=(A,B,C)$ 与 x 轴的单位向量 $\boldsymbol{i}=(1,0,0)$ 垂直,故 $\boldsymbol{n}\cdot\boldsymbol{i}=0$,即

$$A\cdot 1+B\cdot 0+C\cdot 0=0$$

因此,$A=0$,故平行于 x 轴的平面方程为

$$By+Cz+D=0$$

同理,平行于 y 轴的平面方程为 $Ax+Cz+D=0$;平行于 z 轴的平面方程为 $Ax+By+D=0$.平行于坐标轴的平面的共同特征是表示所平行的轴的字母不在方程中出现.

(3) 过坐标轴的平面

平面过坐标轴就必过原点,且与该坐标轴平行,因而将前面两种情形合在一起便可得到过坐标轴的平面的方程.

过 x 轴的平面方程为 $By+Cz=0$;过 y 轴的平面方程为 $Ax+Cz=0$;过 z 轴的平面方程为 $Ax+By=0$.

(4) 平行于坐标平面的平面

平行于坐标平面的平面也即垂直于某个坐标轴的平面,如平行于 xOy 面的平面即垂直于 z 轴的平面,该平面的法向量可取与 z 轴平行的任一非零向量 $(0,0,C)$,故平面方程为 $Cz+D=0$.从另一角度理解,因其垂直于 z 轴,故该平面上的任一点的竖坐标为常数,这正与 $z=-\dfrac{D}{C}$ 相对应.

类似地,平行于 yOz 坐标平面的平面(即垂直于 x 轴的半面)的方程为

$$Ax+D=0$$

平行于 zOx 坐标平面的平面(即垂直于 y 轴的平面)的方程为

$$By+D=0$$

4. 平面的截距式方程

设平面的一般方程为 $Ax+By+Cz+D=0$,它与 x 轴、y 轴、z 轴分别交于 $P(a,0,0)$,$Q(0,b,0)$,$R(0,0,c)$ 三点(图 6-33),其中 $a\neq 0$,$b\neq 0$,$c\neq 0$,将这三点坐标代入平面方程中,得

$$aA+D=0,\quad bB+D=0,\quad cC+D=0$$

图 6-33

解得 $A=-\dfrac{D}{a}$，$B=-\dfrac{D}{b}$，$C=-\dfrac{D}{c}$．

再代回原平面方程中，得

$$\frac{x}{a}+\frac{y}{b}+\frac{z}{c}=1 \tag{6-4-7}$$

方程(6-4-7)称为平面的截距式方程，其中，a、b、c 分别称为平面在 x 轴、y 轴、z 轴上的截距．

【例 5】 画出下列平面的草图，并指出它们的特点：

(1) $x+z=3$；　　　(2) $y=3$；　　　(3) $y-2z=0$．

解 (1) $x+z=3$，方程中不含 y 项，因此，该平面平行于 y 轴（图 6-34(a)）；

(2) $y=3$ 表示过点 $(0,3,0)$ 且垂直于 y 轴的平面（图 6-34(b)）；

(3) $y-2z=0$，方程中不含 x 项及常数项，所以该平面平行于 x 轴且过原点，也即 x 轴在该平面上（图 6-34(c)）．该平面与 yOz 坐标平面的交线在平面直角坐标系 yOz 中的方程为 $y=2z$．

图 6-34

【例 6】 求过点 $A(0,1,2)$，$B(-1,3,4)$，$C(2,-1,0)$ 的平面方程．

解 所求平面的法向量 $\boldsymbol{n}$ 与向量 $\boldsymbol{AB}$、$\boldsymbol{AC}$ 都垂直，而

$$\boldsymbol{AB}=(-1,2,2)，\quad \boldsymbol{AC}=(2,-2,-2)$$

故 $\boldsymbol{n}$ 可取 $\boldsymbol{AB}$ 与 $\boldsymbol{AC}$ 的向量积，即

$$\boldsymbol{n}=\boldsymbol{AB}\times\boldsymbol{AC}=\begin{vmatrix} \boldsymbol{i} & \boldsymbol{j} & \boldsymbol{k} \\ -1 & 2 & 2 \\ 2 & -2 & -2 \end{vmatrix}=0\boldsymbol{i}+2\boldsymbol{j}-2\boldsymbol{k}=2\boldsymbol{j}-2\boldsymbol{k}$$

由点法式方程，所求平面方程为

$$0(x-0)+2(y-1)-2(z-2)=0$$

即 $2y-2z+2=0$，也即 $y-z+1=0$．

5. 两平面的夹角

两平面法向量之间的夹角(通常取锐角)称为两平面的夹角.

设 $\Pi_1: A_1x+B_1y+C_1z+D_1=0, \Pi_2: A_2x+B_2y+C_2z+D_2=0$,则 $\boldsymbol{n}_1=(A_1,B_1,C_1), \boldsymbol{n}_2=(A_2,B_2,C_2)$,由两个向量的夹角的余弦公式,可得 Π_1 与 Π_2 的夹角 θ 的余弦为

$$\cos\theta=\frac{|\boldsymbol{n}_1\cdot\boldsymbol{n}_2|}{|\boldsymbol{n}_1||\boldsymbol{n}_2|}=\frac{|A_1A_2+B_1B_2+C_1C_2|}{\sqrt{A_1^2+B_1^2+C_1^2}\sqrt{A_2^2+B_2^2+C_2^2}} \quad (0\leqslant\theta\leqslant\frac{\pi}{2}) \qquad (6\text{-}4\text{-}8)$$

由两个向量垂直和平行的充要条件,可得

(1) $\Pi_1\perp\Pi_2\Leftrightarrow A_1A_2+B_1B_2+C_1C_2=0\ (\boldsymbol{n}_1\cdot\boldsymbol{n}_2=0)$;

(2) $\Pi_1 /\!/ \Pi_2\Leftrightarrow\dfrac{A_1}{A_2}=\dfrac{B_1}{B_2}=\dfrac{C_1}{C_2}\ (\boldsymbol{n}_1\times\boldsymbol{n}_2=\boldsymbol{0})$.

【例7】 求平面 $2x-y+z-3=0$ 与平面 $x+y+2z-1=0$ 的夹角.

解 由公式(6-4-8),得

$$\cos\theta=\frac{|2\times1+(-1)\times1+1\times2|}{\sqrt{2^2+(-1)^2+1^2}\times\sqrt{1^2+1^2+2^2}}=\frac{1}{2}$$

所以这两个平面的夹角为 $\theta=\dfrac{\pi}{3}$.

6. 点到平面的距离

设 $M_0(x_0,y_0,z_0)$ 是平面 $\Pi: Ax+By+Cz+D=0$ 外的一点,求点 M_0 到平面 Π 的距离.

在平面 Π 上任取一点 $M_1(x_1,y_1,z_1)$,则点 M_0 到平面 Π 的距离 d 为 $|\text{Prj}_{\boldsymbol{n}}\boldsymbol{M}_1\boldsymbol{M}_0|$(图 6-35).

图 6-35

由向量投影知识,得

$$d=|\text{Prj}_{\boldsymbol{n}}\boldsymbol{M}_1\boldsymbol{M}_0|=\frac{|\boldsymbol{n}\cdot\boldsymbol{M}_1\boldsymbol{M}_0|}{|\boldsymbol{n}|}$$

而
$$|\boldsymbol{n}\cdot\boldsymbol{M}_1\boldsymbol{M}_0|=|A(x_0-x_1)+B(y_0-y_1)+C(z_0-z_1)|$$
$$=|Ax_0+By_0+Cz_0-Ax_1-By_1-Cz_1|$$

因为点 $M_1(x_1,y_1,z_1)$ 在平面 Π 上,故 $Ax_1+By_1+Cz_1+D=0$,即 $Ax_1+By_1+Cz_1=-D$,所以

$$|\boldsymbol{n}\cdot\boldsymbol{M}_1\boldsymbol{M}_0|=|Ax_0+By_0+Cz_0+D|$$

于是

$$d = \frac{|Ax_0 + By_0 + Cz_0 + D|}{\sqrt{A^2 + B^2 + C^2}}$$

(6-4-9)

公式(6-4-9)称为点到平面的距离公式.

习题 6-4

1. 指出下列平面的特点,并画出草图.

(1) $3z + 2 = 0$;　　(2) $x - 3y + 4 = 0$;　　(3) $x + z = 0$;

(4) $y - 3x = 0$;　　(5) $x + y + z = 1$.

2. 求过点 $(1, -2, 3)$ 且与平面 $2x + 3y - 5z + 1 = 0$ 平行的平面方程.

3. 求过点 $(1, 0, -1)$, $(2, 3, 4)$, $(-2, 3, -1)$ 的平面方程.

4. 求过点 $(3, 5, 2)$ 且在三个坐标轴上截距相等的平面的方程.

5. 求 $2x - 2y + z - 6 = 0$ 与各坐标平面的夹角的余弦.

6. 求点 $(-1, 2, 3)$ 到平面 $3x + 2y - z - 5 = 0$ 的距离.

7. 判断下列各对平面的位置关系:

(1) $x + y + z - 1 = 0$ 与 $2x + 2y + 2z - 3 = 0$;

(2) $2x - y + z - 3 = 0$ 与 $x + y + 2z - 10 = 0$.

8. 分别按下列条件求平面方程:

(1) 平行于 yOz 坐标平面且经过点 $(1, -2, 3)$;

(2) 平行于 z 轴且过点 $(1, 0, -1)$ 和点 $(2, 3, 4)$;

(3) 通过 y 轴且过点 $(3, -1, 1)$.

6.5　空间直线及其方程

6.5.1　空间直线的一般方程

空间直线可看成两个平面的交线. 设两个平面 Π_1 与 Π_2 不平行,方程分别为

$$\Pi_1: A_1 x + B_1 y + C_1 z + D_1 = 0$$

$$\Pi_2 : A_2 x + B_2 y + C_2 z + D_2 = 0$$

则 Π_1, Π_2 的交线 L 是一条直线, L 上的任一点 $P(x,y,z)$ 的坐标满足方程组

$$\begin{cases} A_1 x + B_1 y + C_1 z + D_1 = 0 \\ A_2 x + B_2 y + C_2 z + D_2 = 0 \end{cases} \tag{6-5-1}$$

反之, 若点 $P(x,y,z)$ 的坐标满足方程组 (6-5-1), 则点 P 既在 Π_1 上又在 Π_2 上, 从而在交线 L 上, 而不在 L 上的点的坐标不可能同时满足方程组 (6-5-1), 因此, 直线 L 可以用方程组 (6-5-1) 来表示. 方程组 (6-5-1) 称为空间直线的一般方程.

由于通过空间直线 L 的平面有无穷多个, 所以在这无穷多个平面中任选两个, 将它们的方程联立起来, 就可作为直线 L 的方程.

6.5.2 空间直线的点向式方程与参数方程

我们称与空间直线 L 平行的非零向量 s 为该直线的方向向量. 显然, 直线的方向向量有无穷多个, 它们的方向都相同, 但模可能不同.

空间直线的位置可以由其上一点及它的方向向量来确定. 设直线 L 通过点 $M_0(x_0, y_0, z_0)$, 方向向量为 $s = (m, n, p)$. 我们来建立直线 L 的方程.

如图 6-36 所示, 在 L 上任取一点 $M(x,y,z)$, 作向量

$$\boldsymbol{M_0 M} = (x - x_0, y - y_0, z - z_0)$$

因为 $\boldsymbol{M_0 M} /\!/ \boldsymbol{s}$, 所以这两个向量的对应坐标成比例, 即

$$\frac{x - x_0}{m} = \frac{y - y_0}{n} = \frac{z - z_0}{p} \tag{6-5-2}$$

图 6-36

反过来, 若点 $M(x,y,z)$ 的坐标满足式 (6-5-2), 则 $\boldsymbol{M_0 M} /\!/ \boldsymbol{s}$. 因为点 M_0 在直线 L 上, 故点 M 也在直线 L 上. 因此式 (6-5-2) 即直线 L 的方程.

我们称方程 (6-5-2) 为直线的点向式方程或对称方程. 方向向量 s 的坐标 m、n、p 称为直线的一组方向数.

因为 s 是非零向量, 故 m、n、p 不能同时为零, 若其中一个或两个为零, 为了保持方程的对称性, 仍然用式 (6-5-2) 的形式, 但应有特殊的理解. 如 $m = 0$ 时, 方程

为

$$\frac{x-x_0}{0}=\frac{y-y_0}{n}=\frac{z-z_0}{p}$$

理解为

$$\begin{cases} x-x_0=0 \\ \dfrac{y-y_0}{n}=\dfrac{z-z_0}{p} \end{cases}$$

当 $n=0$ 或 $p=0$ 可类似地理解.

若 $m=n=0$ 时,方程为

$$\frac{x-x_0}{0}=\frac{y-y_0}{0}=\frac{z-z_0}{p}$$

此时可理解为

$$\begin{cases} x-x_0=0 \\ y-y_0=0 \end{cases}$$

若令 $\dfrac{x-x_0}{m}=\dfrac{y-y_0}{n}=\dfrac{z-z_0}{p}=t$,得

$$\begin{cases} x=x_0+mt \\ y=y_0+nt \\ z=z_0+pt \end{cases} \tag{6-5-3}$$

显然,当 t 取遍全体实数时,方程组(6-5-3)即可表示直线 L,我们称方程组(6-5-3)为直线的参数方程.

在空间解析几何中也有类似平面解析几何中的两点式方程.事实上,设直线 L 经过两点 $M_1(x_1,y_1,z_1)$、$M_2(x_2,y_2,z_2)$,取该直线的方向向量为 $s=M_1M_2=(x_2-x_1,y_2-y_1,z_2-z_1)$,则直线 L 的方程为

$$\frac{x-x_1}{x_2-x_1}=\frac{y-y_1}{y_2-y_1}=\frac{z-z_1}{z_2-z_1} \tag{6-5-4}$$

由此还可以得出空间三点 $M_1(x_1,y_1,z_1)$,$M_2(x_2,y_2,z_2)$,$M_3(x_3,y_3,z_3)$ 共线的充要条件为

$$\frac{x_3-x_1}{x_2-x_1}=\frac{y_3-y_1}{y_2-y_1}=\frac{z_3-z_1}{z_2-z_1}$$

【例1】 求经过点 $A(1,2,3)$,且与 x 轴垂直相交的直线方程.

解　因为所求直线与 x 轴垂直相交,且过点 $A(1,2,3)$,故它与 x 轴的交点为 $B(1,0,0)$,作向量 $\boldsymbol{BA}=(1-1,2-0,3-0)=(0,2,3)$,取其作为所求直线的方向向量,即 $\boldsymbol{s}=\boldsymbol{BA}$,则该直线方程为

$$\frac{x-1}{0}=\frac{y-2}{2}=\frac{z-3}{3}$$

6.5.3　两直线的夹角

两直线的方向向量的夹角(通常指锐角)称为两直线的夹角.

设直线 L_1 的方向向量 $\boldsymbol{s}_1=(m_1,n_1,p_1)$,直线 L_2 的方向向量 $\boldsymbol{s}_2=(m_2,n_2,p_2)$,由两向量的夹角余弦公式,可得两直线 L_1,L_2 的夹角 θ 的余弦为

$$\cos\theta=\frac{|m_1m_2+n_1n_2+p_1p_2|}{\sqrt{m_1^2+n_1^2+p_1^2}\cdot\sqrt{m_2^2+n_2^2+p_2^2}}$$

直线 L_1,L_2 垂直的充分必要条件是 $\boldsymbol{s}_1\cdot\boldsymbol{s}_2=0$ 或 $m_1m_2+n_1n_2+p_1p_2=0$.

直线 L_1,L_2 互相平行的充分必要条件是 $\boldsymbol{s}_1\times\boldsymbol{s}_2=\boldsymbol{0}$ 或 $\dfrac{m_1}{m_2}=\dfrac{n_1}{n_2}=\dfrac{p_1}{p_2}$.

习题　6-5

1. 求满足下列条件的直线方程:

(1) 过点 $(-1,2,-4)$ 且平行于直线 $\dfrac{x-1}{2}=\dfrac{y+2}{-1}=\dfrac{z-5}{3}$;

(2) 过点 $\left(\dfrac{3}{2},5,-1\right)$ 且平行于 y 轴;

(3) 过点 $(1,-3,4)$ 与点 $(-4,6,3)$;

(4) 过点 $M_0(3,4,-4)$,方向向量与 x、y、z 轴的夹角分别为 $\dfrac{\pi}{3}$、$\dfrac{\pi}{4}$、$\dfrac{2\pi}{3}$.

2. 用点向式方程与参数方程表示下列直线:

(1) $\begin{cases} x-2y+3z-1=0 \\ 2x+3y-5z+7=0 \end{cases}$;　　(2) $\begin{cases} 2x-y-z-1=0 \\ 3y+z-3=0 \end{cases}$.

3. 求过点 $(-1,0,2)$ 且与直线 $\begin{cases} x=1-2t \\ y=5+3t \\ z=2-t \end{cases}$ 及直线 $\dfrac{x-1}{-1}=\dfrac{y-5}{2}=\dfrac{z+14}{7}$ 都垂直的直线方程.

4. 求过点 $(0,1,-1)$ 且与直线 $\begin{cases} 2x-y-z+3=0 \\ x+5y+3z-2=0 \end{cases}$ 平行的平面方程.

5. 确定下列两直线的位置关系:

(1) $\dfrac{x-1}{1}=\dfrac{y+3}{-2}=\dfrac{z-5}{2}$ 与 $\begin{cases} x=\dfrac{5}{2}-2t \\ y=1+4t \\ z=7-4t \end{cases}$;

(2) $\dfrac{x+2}{-1}=\dfrac{y-3}{2}=\dfrac{z+5}{6}$ 与 $\dfrac{x-1}{2}=\dfrac{y-7}{1}=\dfrac{z+3}{0}$;

(3) $\dfrac{x}{-1}=\dfrac{y}{1}=\dfrac{z+2}{-1}$ 与 $\begin{cases} 2x-y+2z-4=0 \\ x-y+2z-3=0 \end{cases}$.

6.6 空间曲线及其方程

6.6.1 空间曲线的一般方程

空间曲线可看做两个空间曲面的交线. 设两个曲面 $F(x,y,z)=0$ 和 $G(x,y,z)=0$ 相交且交线为 C,则 C 上的任一点的坐标都同时满足这两个方程. 反之,坐标同时满足这两个曲面方程的点一定在它们的交线上.因而方程组

$$\begin{cases} F(x,y,z)=0 \\ G(x,y,z)=0 \end{cases} \tag{6-6-1}$$

可表示交线 C,我们把方程组(6-6-1)称为空间曲线 C 的一般方程.

如平面 $\dfrac{x}{2}+\dfrac{y}{1}+\dfrac{z}{3}=1$ 与三个坐标平面的交线都是直线(图6-37),它与 xOy

坐标平面的交线的方程为 $\begin{cases} \dfrac{x}{2} + \dfrac{y}{1} + \dfrac{z}{3} = 1 \\ z = 0 \end{cases}$.

又如方程组 $\begin{cases} x^2 + y^2 + z^2 = 4 \\ z = 1 \end{cases}$ 表示平面 $z = 1$ 与以原点为球心,以 2 为半径的

球面的交线(图 6-38).

若将 $z = 1$ 代入球面方程中,得 $x^2 + y^2 = 3$,这是平面 $z = 1$ 上以 $(0,0,1)$ 为圆

心,以 $\sqrt{3}$ 为半径的圆.

图 6-37　　　　　　　图 6-38

6.6.2　空间曲线的参数方程

若空间曲线 C 上的任一点的坐标 x、y、z 都可表示为参数 t 的函数,即

$$\begin{cases} x = x(t) \\ y = y(t) \\ z = z(t) \end{cases} \qquad (6\text{-}6\text{-}2)$$

当 t 取遍其变化范围的所有值时,就会得到 C 的全部点. 我们称式 (6-6-2) 为曲线 C 的参数方程.

【例 1】　若空间一点 M 在圆柱面 $x^2 + y^2 = a^2$ 上以角速度 ω 绕 z 轴旋转,同时又以线速度 v 沿平行于 z 轴的正方向上升(其中 ω、v 均为常数),则点 M 构成的图形叫做螺旋线(图 6-39),试建立其参数方程.

图 6-39

　　解　　取时间 t 为参数,设动点从点 $A(a,0,0)$ 开始运动,即

点 A 对应 $t=0$,经过 t 时间后,动点的位置为 $M(x,y,z)$. 点 M 在 xOy 平面的投影为 M',则 M' 的坐标为 $(x,y,0)$. 从点 A 到点 M,动点 M 旋转的角度为 $\theta=\omega t$,上升的高度为 $|MM'|=vt$,因而有

$$\begin{cases} x=a\cos \omega t \\ y=a\sin \omega t \\ z=vt \end{cases}$$

也可表示为

$$\begin{cases} x=a\cos \theta \\ y=a\sin \theta \\ z=vt \end{cases}$$

这就是螺旋线的参数方程.

6.6.3　空间曲线在坐标平面上的投影

设空间曲线 C 的一般方程为

$$\begin{cases} F(x,y,z)=0 \\ G(x,y,z)=0 \end{cases} \tag{6-6-3}$$

如果将式(6-6-3)中的 z 消去,得到的方程为

$$H(x,y)=0 \tag{6-6-4}$$

则方程(6-6-4)表示一个柱面,这个柱面以 C 为准线,以平行于 z 轴的直线为母线,称这一柱面为 C 到 xOy 坐标平面上的投影柱面,方程(6-6-4)称为投影柱面方程.平面曲线

$$\begin{cases} G(x,y)=0 \\ z=0 \end{cases}$$

称为 C 在 xOy 平面上的投影曲线.同理,C 在 yOz 平面以及在 zOx 平面上的投影曲线分别为

$$\begin{cases} H(y,z)=0 \\ x=0 \end{cases} \quad 与 \quad \begin{cases} I(x,z)=0 \\ y=0 \end{cases}$$

【例2】　求曲线 $C:\begin{cases} z=x^2+y^2 \\ z=2 \end{cases}$ 在三个坐标平面上的投影曲线的方程.

解 该曲线实际上就是旋转抛物面 $z=x^2+y^2$ 与平面 $z=2$ 的交线.

从方程组 $\begin{cases} z=x^2+y^2 \\ z=2 \end{cases}$ 中消去 z 得到方程 $x^2+y^2=2$,则曲线 C 在 xOy 坐标平

面的投影曲线的方程为 $\begin{cases} x^2+y^2=2 \\ z=0 \end{cases}$.

因为曲线 C 在平面 $z=2$ 上,故其在 yOz 坐标平面的投影为线段:

$$\begin{cases} z=2 \\ x=0 \end{cases} \qquad (|y|\leqslant\sqrt{2})$$

同理,曲线 C 在 zOx 坐标平面的投影也为线段:

$$\begin{cases} z=2 \\ y=0 \end{cases} \qquad (|x|\leqslant\sqrt{2})$$

习题 6-6

1. 指出下列方程组在平面解析几何与空间解析几何中各表示什么?

(1) $\begin{cases} 2x-y+5=0 \\ x-7y-1=0 \end{cases}$; (2) $\begin{cases} x^2+y^2=1 \\ x=2y \end{cases}$;

(3) $\begin{cases} \dfrac{x^2}{9}+\dfrac{y^2}{25}=1 \\ x=3 \end{cases}$; (4) $\begin{cases} y=x^2 \\ x-2y+1=0 \end{cases}$.

2. 分别求母线平行于 x 轴和 y 轴且通过曲线 $\begin{cases} 2x^2+y^2+z^2=16 \\ x^2-y^2+z^2=0 \end{cases}$ 的柱面方程.

3. 求下列旋转曲面的方程:

(1) $\begin{cases} \dfrac{x^2}{4}-\dfrac{y^2}{9}=1 \\ y=0 \end{cases}$ 分别绕 x 轴及 y 轴旋转;

(2) $\begin{cases} \dfrac{x^2}{16}+\dfrac{y^2}{25}=1 \\ z=0 \end{cases}$ 分别绕 x 轴及 z 轴旋转;

(3) $\begin{cases} z^2=3x \\ y=0 \end{cases}$ 绕 x 轴旋转.

4. 指出下列各方程所表示的曲面名称.

(1) $x^2+y^2-4z=0$；　　(2) $z^2-x=0$；　　　(3) $z-\sqrt{2}\,x=0$；

(4) $x^2-z^2=0$；　　　　(5) $x^2+3y^2=z^2$；　　(6) $x^2-y^2-z^2=1$.

5. 求曲线 $C:\begin{cases}x^2+y^2+z^2=4\\z=1\end{cases}$ 在三个坐标平面上的投影曲线的方程.

6. 求球面 $x^2+y^2+z^2=49$ 与柱面 $x^2+y^2=4y$ 的交线在 xOy 平面、yOz 平面及 zOx 平面上的投影曲线的方程.

7. 将曲线 $\begin{cases}x^2+y^2+z^2=4\\y=x\end{cases}$ 化为参数方程.

6.7　二次曲面

前面已经介绍,空间曲面可用三元方程 $F(x,y,z)=0$ 表示,若 $F(x,y,z)$ 是关于 x、y、z 的多项式,则方程 $F(x,y,z)=0$ 所表示的曲面称为代数曲面,多项式的次数称为代数曲面的次数. 如前所见,一次方程表示的是平面,二次方程表示的曲面称为二次曲面.

我们将用截痕法来介绍几个常见的二次曲面的方程和形状. 所谓截痕法就是用一系列平行于坐标平面的平面去截割曲面,通过考查其交线的形状和性质,进而了解曲面的形状和性质.

1. 椭球面

方程

$$\frac{x^2}{a^2}+\frac{y^2}{b^2}+\frac{z^2}{c^2}=1 \tag{6-7-1}$$

所确定的曲面称为椭球面(图 6-40),其中 a,b,c 均大于 0.

由方程(6-7-1)易知,

$$\frac{x^2}{a^2}\leqslant 1,\quad \frac{y^2}{b^2}\leqslant 1,\quad \frac{z^2}{c^2}\leqslant 1,$$

进而有 $|x|\leqslant a$, $|y|\leqslant b$, $|z|\leqslant c$,

图 6-40

以平行于 xOy 坐标平面的平面 $z=z_0$（$|z_0|\leqslant c$）截曲面，得到的截线方程为

$$\begin{cases} \dfrac{x^2}{a^2}+\dfrac{y^2}{b^2}=1-\dfrac{z_0^2}{c^2} \\ z=z_0 \end{cases}$$

当 $|z_0|<c$ 时，截线是平面 $z=z_0$ 上的一个椭圆；当 $|z_0|=c$ 时，截线退化成一点 $(0,0,c)$.

同理，用平面 $y=y_0$（$|y_0|\leqslant b$）和平面 $x=x_0$（$|x_0|\leqslant a$）截椭球面所得的截线与上述情况相类似.

当 $a=b$ 时，方程（6-7-1）变为

$$\frac{x^2+y^2}{a^2}+\frac{y^2}{c^2}=1$$

由旋转曲面的知识可知，这是由 xOy 坐标平面上的曲线 $\dfrac{x^2}{a^2}+\dfrac{z^2}{c^2}=1$ 绕 z 轴旋转而成的旋转曲面.

当 $a=b=c$ 时，方程（6-7-1）变为

$$x^2+y^2+z^2=a^2$$

它表示一个球心在原点，半径为 a 的球面.

2. 抛物面

（1）椭圆抛物面

由方程

$$z=\frac{x^2}{2p}+\frac{y^2}{2q} \qquad (p,q \text{ 同号}) \tag{6-7-2}$$

所确定的曲面称为椭圆抛物面（图 6-41）.

用平行于 xOy 坐标平面的平面 $z=z_0$（$z_0>0$）截该曲面，截线方程为

$$\begin{cases} z=\dfrac{x^2}{2p}+\dfrac{y^2}{2q} \\ z=z_0 \end{cases}$$

图 6-41

它表示平面 $z=z_0$ 上的一个椭圆. 特别地，当 $z_0=0$ 时，截线缩成一点，即原点.

用平行于 yOz 坐标平面的平面 $x=x_0$ 截该曲面，截线方程为

$$\begin{cases} \dfrac{y^2}{2q}=z-\dfrac{x_0^2}{2p} \\ x=x_0 \end{cases}$$

它表示平面 $x=x_0$ 上的一条抛物线.

用平行于 xOz 坐标平面的平面 $y=y_0$ 截该曲面,截线是平面 $y=y_0$ 上的一条抛物线.

当 $p=q>0$ 时,方程(6-7-2)变为

$$z=\dfrac{x^2+y^2}{2p}$$

它表示 yOz 坐标平面上的抛物线 $z=\dfrac{y^2}{2p}$ 绕 z 轴旋转一周而成的旋转抛物面,也可以看成是由 xOz 坐标平面上的曲线 $z=\dfrac{x^2}{2p}$ 绕 z 轴旋转而成的旋转抛物面.

若 p,q 均小于 0,椭圆抛物面的开口朝下.

(2)双曲抛物面

由方程

$$z=-\dfrac{x^2}{2p}+\dfrac{y^2}{2q} \qquad (p,q \text{ 同号}) \qquad (6-7-3)$$

所表示的曲面称为双曲抛物面(图 6-42).

我们同样可以用截痕法对该曲面进行讨论.双曲抛物面也称马鞍面或鞍形曲面.

图 6-42

3. 双曲面

(1)单叶双曲面

由方程

$$\dfrac{x^2}{a^2}+\dfrac{y^2}{b^2}-\dfrac{z^2}{c^2}=1 \qquad (a,b,c \text{ 均大于 } 0)$$

$$(6-7-4)$$

所确定的曲面称为单叶双曲面(图 6-43).

用平行于 xOz 坐标平面的平面 $y=y_0$ 截该曲面,截线方程为

$$\begin{cases} \dfrac{x^2}{a^2}-\dfrac{z^2}{c^2}=1-\dfrac{y_0^2}{b^2} \\ y=y_0 \end{cases}$$

图 6-43

它表示平面 $y=y_0 (y_0 \neq \pm b)$ 上的一个双曲线. 当 $y_0=\pm b$ 时, 截线为一对相交直线.

用平行于 xOy 坐标平面的平面 $z=z_0$ 截该曲面, 截线方程为

$$
\begin{cases}
\dfrac{x^2}{a^2}+\dfrac{y^2}{b^2}=1+\dfrac{z_0^2}{c^2} \\[2mm]
z=z_0
\end{cases}
$$

它表示平面 $z=z_0$ 上的一个椭圆.

（2）双叶双曲面

由方程

$$
\frac{x^2}{a^2}+\frac{y^2}{b^2}-\frac{z^2}{c^2}=-1 \qquad (a, b, c \text{ 均大于 } 0) \quad (6\text{-}7\text{-}5)
$$

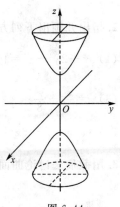

所确定的曲面称为双叶双曲面, 用截痕法讨论可知其形状如图 6-44 所示.

当 $a=b$ 时, 方程(6-7-5)变为

$$
\frac{x^2+y^2}{a^2}-\frac{z^2}{c^2}=-1
$$

它可视为 xOz 坐标平面上的双曲线

$$
\frac{x^2}{a^2}-\frac{z^2}{c^2}=-1
$$

图 6-44

绕 z 轴旋转而成的曲面, 称为旋转双叶双曲面.

4. 二次锥面

由方程

$$
\frac{x^2}{a^2}+\frac{y^2}{b^2}-\frac{z^2}{c^2}=0 \qquad\qquad (6\text{-}7\text{-}6)
$$

所确定的曲面称为二次锥面.

用截痕法讨论该曲面, 可知该曲面形状如图 6-45 所示.

当 $a=b$ 时, 方程变为

$$
\frac{x^2+y^2}{a^2}=\frac{z^2}{c^2}
$$

图 6-45

它可视为 yOz 坐标平面上的直线 $z=\dfrac{c}{a}y$ 绕 z 轴旋转一周而成的曲面, 称为圆锥面.

习题 6-7

1. 指出下列方程所表示的曲线:

(1) $\begin{cases} x^2+y^2+z^2=36 \\ y=4 \end{cases}$;

(2) $\begin{cases} x^2+4y^2+4z^2=25 \\ y=2 \end{cases}$;

(3) $\begin{cases} x^2+9y^2\ \ z^2=16 \\ x=-2 \end{cases}$;

(4) $\begin{cases} \dfrac{x^2}{4}+\dfrac{y^2}{9}-\dfrac{z^2}{25}=0 \\ y-\dfrac{3}{2} \end{cases}$.

2. 指出并画出下列方程所表示的曲面:

(1) $x^2+2y^2-z^2=1$;

(2) $\dfrac{x^2}{2}+\dfrac{y^2}{2}+\dfrac{z^2}{3}=1$;

(3) $z=\dfrac{x^2}{6}+\dfrac{y^2}{8}$;

(4) $z^2-x=0$;

(5) $3x^2+4y^2-6z^2=12$;

(6) $x^2+3y^2=z^2$.

3. 用截痕法讨论曲面 $x=\dfrac{y^2}{2p}+\dfrac{z^2}{2q}\,(p>0,q>0)$.

复习题 6

1. 设 $u=a+2b-c,v=3a-b+2c$,试用 a、b、c 表示 $3u-2v$.

2. 用向量方法证明:三角形的中位线平行且等于第三边的一半.

3. 设 $\triangle ABC$ 的三边 $BC=a,CA=b,AB=c$,三边中点依次为 D、E、F.

(1) 用 a,b 表示 BD 和 CD;

(2) 证明 $AD+BE+CF=0$.

4. 已知 $|a|=2$,$|b|=3$,$(a\hat{\ }b)=\dfrac{2}{3}\pi$,求:

(1) $a\cdot b$;

(2) $(2a-3b)\cdot(a+2b)$.

5. 已知点 $A(2,1,0)$ 和向量 $AB=(1,-3,4)$,求点 B 的坐标.

6. 已知向量 $a=mi+5j-k,b=3i+j+nk$ 共线,求系数 m、n.

7. 已知 $a=(-1,2,3)$，$b=(0,1,5)$，试求：

$(1)a \cdot b$；$(2)(a+b) \cdot (a-b)$；$(3)\cos(\hat{a,b})$；$(4)\text{Prj}_b a$.

8. 已知 $a=3i+j-k$，$b=i-2j+3k$，求：

(1) 与 a 同方向的单位向量 e_a；

(2) 同时垂直于向量 a 和向量 b 的单位向量.

9. 已知 $\triangle ABC$ 的三个顶点的坐标分别为 $A(1,2,4)$，$B(2,-3,-2)$，$C(0,1,1)$，求 $\triangle ABC$ 的面积.

10. 求满足下列条件的平面方程：

(1) 平行于平面 $2x-2y+z-3=0$ 且经过原点；

(2) 过点 $(0,2,-3)$ 及 y 轴.

11. 求满足下列条件的直线方程：

(1) 经过点 $(1,-1,0)$，方向向量为 $s=(4,2,-1)$；

(2) 经过点 $(5,-1,2)$ 和点 $(-1,3,1)$；

(3) 经过点 $(4,1,-2)$ 且平行于平面 $3x-y+z=6$.

12. 求平行于平面 $2x-y+z=1$ 且与其距离为 3 的平面方程.

13. 求过点 $(0,1,2)$，平行于平面 $x+y+z=2$ 且垂直于直线 $\begin{cases} x=1+t \\ y=1-t \\ z=2t \end{cases}$ 的直线方程.

14. 求满足下列条件的动点的轨迹方程，并指出它们表示什么曲面？

(1) 到点 $(-1,2,0)$ 与点 $(-3,-2,-1)$ 的距离相等；

(2) 到点 $(1,0,-1)$ 与点 $(2,3,4)$ 的距离之比为 $2:3$；

(3) 到 z 轴的距离等于到 xOy 平面距离的 2 倍.

15. 将 xOy 坐标平面上的双曲线 $\dfrac{x^2}{9}-\dfrac{y^2}{16}=1$ 分别绕 x 轴及 y 轴旋转一周，求所生成的旋转曲面的方程.

16. 求曲线 $\begin{cases} z^2=2x \\ y=0 \end{cases}$ 绕 x 轴旋转一周所成的曲面.

17. 求曲线 $\begin{cases} z=4-x^2-y^2 \\ z=x^2+(y-1)^2 \end{cases}$ 在三个坐标平面上的投影曲线的方程.

18. 求曲线 $\begin{cases} x = \cos t \\ y = \sin t \\ z = 2t \end{cases}$ 在三个坐标平面上的投影曲线的方程.

19. 求原点关于平面 $-3x + 2y - z + 1 = 0$ 的对称点.

20. 曲面 $z = 12 - x^2 - y^2$, $z = \sqrt{x^2 + y^2}$ 围成一个空间区域,试画出它的草图.

21. 画出由 $x^2 + y^2 = 2x$, $z = \sqrt{4 - x^2 - y^2}$, $z = 0$, $y = 0$ 在第一卦限所围成的立体图形.

第7章 多元函数微分及其应用
Differential Calculus of Multivariable Functions and Its Applications

从开始学习微积分到现在,我们所遇到的函数大多数像 $f(x)$ 一样,其中只包含一个变量,至于向量函数 $r(t)=(1+t,2t,3+2t)$,虽然是三维空间的向量,但它的值也是由一个变量 t 来决定的.而实际问题中,物理量经常依赖于两个或多个变量,为了能够更好地解决实际问题,我们需要研究多变量函数.

多变量函数的框架、结构与一元函数类似,首先讨论多元函数的概念、极限、(偏)导数、(全)微分、极值、最值以及几何应用,然后讨论多元函数的积分.但多元函数又有其特有的性质,如果我们遵循"低维探路把门敲,去粗取精维数高"的原则去研究多元函数,并发挥创造性思维,就能体会到"体系我立,定理自出"的快乐.

7.1 多元函数的基本概念

两个变量的函数是怎么回事呢? 这种函数就像一个有两张嘴的函数机器,喂它 x 和 y 两个数,它就会吐出另外一个数 $f(x,y)$.为什么它只吐出一个数,而不是两个甚至三个呢? 其实这些情况都有可能,不过我们首先要掌握一些基本概念,然后再去谈一些细枝末节.

7.1.1 平面区域的概念

1.邻域

设 $P_0(x_0,y_0)$ 是 xOy 平面上的一个点,δ 是某一正数,与点 $P_0(x_0,y_0)$ 距离小

于 δ 的点 $P(x,y)$ 的全体,称为点 P_0 的 δ 邻域(图 7-1(a)),记为 $U(P_0,\delta)$,即

$$U(P_0,\delta) = \{P \mid |PP_0| < \delta\} = \{(x,y) \mid \sqrt{(x-x_0)^2 + (y-y_0)^2} < \delta\}$$

在几何上,$U(P_0,\delta)$ 就是 xOy 平面上以点 $P_0(x_0,y_0)$ 为圆心,$\delta > 0$ 为半径的圆内部的点 $P(x,y)$ 的全体.

点 P_0 的去心 δ 邻域为

$$\mathring{U}(P_0,\delta) = \{P \mid 0 < |P_0P| < \delta\}$$

简记为 $\mathring{U}(P_0)$.

如果不需要强调邻域的半径 δ,则用 $U(P_0)$ 表示点 P_0 的 δ 邻域,点 P_0 的去心邻域记作 $\mathring{U}(P_0)$.

下面利用邻域来描述点和点集之间的关系.

2. 区域

设 E 是平面上一个点集,P 是平面上一个点,则点 P 与点集 E 之间必存在以下三种关系之一(图 7-1(b)):

(1) 存在点 P 的某一邻域 $U(P)$,使得 $U(P) \subset E$,此时称点 P 为 E 的**内点**.

(2) 存在点 P 的某一邻域 $U(P)$,使得 $U(P) \cap E = \varnothing$,此时称点 P 为 E 的**外点**.

(3) 点 P 的任意邻域内既有属于 E 的点,又有不属于 E 的点,则称点 P 为 E 的**边界点**.

点集 E 的边界点的全体称为 E 的**边界**.

根据上述定义,点集 E 的内点必属于 E,而 E 的边界点则可属于 E 也可不属于 E.

如果点集 E 的点都是 E 的内点,则称 E 为**开集**. 例如,$E_1 = \{(x,y) \mid 1 < x^2 + y^2 < 4\}$ 为开集.

如果 E 中任意两点均可用 E 中折线连起来,则称 E 是**连通的**(图 7-1(c)).

图 7-1

连通的开集称为**区域**或**开区域**.

例如，$\{(x,y) \mid 1 < x^2 + y^2 < 4\}$（图 7-2(a)）.

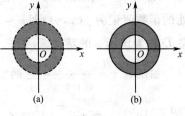

开区域连同它的边界一起称为**闭区域**.

例如，$\{(x,y) \mid 1 \leqslant x^2 + y^2 \leqslant 4\}$ 为闭区域（图 7-2(b)）.

图 7-2

对于平面区域 D，如果存在一个以 R 为半径的圆完全包含区域 D，则称平面区域 D 为**有界区域**.

例如，$\{(x,y) \mid 1 \leqslant x^2 + y^2 \leqslant 4\}$ 为有界闭区域；$\{(x,y) \mid x+y > 0\}$ 为无界开区域.

3. 聚点

设 E 是平面上的一个点集，P 是平面上的一个点，如果点 P 的任何一个邻域内总有无限多个点属于点集 E，则称点 P 为 E 的**聚点**.

注　内点一定是聚点；点集 E 的聚点可以属于 E，也可以不属于 E.

例如，$\{(x,y) \mid 0 < x^2 + y^2 \leqslant 1\}$，$(0,0)$ 是聚点但不属于集合；$\{(x,y) \mid x^2 + y^2 \leqslant 1\}$，边界上的点都是聚点也都属于集合.

4. n 维空间

设 n 为取定的一个自然数，我们称 n 元数组 $(x_1, x_2, \cdots, x_n)$ 的全体为 n 维空间，而每个 n 元数组 $(x_1, x_2, \cdots, x_n)$ 称为 n 维空间中的一个点，数 x_i 称为该点的第 i 个坐标.

n 维空间的记号为 $\mathbf{R}^n$，$\mathbf{R}^n = \{(x_1, x_2, \cdots, x_n) \mid x_i \in \mathbf{R}, i = 1, 2, \cdots, n\}$.

设 n 维空间中两点 $P(x_1, x_2, \cdots, x_n)$，$Q(y_1, y_2, \cdots, y_n)$，则此两点间距离公式为

$$|PQ| = \sqrt{(y_1 - x_1)^2 + (y_2 - x_2)^2 + \cdots + (y_n - x_n)^2}$$

特殊地，当 $n = 1, 2, 3$ 时，上述距离便分别为数轴、平面、空间两点间的距离.

7.1.2　二元函数的概念

1. 二元函数

设 D 是平面上的一个非空点集，如果对于 D 内的任一点 (x,y)，按照某种法

则 f,都有唯一确定的实数 z 与之对应,则称 f 是 D 上的二元函数,它在点 (x,y) 处的函数值记为 $f(x,y)$,即 $z=f(x,y)$,其中 x、y 称为**自变量**,z 称为**因变量**. 点集 D 称为该函数的**定义域**,数集 $\{z \mid z=f(x,y),(x,y) \in D\}$ 称为该函数的**值域**.

如函数 $z=\dfrac{1}{\sqrt{x+y-1}}$ 的定义域 $D=\{(x,y) \mid x+y>1\}$ 为无界的开区域(图 7-3(a));$z=\sqrt{a^2-x^2-y^2}$ 的定义域 $D=\{(x,y) \mid x^2+y^2 \leqslant a^2\}$ 为有界的闭区域(图 7-3(b));函数 $z=\dfrac{1}{\sqrt{y-x^2}}+\sqrt{a^2-x^2-y^2}$ 的定义域则为 $D=\{(x,y) \mid x^2+y^2 \leqslant a^2, y>x^2\}$(图 7-3(c)).

(a)　　　　　　(b)　　　　　　(c)

图 7-3

类似地,可定义三元及三元以上函数. 当 $n \geqslant 2$ 时,n 元函数统称为**多元函数**.

【例 1】 求 $f(x,y)=\dfrac{\arcsin(3-x^2-y^2)}{\sqrt{x-y^2}}$ 的定义域.

解 由 $\begin{cases} |3-x^2-y^2| \leqslant 1 \\ x-y^2>0 \end{cases}$ 得 $\begin{cases} 2 \leqslant x^2+y^2 \leqslant 4 \\ x>y^2 \end{cases}$,则

所求定义域为 $D(f)=\{(x,y) \mid 2 \leqslant x^2+y^2 \leqslant 4,\ x>y^2\}$ (图 7-4).

图 7-4

2. 二元函数的几何意义

设函数 $z=f(x,y)$ 的定义域为 D,对于任意取定的 $P(x,y) \in D$,对应的函数值为 $z=f(x,y)$,这样,以 x 为横坐标、y 为纵坐标、z 为竖坐标就在空间确定了一点 $M(x,y,z)$,当 (x,y) 取遍 D 上一切点时,得一个空间点集 $\{(x,y,z) \mid z=f(x,y),(x,y) \in D\}$,这个点集称为二元函数 $z=f(x,y)$ 的图形. 二元函数 $z=f(x,y)$ 的图形就是空间中区域 D 上的一个曲面(图 7-5),定义域 D 是该曲面在 xOy 面上的投影.

注 （1）二元函数的定义域是平面上的区域,而二元函数的图形是空间中的曲面.如二元函数 $z=\sqrt{a^2-x^2-y^2}$ 的图形是上半球面,定义域是平面区域 D：$D=\{(x,y)\mid x^2+y^2\leqslant a^2\}$；

（2）同理可知,三元函数 $u=f(x,y,z)$ 的定义域是空间区域,如函数 $u=\sqrt{R^2-x^2-y^2-z^2}$ 的定义域：$\Omega=\{(x,y,z)\mid x^2+y^2+z^2\leqslant R^2\}$ 是空间的球体.

图 7-5

7.1.3 二元函数的极限

1. 一元函数极限的回顾

如果当 x 趋于 a 时,$f(x)$ 会趋于 A,我们就说 $\lim\limits_{x\to a}f(x)=A$.也就是说,当 x 趋于 a 时,$f(x)$ 与 A 的距离会越来越小,至于当 $x=a$ 时,$f(x)$ 的值究竟是什么,就不重要了,关键是在 x 差一点就变成 a 时 $f(x)$ 的值.

例如,$\lim\limits_{x\to 1}(x^2-2x+3)=1^2-2\cdot 1+3=2$,在这个例子中 $\lim\limits_{x\to a}f(x)=f(a)$.

另一个例子:虽然当 $x=3$ 时,$\dfrac{x^2-9}{x-3}$ 没有定义,但下式仍然成立.

$$\lim_{x\to 3}\frac{x^2-9}{x-3}=\lim_{x\to 3}\frac{(x-3)(x+3)}{x-3}=\lim_{x\to 3}(x+3)=6$$

在一元函数的极限中,x 趋于 a 的方式有两种:从左边（$x<a$）或从右边（$x>a$）.只有在 x 从左边和右边趋近 a 时,$f(x)$ 都趋近同一个值 A 的情况下,$f(x)$ 的极限才存在.

与一元函数类似,二元函数的极限也反映函数值随自变量变化而变化的趋势.

2. 二元函数极限的概念

设 $P_0(x_0,y_0)$ 为函数 $z=f(x,y)$ 的定义域的聚点,如果当点 $P(x,y)$ 无限趋于点 $P_0(x_0,y_0)$ 时,函数 $f(x,y)$ 无限趋于一个常数 A,则称 A 为**函数 $z=f(x,y)$ 当 $(x,y)\to(x_0,y_0)$ 时的极限**.记为

$$\lim_{\substack{x\to x_0\\y\to y_0}}f(x,y)=A$$

或

$$f(x,y) \rightarrow A((x,y) \rightarrow (x_0,y_0))$$

也记作

$$\lim_{P \rightarrow P_0} f(P) = A \quad 或 \quad f(P) \rightarrow A(P \rightarrow P_0)$$

二元函数的极限与一元函数的极限具有相同的性质和运算法则,在此不再详述. 为了区别于一元函数的极限,称二元函数的极限为**二重极限**.

注 (1)定义中 $P \rightarrow P_0$ 的方式是任意的;

(2)二元函数的极限运算法则与一元函数类似.

不像考虑一元函数时,x 只会从 a 的左边或右边趋近于 a. 在二元函数情况下,当 xOy 平面上有一点 (x,y) 朝另一点 (x_0,y_0) 趋近时,可能的趋近路径有许多条. 如果极限存在,不论所取的路径是什么,得到的结果都会相同.

但问题来了,既然路径的数目无限,那么必要时,我们如何去一一检验这些向 (x_0,y_0) 靠近的路径呢? 我们先看一些实际的例子.

【例2】 试求 $\lim\limits_{\substack{x \rightarrow 0 \\ y \rightarrow 0}} \dfrac{xy}{\sqrt{x^2+y^2}}$.

解 这个式子属于 $\dfrac{0}{0}$ 型未定式,一听到未定式,你可能马上就会联想到洛必达法则,但是,对于多元函数来说,洛必达法则爱莫能助. 那么如何检验从 (x,y) 到 (x_0,y_0) 的所有可能路径呢? 试试这个:转换成极坐标 $x = r\cos\theta, y = r\sin\theta, r = \sqrt{x^2+y^2}$. 特别注意当 (x,y) 趋于 $(0,0)$ 时,r 趋于 0. 因此所求的极限变成

$$\lim_{\substack{x \rightarrow 0 \\ y \rightarrow 0}} \frac{xy}{\sqrt{x^2+y^2}} = \lim_{r \rightarrow 0} \frac{(r\cos\theta)(r\sin\theta)}{r} = \lim_{r \rightarrow 0}(r\cos\theta\sin\theta) = 0$$

之所以等于 0,是因为 $\cos\theta\sin\theta$ 不会大于 1,用它去乘一个趋近于 0 的 r,答案当然会跟着趋近于 0.

但值得注意的是,转换成极坐标这一招,只能用在当 (x,y) 趋于 $(0,0)$ 的情况下,除此之外就无效了.

【例3】 求极限 $\lim\limits_{\substack{x \rightarrow 0 \\ y \rightarrow 0}} \dfrac{\sin(x^2y)}{x^2+y^2}$.

解 $$\lim_{\substack{x \rightarrow 0 \\ y \rightarrow 0}} \frac{\sin(x^2y)}{x^2+y^2} = \lim_{\substack{x \rightarrow 0 \\ y \rightarrow 0}} \frac{\sin(x^2y)}{x^2y} \cdot \frac{x^2y}{x^2+y^2}$$

其中 $\lim\limits_{\substack{x \rightarrow 0 \\ y \rightarrow 0}} \dfrac{\sin(x^2y)}{x^2y} = 1$.

$$\left| \frac{x^2 y}{x^2 + y^2} \right| = \frac{1}{2} \left| \frac{2xy}{x^2 + y^2} \cdot x \right| \leqslant \frac{1}{2} |x| \to 0$$

所以

$$\lim_{\substack{x \to 0 \\ y \to 0}} \frac{\sin(x^2 y)}{x^2 + y^2} = 0$$

【例 4】 证明 $\lim\limits_{\substack{x \to 0 \\ y \to 0}} \dfrac{xy}{x^2 + y^2}$ 不存在.

证明 将它转换成极坐标,得

$$\lim_{\substack{x \to 0 \\ y \to 0}} \frac{xy}{x^2 + y^2} = \lim_{r \to 0} \frac{r\cos\theta \cdot r\sin\theta}{r^2} = \lim_{r \to 0}(\cos\theta \cdot \sin\theta)$$

这个答案很有意思,它随着 θ 的不同而不同. 如果 $\theta = 0$(相当于点 (x, y) 沿着 x 轴正向趋近 $(0,0)$),则极限为 0;如果 $\theta = \dfrac{\pi}{4}$(相当于点 (x, y) 沿着 $y = x, x > 0$ 趋近 $(0,0)$),则极限为 $\dfrac{1}{2}$. 由此可以看出,该极限的值会随着趋近 $(0,0)$ 的路径不同而有差异,所以极限不存在.

这一题不用转换成极坐标,也能得到相同的答案.

取 $y = kx$(k 为常数),则

$$\lim_{\substack{x \to 0 \\ y \to 0}} \frac{xy}{x^2 + y^2} = \lim_{\substack{x \to 0 \\ y = kx}} \frac{x \cdot kx}{x^2 + k^2 x^2} = \frac{k}{1 + k^2}$$

易见题设极限的值随 k 的变化而变化,故题设极限不存在.

注 证明二元函数极限不存在的方法.

(1)取两个不同路径,函数极限值不同.

(2)令 $y = f(kx)$,极限值随 k 的不同而不同.

7.1.4　二元函数的连续性

1. 二元函数连续性的概念

设二元函数 $z = f(x, y)$ 在点 (x_0, y_0) 的某一邻域内有定义,如果

$$\lim_{\substack{x \to x_0 \\ y \to y_0}} f(x, y) = f(x_0, y_0)$$

则称 $z = f(x, y)$ 在点 (x_0, y_0) 处**连续**. 如果函数 $z = f(x, y)$ 在点 (x_0, y_0) 处不

连续,则称函数 $z = f(x,y)$ 在点 (x_0,y_0) 处**间断**.

如果 $z = f(x,y)$ 在区域 D 内每一点处都连续,则称该函数在区域 D 内连续. 在区域 D 内连续的二元函数的图形是区域 D 上的一个连续曲面,曲面上没有洞,也没有撕裂的地方.

与一元函数类似,二元连续函数经过四则运算和复合运算后仍为二元连续函数. 由 x 和 y 的基本初等函数经过有限次的四则运算和复合运算所构成的可用一个式子表示的二元函数称为**二元初等函数**. 一切二元初等函数在其定义区域内都是连续的. 这里的定义区域是指包含在定义域内的区域或闭区域. 利用这个结论,当求某个二元初等函数在其定义区域内一点的极限时,只要算出函数在该点的函数值即可.

【**例 5**】 讨论二元函数 $f(x,y) = \begin{cases} \dfrac{x^3 + y^3}{x^2 + y^2}, & (x,y) \neq (0,0) \\ 0, & (x,y) = (0,0) \end{cases}$ 在点 $(0,0)$ 处的连续性.

解 由 $f(x,y)$ 表达式的特征,利用极坐标变换:

令 $x = \rho\cos\theta, y = \rho\sin\theta$,则

$$\lim_{(x,y)\to(0,0)} f(x,y) = \lim_{\rho\to 0}\rho(\sin^3\theta + \cos^3\theta) = 0 = f(0,0)$$

所以函数在点 $(0,0)$ 处连续.

【**例 6**】 求 $\lim\limits_{\substack{x\to 0 \\ y\to 1}} \dfrac{e^x + y}{x + y}$.

解 因初等函数 $f(x,y) = \dfrac{e^x + y}{x + y}$ 在点 $(0,1)$ 处连续,故

$$\lim_{\substack{x\to 0 \\ y\to 1}} \frac{e^x + y}{x + y} = \frac{e^0 + 1}{0 + 1} = 2$$

2. 闭区域上连续函数的性质

在有界闭区域 D 上连续的二元函数也有类似于一元连续函数在闭区间上所满足的定理.下面我们不加证明地列出这些定理.

定理 1(最大值和最小值定理) 在有界闭区域 D 上的二元连续函数,能取得最大值和最小值.

定理 2(有界性定理) 有界闭区域 D 上的二元连续函数在 D 上一定有界.

定理 3(介值定理) 有界闭区域 D 上的二元连续函数能够取得最大值与最小值之间的所有值.

习题 7-1

1. 已知函数 $f(x+y, x-y) = \dfrac{x^2 - y^2}{x^2 + y^2}$, 求 $f(x, y)$.

2. 求下列各函数的定义域:

(1) $z = \ln(y^2 - 2x + 1)$;   (2) $z = \dfrac{1}{\sqrt{x+y}} + \dfrac{1}{\sqrt{x-y}}$;

(3) $u = \sqrt{R^2 - x^2 - y^2 - z^2} + \dfrac{1}{\sqrt{x^2 + y^2 + z^2 - r^2}}$ $(R > r > 0)$;

(4) $u = \arccos \dfrac{z}{\sqrt{x^2 + y^2}}$.

3. 求下列各函数的极限:

(1) $\lim\limits_{(x,y)\to(1,2)} \dfrac{x-y}{x^2 + 2y^2}$;   (2) $\lim\limits_{(x,y)\to(0,0)} \dfrac{\sin(xy)}{\sqrt{xy+1}-1}$;

(3) $\lim\limits_{(x,y)\to(0,0)} \dfrac{1-\cos(xy)}{x^2 y^2}$;   (4) $\lim\limits_{\substack{x\to 0 \\ y\to 0}} (x^2 + y^2) \sin \dfrac{1}{x^2 + y^2}$;

(5) $\lim\limits_{\substack{x\to\infty \\ y\to\infty}} \dfrac{x+y}{x^2 + y^2}$.

4. 证明下列极限不存在:

(1) $\lim\limits_{(x,y)\to(0,0)} \dfrac{x-y}{x+y}$;   (2) $\lim\limits_{(x,y)\to(0,0)} \dfrac{x^2 - y^2}{x^2 + y^2}$.

5. 若点 (x, y) 沿着无数条平面曲线趋向于点 (x_0, y_0) 时,函数 $f(x, y)$ 都趋向于 A,能否断定 $\lim\limits_{(x,y)\to(x_0, y_0)} f(x, y) = A$?

6. 讨论函数 $f(x, y) = \begin{cases} \dfrac{xy^2}{x^2 + y^4}, & x^2 + y^2 \neq 0 \\ 0, & x^2 + y^2 = 0 \end{cases}$ 的连续性.

7.2 偏导数与高阶偏导数

在研究一元函数时,我们从研究函数的变化率引入了导数的概念.实际问题中,我们常常需要了解一个受到多种因素制约的变量,在其他因素固定不变的情况下,只随一种因素变化的变化率问题,反映在数学上就是多元函数在其他自变量固定不变时,随一个自变量变化的变化率问题,这就是偏导数.

7.2.1 偏导数的定义及计算方法

1. 偏导数的定义

定义 1 设函数 $z = f(x, y)$ 在点 (x_0, y_0) 的某一邻域内有定义,当 y 固定在 y_0,而 x 在 x_0 处有增量 Δx 时,相应地函数有增量

$$f(x_0 + \Delta x, y_0) - f(x_0, y_0)$$

如果 $\lim\limits_{\Delta x \to 0} \dfrac{f(x_0 + \Delta x, y_0) - f(x_0, y_0)}{\Delta x}$ 存在,则称此极限为函数 $z = f(x, y)$ 在点 (x_0, y_0) 处对 **x 的偏导数**,记为

$$\frac{\partial z}{\partial x}\bigg|_{\substack{x=x_0 \\ y=y_0}}, \quad \frac{\partial f}{\partial x}\bigg|_{\substack{x=x_0 \\ y=y_0}}, \quad z_x\bigg|_{\substack{x=x_0 \\ y=y_0}} \quad \text{或} \quad f_x(x_0, y_0)$$

例如,有

$$f_x(x_0, y_0) = \lim_{\Delta x \to 0} \frac{f(x_0 + \Delta x, y_0) - f(x_0, y_0)}{\Delta x}$$

类似地,函数 $z = f(x, y)$ 在点 (x_0, y_0) 处对 **y 的偏导数**为

$$\lim_{\Delta y \to 0} \frac{f(x_0, y_0 + \Delta y) - f(x_0, y_0)}{\Delta y}$$

记为

$$\frac{\partial z}{\partial y}\bigg|_{\substack{x=x_0 \\ y=y_0}}, \quad \frac{\partial f}{\partial y}\bigg|_{\substack{x=x_0 \\ y=y_0}}, \quad z_y\bigg|_{\substack{x=x_0 \\ y=y_0}} \quad \text{或} \quad f_y(x_0, y_0)$$

如果函数 $z = f(x, y)$ 在区域 D 内任一点 (x, y) 处对 x 的偏导数都存在,则这个偏导数仍然是 x, y 的函数,称为函数 $z = f(x, y)$ 对自变量 x 的偏导函数,记作 $\dfrac{\partial z}{\partial x}, \dfrac{\partial f}{\partial x}, z_x$ 或 $f_x(x, y)$.

同理可以定义函数 $z = f(x,y)$ 对自变量 y 的偏导函数,记作 $\dfrac{\partial z}{\partial y}$, $\dfrac{\partial f}{\partial y}$, z_y 或 $f_y(x,y)$.

在不引起混淆的情况下,偏导函数简称偏导数. 偏导数的概念可以推广到二元以上函数. 如 $u = f(x,y,z)$ 在点 (x,y,z) 处有

$$f_x(x,y,z) = \lim_{\Delta x \to 0} \frac{f(x+\Delta x, y, z) - f(x,y,z)}{\Delta x}$$

$$f_y(x,y,z) = \lim_{\Delta y \to 0} \frac{f(x, y+\Delta y, z) - f(x,y,z)}{\Delta y}$$

$$f_z(x,y,z) = \lim_{\Delta z \to 0} \frac{f(x, y, z+\Delta z) - f(x,y,z)}{\Delta z}$$

2. 偏导数的计算

上述定义表明,在求多元函数对某个自变量的偏导数时,只需把其余自变量看做常数,然后直接利用一元函数的求导公式及复合函数求导法则来计算之.

【例 1】　求 $z = x^2 + 3xy + y^2$ 在点 $(1,2)$ 处的偏导数.

解
$$\frac{\partial z}{\partial x} = 2x + 3y, \quad \frac{\partial z}{\partial y} = 3x + 2y$$

$$\left.\frac{\partial z}{\partial x}\right|_{\substack{x=1 \\ y=2}} = 2 \times 1 + 3 \times 2 = 8, \quad \left.\frac{\partial z}{\partial y}\right|_{\substack{x=1 \\ y=2}} = 3 \times 1 + 2 \times 2 = 7$$

【例 2】　求 $z = x^2 \sin(2y)$ 的偏导数.

解
$$\frac{\partial z}{\partial x} = 2x \sin(2y), \quad \frac{\partial z}{\partial y} = 2x^2 \cos(2y)$$

【例 3】　设 $z = x^y (x > 0, x \neq 1)$,求证 $\dfrac{x}{y} \dfrac{\partial z}{\partial x} + \dfrac{1}{\ln x} \dfrac{\partial z}{\partial y} = 2z$.

证明　因为 $\dfrac{\partial z}{\partial x} = yx^{y-1}$, $\dfrac{\partial z}{\partial y} = x^y \ln x$,所以

$$\frac{x}{y} \frac{\partial z}{\partial x} + \frac{1}{\ln x} \frac{\partial z}{\partial y} = \frac{x}{y} yx^{y-1} + \frac{1}{\ln x} x^y \ln x = x^y + x^y = 2z$$

【例 4】　求 $r = \sqrt{x^2 + y^2 + z^2}$ 的偏导数.

解
$$\frac{\partial r}{\partial x} = \frac{2x}{2\sqrt{x^2+y^2+z^2}} = \frac{x}{r}, \quad \frac{\partial r}{\partial y} = \frac{2y}{2\sqrt{x^2+y^2+z^2}} = \frac{y}{r}$$

$$\frac{\partial r}{\partial z} = \frac{2z}{2\sqrt{x^2 + y^2 + z^2}} = \frac{z}{r}$$

【例 5】 已知理想气体的状态方程 $pV = RT$（R 为常数），求证：

$$\frac{\partial p}{\partial V} \cdot \frac{\partial V}{\partial T} \cdot \frac{\partial T}{\partial p} = -1$$

证明
$$p = \frac{RT}{V} \Rightarrow \frac{\partial p}{\partial V} = -\frac{RT}{V^2}$$

$$V = \frac{RT}{p} \Rightarrow \frac{\partial V}{\partial T} = \frac{R}{p}$$

$$T = \frac{pV}{R} \Rightarrow \frac{\partial T}{\partial p} = \frac{V}{R}$$

所以
$$\frac{\partial p}{\partial V} \cdot \frac{\partial V}{\partial T} \cdot \frac{\partial T}{\partial p} = -\frac{RT}{V^2} \cdot \frac{R}{p} \cdot \frac{V}{R} = -\frac{RT}{pV} = -1$$

3. 说明

(1)对一元函数而言，导数 $\dfrac{\mathrm{d}y}{\mathrm{d}x}$ 可看做函数的微分 $\mathrm{d}y$ 与自变量的微分 $\mathrm{d}x$ 的商，但偏导数的记号 $\dfrac{\partial u}{\partial x}$ 是一个整体.

(2)与一元函数类似，计算分段函数在分段点处的偏导数要利用偏导数的定义来求.

(3)在一元函数微分学中，如果函数在某点存在导数，则它在该点必定连续.但对多元函数而言，即使函数的各个偏导数存在，也不能保证函数在该点连续.

例如，二元函数

$$f(x,y) = \begin{cases} \dfrac{xy}{x^2 + y^2}, & (x,y) \neq (0,0) \\ 0, & (x,y) = (0,0) \end{cases}$$

在点 $(0,0)$ 处的偏导数为

$$f_x(0,0) = \lim_{\Delta x \to 0} \frac{f(0 + \Delta x, 0) - f(0,0)}{\Delta x} = \lim_{\Delta x \to 0} \frac{0}{\Delta x} = 0$$

$$f_y(0,0) = \lim_{\Delta y \to 0} \frac{f(0, 0 + \Delta y) - f(0,0)}{\Delta y} = \lim_{\Delta x \to 0} \frac{0}{\Delta y} = 0$$

但从上节知道这个函数在点 $(0,0)$ 处不连续.

4. 偏导数的几何意义

设曲面的方程为 $z = f(x, y)$，$M_0(x_0, y_0,$ $f(x_0, y_0))$ 是该曲面上一点，过点 M_0 作平面 $y = y_0$，截曲面得一条曲线，其方程为

$$\begin{cases} z = f(x, y_0) \\ y = y_0 \end{cases}$$

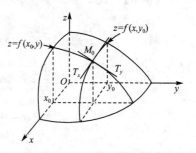

图 7-6

则偏导数 $f_x(x_0, y_0)$ 表示上述曲线在点 M_0 处的切线 $M_0 T_x$ 对 x 轴正向的斜率(图 7-6). 同理，偏导数 $f_y(x_0, y_0)$ 就是曲面被平面 $x = x_0$ 所截得的曲线在点 M_0 处的切线 $M_0 T_y$ 对 y 轴正向的斜率.

7.2.2　高阶偏导数

在前面的例题中，所给的函数对 x 求导后，所得到的都是一个新函数，而这个新函数仍然具有与原来函数相同数量的自变量. 为了阐明这个概念，比较小心的写法是：

$$f(x, y) = x^2 + 3xy + y^2$$

$$\frac{\partial f(x, y)}{\partial x} = 2x + 3y, \qquad \frac{\partial f(x, y)}{\partial y} = 3x + 2y$$

设函数 $z = f(x, y)$ 在区域 D 内具有偏导数

$$\frac{\partial z}{\partial x} = f_x(x, y), \qquad \frac{\partial z}{\partial y} = f_y(x, y)$$

则在 D 内 $f_x(x, y)$ 和 $f_y(x, y)$ 都是 x、y 的函数. 如果这两个函数的偏导数存在，则称它们是函数 $z = f(x, y)$ 的**二阶偏导数**(Second Order Partial Derivatives). 按照对变量求导次序的不同，共有下列四个二阶偏导数：

$$\frac{\partial}{\partial x}\left(\frac{\partial z}{\partial x}\right) = \frac{\partial^2 z}{\partial x^2} = f_{xx}(x, y), \qquad \frac{\partial}{\partial y}\left(\frac{\partial z}{\partial y}\right) = \frac{\partial^2 z}{\partial y^2} = f_{yy}(x, y)$$

$$\frac{\partial}{\partial y}\left(\frac{\partial z}{\partial x}\right) = \frac{\partial^2 z}{\partial x \partial y} = f_{xy}(x, y), \qquad \frac{\partial}{\partial x}\left(\frac{\partial z}{\partial y}\right) = \frac{\partial^2 z}{\partial y \partial x} = f_{yx}(x, y) \text{（混合偏导数）}$$

类似地，可以定义三阶、四阶、$\cdots$ 以及 n 阶偏导数. 我们把二阶及二阶以上的偏导数统称为**高阶偏导数**.

【例 6】 设 $z = x^3 y^2 - 3xy^3 - xy + 1$，求 $\dfrac{\partial^2 z}{\partial x^2}, \dfrac{\partial^2 z}{\partial y \partial x}, \dfrac{\partial^2 z}{\partial x \partial y}, \dfrac{\partial^2 z}{\partial y^2}$.

解
$$\frac{\partial z}{\partial x} = 3x^2 y^2 - 3y^3 - y, \qquad \frac{\partial z}{\partial y} = 2x^3 y - 9xy^2 - x$$

$$\frac{\partial^2 z}{\partial x^2} = 6xy^2, \qquad \frac{\partial^2 z}{\partial y^2} = 2x^3 - 18xy$$

$$\frac{\partial^2 z}{\partial x \partial y} = 6x^2 y - 9y^2 - 1, \qquad \frac{\partial^2 z}{\partial y \partial x} = 6x^2 y - 9y^2 - 1$$

【例 7】 设 $z = x^3 y^2 - 3xy^3 - xy + 1$，求 $\dfrac{\partial^3 z}{\partial x^2 \partial y}, \dfrac{\partial^2 z}{\partial x \partial y}, \dfrac{\partial^3 z}{\partial x \partial y \partial x}, \dfrac{\partial^2 z}{\partial y \partial x}, \dfrac{\partial^3 z}{\partial y \partial x^2}$.

$$\frac{\partial^3 z}{\partial x^2 \partial y} = 12xy, \qquad \frac{\partial^2 z}{\partial x \partial y} = 6x^2 y - 9y^2 - 1$$

$$\frac{\partial^3 z}{\partial x \partial y \partial x} = 12xy, \qquad \frac{\partial^2 z}{\partial y \partial x} = 6x^2 y - 9y^2 - 1$$

$$\frac{\partial^3 z}{\partial y \partial x^2} = 12xy$$

在例 7 中，两个二阶混合偏导数相等，$\dfrac{\partial^2 z}{\partial x \partial y} = \dfrac{\partial^2 z}{\partial y \partial x}$，即混合偏导数与求导的先后次序无关. 对所有的 $z = f(x, y)$，混合偏导数 $\dfrac{\partial^2 z}{\partial x \partial y}$，$\dfrac{\partial^2 z}{\partial y \partial x}$ 都相等吗？再看一个例子.

【例 8】 设 $f(x, y) = \begin{cases} \dfrac{x^3 y}{x^2 + y^2}, & (x, y) \neq (0, 0) \\ 0, & (x, y) = (0, 0) \end{cases}$，求 $f(x, y)$ 的二阶混合偏导数.

解 当 $(x, y) \neq (0, 0)$ 时，

$$f_x(x, y) = \frac{3x^2 y (x^2 + y^2) - 2x \cdot x^3 y}{(x^2 + y^2)^2} = \frac{3x^2 y}{x^2 + y^2} - \frac{2x^4 y}{(x^2 + y^2)^2}$$

$$f_y(x, y) = \frac{x^3}{x^2 + y^2} - \frac{2x^3 y^2}{(x^2 + y^2)^2}$$

当 $(x, y) = (0, 0)$ 时，按定义可知，

$$f_x(0, 0) = \lim_{\Delta x \to 0} \frac{f(\Delta x, 0) - f(0, 0)}{\Delta x} = \lim_{\Delta x \to 0} \frac{0}{\Delta x} = 0$$

$$f_y(0, 0) = \lim_{\Delta y \to 0} \frac{f(0, \Delta y) - f(0, 0)}{\Delta y} = \lim_{\Delta y \to 0} \frac{0}{\Delta y} = 0$$

$$f_{xy}(0,0) = \lim_{\Delta y \to 0} \frac{f_x(0,\Delta y) - f_x(0,0)}{\Delta y} = 0$$

$$f_{yx}(0,0) = \lim_{\Delta x \to 0} \frac{f_y(\Delta x,0) - f_y(0,0)}{\Delta x} = 1$$

显然 $f_{xy}(0,0) \neq f_{yx}(0,0)$.

问题　具备怎样的条件才能使混合偏导数相等?

定理 1　如果函数 $z = f(x,y)$ 的两个二阶混合偏导数 $\dfrac{\partial^2 z}{\partial y \partial x}$ 及 $\dfrac{\partial^2 z}{\partial x \partial y}$ 在区域 D 内连续,则在该区域内有 $\dfrac{\partial^2 z}{\partial y \partial x} = \dfrac{\partial^2 z}{\partial x \partial y}$.

注　对于三阶以上的混合偏导数,有类似定理 1 的结论吗?

【例 9】　证明函数 $u = \dfrac{1}{r}$ 满足方程 $\dfrac{\partial^2 u}{\partial x^2} + \dfrac{\partial^2 u}{\partial y^2} + \dfrac{\partial^2 u}{\partial z^2} = 0$, 其中 $r = \sqrt{x^2 + y^2 + z^2}$.

证明
$$\frac{\partial u}{\partial x} = -\frac{1}{r^2} \frac{\partial r}{\partial x} = -\frac{1}{r^2} \frac{x}{r} = -\frac{x}{r^3}$$

$$\frac{\partial^2 u}{\partial x^2} = -\frac{1}{r^3} + \frac{3x}{r^4} \frac{\partial r}{\partial x} = -\frac{1}{r^3} + \frac{3x^2}{r^5}$$

同理
$$\frac{\partial^2 u}{\partial y^2} = -\frac{1}{r^3} + \frac{3y^2}{r^5}, \quad \frac{\partial^2 u}{\partial z^2} = -\frac{1}{r^3} + \frac{3z^2}{r^5}$$

所以
$$\frac{\partial^2 u}{\partial x^2} + \frac{\partial^2 u}{\partial y^2} + \frac{\partial^2 u}{\partial z^2} = -\frac{3}{r^3} + \frac{3(x^2 + y^2 + z^2)}{r^5} = -\frac{3}{r^3} + \frac{3}{r^3} = 0$$

$\dfrac{\partial^2 u}{\partial x^2} + \dfrac{\partial^2 u}{\partial y^2} + \dfrac{\partial^2 u}{\partial z^2} = 0$ 叫做拉普拉斯(Laplace)方程,它是数学物理方程中一种很重要的方程.

习题　7-2

1.求下列函数的偏导数:

(1) $z = x^3 y - y^3 r$;

(2) $z - \sqrt{\ln(xy)}$;

(3) $z = \sin(xy) + \cos^2(xy)$；　　　　(4) $z = (1 + xy)^y$；

(5) $u = x^{\frac{y}{z}}$；　　　　　　　　(6) $u = \arctan(x - y)^z$.

2. 设 $z = \mathrm{e}^{-(\frac{1}{x} + \frac{1}{y})}$，求证 $x^2 \dfrac{\partial z}{\partial x} + y^2 \dfrac{\partial z}{\partial y} = 2z$.

3. 设 $f(x, y) = x + (y - 1)\arcsin\sqrt{\dfrac{x}{y}}$，求 $f_x(x, 1)$.

4. 曲线 $\begin{cases} z = \dfrac{x^2 + y^2}{4} \\ y = 4 \end{cases}$ 在点 $(2, 4, 5)$ 处的切线对于 x 轴的倾角是多少？

5. 求下列函数的 $\dfrac{\partial^2 z}{\partial x^2}, \dfrac{\partial^2 z}{\partial y^2}, \dfrac{\partial^2 z}{\partial x \partial y}$：

(1) $z = x^4 + y^4 + 4x^3 y^2$；

(2) $z = \arctan\dfrac{y}{x}$；

(3) $z = y^x$.

6. 设 $f(x, y, z) = xy^2 + yz^2 + zx^2$，求 $f_{xx}(0, 0, 1)$，$f_{xz}(1, 0, 2)$，$f_{yz}(0, -1, 0)$ 及 $f_{zzx}(2, 0, 1)$.

7. 设 $z = x\ln(xy)$，求 $\dfrac{\partial^3 z}{\partial x^2 \partial y}$ 和 $\dfrac{\partial^3 z}{\partial x \partial y^2}$.

8. 验证：

(1) $y = \mathrm{e}^{-kn^2 t}\sin x$ 满足 $\dfrac{\partial y}{\partial t} = k\dfrac{\partial^2 y}{\partial x^2}$；

(2) $r = \sqrt{x^2 + y^2 + z^2}$ 满足 $\dfrac{\partial^2 r}{\partial x^2} + \dfrac{\partial^2 r}{\partial y^2} + \dfrac{\partial^2 r}{\partial z^2} = \dfrac{2}{r}$.

9. 某移动电话公司的某种产品有下面的生产函数 $p(x, y) = 50x^{\frac{2}{3}} y^{\frac{1}{3}}$，其中 p 是由 x 个人力单位和 y 个资本单位生产的产品数量，求：

(1) 由 125 个人力单位和 64 个资本单位生产的产品数量；

(2) 边际生产力；

(3) 计算在 $x = 125, y = 64$ 时的边际生产力.

7.3　全微分及其应用

7.3.1　全微分的定义

我们已经知道,二元函数对某个自变量的偏导数表示当其中一个自变量固定时,因变量对另一个自变量的变化率. 根据一元函数微分学中增量与微分的关系,可得

$$f(x + \Delta x, y) - f(x, y) \approx f_x(x, y) \Delta x$$
$$f(x, y + \Delta y) - f(x, y) \approx f_y(x, y) \Delta y$$

上面两式左端分别称为二元函数对 x 和对 y 的**偏增量**,而右端分别称为二元函数对 x 和对 y 的**偏微分**.

在实际问题中,有时需要研究多元函数中各个自变量都取得增量时因变量所获得的增量,即所谓全增量的问题. 下面以二元函数为例进行讨论.

如果函数 $z = f(x, y)$ 在点 $P(x, y)$ 的某邻域内有定义,并设 $P'(x + \Delta x, y + \Delta y)$ 为邻域内的任意一点,则称

$$f(x + \Delta x, y + \Delta y) - f(x, y)$$

为函数在点 P 处对应于自变量增量 Δx、Δy 的**全增量**,记为 Δz,即

$$\Delta z = f(x + \Delta x, y + \Delta y) - f(x, y) \tag{7-3-1}$$

一般来说,计算全增量比较复杂. 与一元函数的情形类似,我们也希望利用关于自变量增量 Δx、Δy 的线性函数来近似地代替函数的全增量 Δz,由此引入关于二元函数全微分的定义.

定义 1　如果函数 $z = f(x, y)$ 在点 (x, y) 处的全增量

$$\Delta z = f(x + \Delta x, y + \Delta y) - f(x, y)$$

可以表示为

$$\Delta z = A \Delta x + B \Delta y + o(\rho)$$

其中 A、B 不依赖于 Δx、Δy 而仅与 x、y 有关,$\rho = \sqrt{(\Delta x)^2 + (\Delta y)^2}$,则称函数 $z = f(x, y)$ 在点 (x, y) **可微**,$A \Delta x + B \Delta y$ 称为函数 $z = f(x, y)$ 在点 (x, y) 处的**全微分**(Total Differential),记为 dz,即

$$dz = A\Delta x + B\Delta y$$

若函数在区域 D 内每点处都可微,则称函数在 **D 内可微**.

7.3.2 函数可微的条件

在一元函数中,可微一定可导,可导一定可微,那么二元函数 $z = f(x,y)$ 在点 (x,y) 处可微的条件又是什么?与一元函数一样吗?

根据多元函数可微的定义,可得下面的结果:

定理 1(必要条件) 如果函数 $z = f(x,y)$ 在点 (x,y) 处可微,则有

(1) $z = f(x,y)$ 在点 (x,y) 处连续;

(2) $z = f(x,y)$ 在点 (x,y) 处的偏导数 $\dfrac{\partial z}{\partial x}, \dfrac{\partial z}{\partial y}$ 存在,且 $z = f(x,y)$ 在点 (x,y) 处的全微分为

$$dz = \frac{\partial z}{\partial x}\Delta x + \frac{\partial z}{\partial y}\Delta y$$

证明 (1)由于 $z = f(x,y)$ 在点 (x,y) 处可微,即有

$$\Delta z = A\Delta x + B\Delta y + o(\rho)$$

于是

$$\lim_{\rho \to 0}\Delta z = 0$$

从而

$$\lim_{(\Delta x,\Delta y) \to (0,0)} f(x+\Delta x, y+\Delta y) = \lim_{(\Delta x,\Delta y) \to (0,0)} \left[f(x,y) + \Delta z \right] = f(x,y)$$

即 $z = f(x,y)$ 在点 (x,y) 处连续.

(2) 由于 $z = f(x,y)$ 在点 (x,y) 处可微,于是在点 (x,y) 的某一邻域内有

$$f(x+\Delta x, y+\Delta y) - f(x,y) = A\Delta x + B\Delta y + o(\rho)$$

特别地,当 $\Delta y = 0$ 时,上式变为

$$f(x+\Delta x, y) - f(x,y) = A\Delta x + o(|\Delta x|)$$

在该式两端同除以 Δx,再令 $\Delta x \to 0$,则得

$$\lim_{\Delta x \to 0} \frac{f(x+\Delta x, y) - f(x,y)}{\Delta x} = A$$

从而偏导数 $\dfrac{\partial z}{\partial x}$ 存在,且 $\dfrac{\partial z}{\partial x} = A$,同样可证 $\dfrac{\partial z}{\partial y}$ 存在,且 $\dfrac{\partial z}{\partial y} = B$,所以有

$$dz = \frac{\partial z}{\partial x}\Delta x + \frac{\partial z}{\partial y}\Delta y$$

我们知道,一元函数在某点处可导是在该点处可微的充分必要条件. 但对于多元函数则不然.

一元函数在某点导数存在则微分存在;若多元函数的各偏导数存在,全微分一定存在吗?

$$f(x,y) = \begin{cases} \dfrac{xy}{\sqrt{x^2+y^2}}, & x^2+y^2 \neq 0 \\ 0, & x^2+y^2 = 0 \end{cases}$$

在点 $(0,0)$ 处有

$$f_x(0,0) = f_y(0,0) = 0$$

$$\Delta z - \left[f_x(0,0)\cdot\Delta x + f_y(0,0)\cdot\Delta y\right] = \frac{\Delta x\cdot\Delta y}{\sqrt{(\Delta x)^2+(\Delta y)^2}}$$

如果考虑点 $P'(\Delta x,\Delta y)$ 沿着直线 $y = x$ 趋近于 $(0,0)$,则

$$\lim_{\rho\to 0}\frac{\dfrac{\Delta x\cdot\Delta y}{\sqrt{(\Delta x)^2+(\Delta y)^2}}}{\rho} = \lim_{\Delta x\to 0}\frac{\Delta x\cdot\Delta x}{(\Delta x)^2+(\Delta x)^2} = \frac{1}{2}$$

这说明它不能随着 $\rho\to 0$ 而趋于 0,故函数在点 $(0,0)$ 处不可微.

定理 1 的结论表明,二元函数的各偏导数存在只是全微分存在的必要条件而不是充分条件. 因为当函数的偏导数存在时,虽然能形式地写成 $\dfrac{\partial z}{\partial x}\Delta x + \dfrac{\partial z}{\partial y}\Delta y$,但它与 Δz 之差并不一定是 ρ 的高阶无穷小,因此它不一定是函数的全微分.

注　多元函数的各偏导数存在并不能保证全微分存在.

由此可见,对于多元函数而言,偏导数存在并不一定可微. 因为函数的偏导数仅描述了函数在一点处沿坐标轴的变化率,而全微分描述了函数沿各个方向的变化情况. 但如果对偏导数再加些条件,就可以保证函数的可微性. 一般地,我们有:

定理 2(充分条件)　如果函数 $z = f(x,y)$ 的偏导数 $\dfrac{\partial z}{\partial x},\dfrac{\partial z}{\partial y}$ 在点 (x,y) 处连续,则函数在该点处可微.

证明略.

多元函数连续、可导、可微的关系如图 7-7 所示.

图 7-7

7.3.3　全微分的计算

习惯上,常将自变量的增量 Δx 、Δy 分别记为 $\mathrm{d}x$ 、$\mathrm{d}y$,并分别称为自变量的微分. 这样,函数 $z = f(x,y)$ 的全微分就可表示为

$$\mathrm{d}z = \frac{\partial z}{\partial x}\mathrm{d}x + \frac{\partial z}{\partial y}\mathrm{d}y$$

通常把二元函数的全微分等于它的两个偏微分之和称为二元函数的微分符合叠加原理.

叠加原理也适用于二元以上的函数. 例如,三元函数 $u = f(x,y,z)$ 的全微分可表示为

$$\mathrm{d}u = \frac{\partial u}{\partial x}\mathrm{d}x + \frac{\partial u}{\partial y}\mathrm{d}y + \frac{\partial u}{\partial z}\mathrm{d}z$$

【例1】　求函数 $z = 4xy^3 + 5x^2y^6$ 的全微分.

解　因为

$$\frac{\partial z}{\partial x} = 4y^3 + 10xy^6, \quad \frac{\partial z}{\partial y} = 12xy^2 + 30x^2y^5$$

$$\mathrm{d}z = (4y^3 + 10xy^6)\mathrm{d}x + (12xy^2 + 30x^2y^5)\mathrm{d}y$$

【例2】　计算函数 $z = x^y$ 在点 $(2,1)$ 处的全微分.

解　因为

$$f_x(x,y) = yx^{y-1}, \quad f_y(x,y) = x^y\ln x$$

所以

$$f_x(2,1) = 1, \quad f_y(2,1) = 2\ln 2$$

从而所求全微分为

$$\mathrm{d}z = \mathrm{d}x + 2\ln 2\,\mathrm{d}y$$

【例3】　求函数 $u = x + \sin\dfrac{y}{2} + \mathrm{e}^{yz}$ 的全微分.

解
$$\frac{\partial u}{\partial x} = 1$$

$$\frac{\partial u}{\partial y} = \frac{1}{2}\cos\frac{y}{2} + z\mathrm{e}^{yz}$$

$$\frac{\partial u}{\partial z} = y\mathrm{e}^{yz}$$

故所求全微分为

$$\mathrm{d}u = \mathrm{d}x + (\frac{1}{2}\cos\frac{y}{2} + z\mathrm{e}^{yz})\mathrm{d}y + y\mathrm{e}^{yz}\mathrm{d}z$$

*7.3.4　全微分在近似计算中的应用

设二元函数 $z = f(x,y)$ 在点 $P(x,y)$ 处的两个偏导数 $f_x(x,y)$, $f_y(x,y)$ 连续,且 $|\Delta x|$、$|\Delta y|$ 都较小时,则根据全微分定义,有

$$\Delta z \approx \mathrm{d}z$$

即

$$\Delta z \approx f_x(x,y)\Delta x + f_y(x,y)\Delta y$$

由 $\Delta z = f(x+\Delta x, y+\Delta y) - f(x,y)$,即可得到二元函数的全微分近似计算公式

$$f(x+\Delta x, y+\Delta y) \approx f(x,y) + f_x(x,y)\Delta x + f_y(x,y)\Delta y$$

这表明,点 (x,y) 附近 $(x+\Delta x, y+\Delta y)$ 的函数值 $f(x+\Delta x, y+\Delta y)$ 可由 Δx 和 Δy 的线性函数来近似,这正是二元函数全微分的实质,利用它可以对二元函数作近似计算和误差估计.

【例 4】 计算 $(1.04)^{2.02}$ 的近似值.

解　设函数 $f(x,y) = x^y$.其中,$x = 1$, $y = 2$, $\Delta x = 0.04$, $\Delta y = 0.02$. 因为 $f(1,2) = 1$, $f_x(x,y) = yx^{y-1}$, $f_y(x,y) = x^y\ln x$, $f_x(1,2) = 2$, $f_y(1,2) = 0$, 所以由二元函数全微分近似计算公式,得

$$(1.04)^{2.02} \approx 1 + 2 \times 0.04 + 0 \times 0.02 = 1.08$$

【例 5】 测得矩形盒的边长为 75 cm、60 cm 和 40 cm,且可能的最大测量误差为 0.2 cm.试用全微分估计利用这些测量值计算盒子体积时可能带来的最大误差.

解 以 x、y、z 为边长的矩形盒体积为 $V = xyz$，所以

$$dV = \frac{\partial V}{\partial x}dx + \frac{\partial V}{\partial y}dy + \frac{\partial V}{\partial z}dz = yz\,dx + xz\,dy + xy\,dz$$

由于 $|\Delta x| \leqslant 0.2$，$|\Delta y| \leqslant 0.2$，$|\Delta z| \leqslant 0.2$，为了求体积的最大误差，取 $dx = dy = dz = 0.2$，再结合 $x = 75, y = 60, z = 40$，得

$$\Delta V \approx dV = 60 \times 40 \times 0.2 + 75 \times 40 \times 0.2 + 75 \times 60 \times 0.2 = 1\,980$$

即每边仅 0.2 cm 的误差可以导致体积的计算误差达到 $1\,980$ cm³.

习题 7-3

1. 求下列函数的全微分：

(1) $z = xy + \dfrac{x}{y}$；

(2) $z = e^{\frac{y}{x}}$；

(3) $z = \dfrac{y}{\sqrt{x^2 + y^2}}$；

(4) $u = x^{yz}$.

2. 求下列函数在指定点处的全微分：

(1) $z = \arctan\left(\dfrac{x}{1 + y^2}\right)$，求 $dz|_{(1,1)}$；

(2) $f(x,y,z) = z^2 \arctan \dfrac{y}{x}$，求 $df(1,1,1)$；

(3) $f(x,y,z) = \dfrac{z}{\sqrt{x^2 + y^2}}$，求 $df(3,4,5)$.

3. 设函数 $z = 5x^2 + y^2$，(x,y) 从 $(1,2)$ 变到 $(1.05, 2.1)$，试比较 Δz 和 dz 的值.

4. 求函数 $z = e^{xy}$ 在 $x = 1, y = 1, \Delta x = 0.15, \Delta y = 0.1$ 的全微分.

5. 用全微分代替函数的增量，近似计算：

(1) $\tan 46° \sin 29°$；

(2) $1.002 \times 2.003^2 \times 3.004^3$.

6. 扇形中心角 $\alpha = 60°$，半径 $R = 20$ m，如果将中心角增加 $1°$，为使扇形面积不变，应把扇形的半径减少多少？

7. 当 $x^2 + y^2 > 0$ 时，$f(x,y) = e^{-\frac{1}{x^2+y^2}}$，$f(0,0) = 0$，研究函数在点 $(0,0)$ 的可微性.

8. 设函数 $\psi(x,y) = |x-y|\varphi(x,y)$，其中 $\varphi(x,y)$ 连续，研究 $\psi(x,y)$ 在原点 $(0,0)$ 处的可微性.

9. 讨论函数 $z = \begin{cases} \dfrac{x^2 y}{x^2+y^2}, & x^2+y^2 \neq 0 \\ 0, & x^2+y^2 = 0 \end{cases}$ 在点 $(0,0)$ 处函数的全微分是否存在.

10. 设 $f(x,y,z) = \left(\dfrac{x}{y}\right)^{1/z}$，求 $\mathrm{d}f(1,1,1)$.

7.4　多元复合函数微分法

在一元函数的复合求导中，有所谓的"链式法则"，这一法则可以推广到多元复合函数的情形. 多元复合函数求导是多元函数微分学的重点，多元复合函数求导法则是多元函数求导的核心，其他类型多元函数的偏导数可利用它来解决. 下面分几种情况来讨论.

7.4.1　多元复合函数求导法则

和一元复合函数比较，多元复合函数的结构更为多样. 下面按照多元复合函数不同的复合情形，给出有代表性的两种基本形式. 掌握了这些基本形式的求导法则，更为复杂的复合函数求导也就容易掌握了. 本节讨论的多元函数仍以二元函数为主.

1. 复合函数的中间变量均为一元函数的情形

定理 1　如果函数 $u = u(t)$ 及 $v = v(t)$ 都在点 t 可导，函数 $z = f(u,v)$ 在对应点 (u,v) 具有连续偏导数，则复合函数 $z = f[u(t),v(t)]$ 在对应点 t 可导，且其导数可用下列公式计算：

$$\frac{\mathrm{d}z}{\mathrm{d}t} = \frac{\partial z}{\partial u}\frac{\mathrm{d}u}{\mathrm{d}t} + \frac{\partial z}{\partial v}\frac{\mathrm{d}v}{\mathrm{d}t}$$

证明　设 t 有增量 Δt，相应地函数 $u = u(t)$，$v = v(t)$ 有增量 $\Delta u, \Delta v$，进而使得函数 $z = f(u,v)$ 获得增量 Δz. 根据假设，函数 $z = f(u,v)$ 在点 (u,v) 可微，于

是有

$$\Delta z = \frac{\partial z}{\partial u}\Delta u + \frac{\partial z}{\partial v}\Delta v + o(\rho)$$

这里 $\rho = \sqrt{(\Delta u)^2 + (\Delta v)^2}$. 将上式两边同除以 Δt,得

$$\frac{\Delta z}{\Delta t} = \frac{\partial z}{\partial u}\frac{\Delta u}{\Delta t} + \frac{\partial z}{\partial v}\frac{\Delta v}{\Delta t} + \frac{o(\rho)}{\rho} \cdot \sqrt{\left(\frac{\Delta u}{\Delta t}\right)^2 + \left(\frac{\Delta v}{\Delta t}\right)^2} \cdot \frac{|\Delta t|}{\Delta t}$$

当 $\Delta t \to 0$ 时,$\frac{\Delta u}{\Delta t} \to \frac{\mathrm{d}u}{\mathrm{d}t}$, $\frac{\Delta v}{\Delta t} \to \frac{\mathrm{d}v}{\mathrm{d}t}$,所以

$$\lim_{\Delta t \to 0}\frac{\Delta z}{\Delta t} = \frac{\partial z}{\partial u}\frac{\mathrm{d}u}{\mathrm{d}t} + \frac{\partial z}{\partial v}\frac{\mathrm{d}v}{\mathrm{d}t}$$

这就证明了复合函数 $z = f[u(t), v(t)]$ 在点 t 可导,且有

$$\frac{\mathrm{d}z}{\mathrm{d}t} = \frac{\partial z}{\partial u}\frac{\mathrm{d}u}{\mathrm{d}t} + \frac{\partial z}{\partial v}\frac{\mathrm{d}v}{\mathrm{d}t}$$

其变量关系图如图 7-8 所示.

定理 1 的结论可推广到中间变量多于两个的情况,如

$$\frac{\mathrm{d}z}{\mathrm{d}t} = \frac{\partial z}{\partial u}\frac{\mathrm{d}u}{\mathrm{d}t} + \frac{\partial z}{\partial v}\frac{\mathrm{d}v}{\mathrm{d}t} + \frac{\partial z}{\partial w}\frac{\mathrm{d}w}{\mathrm{d}t}$$

其变量关系图如图 7-9 所示.

以上公式中的导数 $\frac{\mathrm{d}z}{\mathrm{d}t}$ 称为**全导数**.

图 7-8   图 7-9

2. 复合函数的中间变量均为多元函数的情形

定理 1 还可推广到中间变量不是一元函数而是多元函数的情况.

定理 2　如果 $u = u(x, y)$ 及 $v = v(x, y)$ 都在点 (x, y) 具有对 x 和 y 的偏导数,且函数 $z = f(u, v)$ 在对应点 (u, v) 具有连续偏导数,则复合函数 $z = f[u(x, y), v(x, y)]$ 在对应点 (x, y) 的两个偏导数存在,且可用下列公式计算:

$$\frac{\partial z}{\partial x} = \frac{\partial z}{\partial u}\frac{\partial u}{\partial x} + \frac{\partial z}{\partial v}\frac{\partial v}{\partial x}, \quad \frac{\partial z}{\partial y} = \frac{\partial z}{\partial u}\frac{\partial u}{\partial y} + \frac{\partial z}{\partial v}\frac{\partial v}{\partial y}$$

其变量关系图如图 7-10 所示.

定理 2 的结论可以推广到中间变量多于 2 个的情形,如 $z = f(u,v,w)$,$u = u(x,y)$,$v = v(x,y)$,$w = w(x,y)$,则有

$$\frac{\partial z}{\partial x} = \frac{\partial z}{\partial u}\frac{\partial u}{\partial x} + \frac{\partial z}{\partial v}\frac{\partial v}{\partial x} + \frac{\partial z}{\partial w}\frac{\partial w}{\partial x}, \qquad \frac{\partial z}{\partial y} = \frac{\partial z}{\partial u}\frac{\partial u}{\partial y} + \frac{\partial z}{\partial v}\frac{\partial v}{\partial y} + \frac{\partial z}{\partial w}\frac{\partial w}{\partial y}$$

其变量关系如图 7-11 所示.

图 7-10　　　　　　　　　　图 7-11

在情形 2 中,有时我们还会遇到这样的情况:复合函数的某些中间变量本身又是复合函数的自变量,例如,设 $z = f(u,x,y)$ 具有连续偏导数,而 $u = \varphi(x,y)$ 具有偏导数,则 $z = f[\varphi(x,y),x,y]$ 可看做情形 2 中 $v = x$,$w = y$ 的特殊情形,因此

$$\frac{\partial v}{\partial x} = 1, \qquad \frac{\partial w}{\partial x} = 0$$

$$\frac{\partial v}{\partial y} = 0, \qquad \frac{\partial w}{\partial y} = 1$$

从而复合函数 $z = f[\varphi(x,y),x,y]$ 具有对 x 及 y 的偏导数,且有如下公式:

$$\frac{\partial z}{\partial x} = \frac{\partial f}{\partial u}\frac{\partial u}{\partial x} + \frac{\partial f}{\partial x}, \qquad \frac{\partial z}{\partial y} = \frac{\partial f}{\partial u}\frac{\partial u}{\partial y} + \frac{\partial f}{\partial y}$$

注　$\dfrac{\partial z}{\partial x}$ 是把复合函数 $z = f[\varphi(x,y),x,y]$ 中的 y 看做不变而对 x 的偏导数;而 $\dfrac{\partial f}{\partial x}$ 是把 $z = f(u,x,y)$ 中的 u 及 y 看做不变而对 x 的偏导数;$\dfrac{\partial z}{\partial y}$ 和 $\dfrac{\partial f}{\partial y}$ 的区别与上面相同.

【例 1】　设 $z = \sin\dfrac{x}{y}$,而 $x = e^{t}$,$y = t^2$,求全导数 $\dfrac{\mathrm{d}z}{\mathrm{d}t}$.

解　因为

$$\frac{\partial z}{\partial x} = \frac{1}{y}\cos\frac{x}{y}, \qquad \frac{\partial z}{\partial y} = -\frac{x}{y^2}\cos\frac{x}{y}, \qquad \frac{\mathrm{d}x}{\mathrm{d}t} = e^{t}, \qquad \frac{\mathrm{d}y}{\mathrm{d}t} = 2t$$

所以

$$\frac{\mathrm{d}z}{\mathrm{d}t} = \left(\frac{1}{y}\cos\frac{x}{y}\right)\mathrm{e}^t - 2\left(\frac{x}{y^2}\cos\frac{x}{y}\right)t = \frac{(t-2)\mathrm{e}^t}{t^3}\cos\frac{\mathrm{e}^t}{t^2}$$

【例2】 设 $z = \mathrm{e}^u\sin v$，而 $u = xy$，$v = x+y$，求 $\frac{\partial z}{\partial x}$ 和 $\frac{\partial z}{\partial y}$.

解
$$\frac{\partial z}{\partial x} = \frac{\partial z}{\partial u}\frac{\partial u}{\partial x} + \frac{\partial z}{\partial v}\frac{\partial v}{\partial x} = \mathrm{e}^u\sin v \cdot y + \mathrm{e}^u\cos v \cdot 1$$
$$= \mathrm{e}^{xy}[y\sin(x+y) + \cos(x+y)]$$
$$\frac{\partial z}{\partial y} = \frac{\partial z}{\partial u}\frac{\partial u}{\partial y} + \frac{\partial z}{\partial v}\frac{\partial v}{\partial y} = \mathrm{e}^u\sin v \cdot x + \mathrm{e}^u\cos v \cdot 1$$
$$= \mathrm{e}^{xy}[x\sin(x+y) + \cos(x+y)]$$

【例3】 设 $z = uv + \sin t$，而 $u = \mathrm{e}^t$，$v = \cos t$，求全导数 $\frac{\mathrm{d}z}{\mathrm{d}t}$.

解 $\frac{\mathrm{d}z}{\mathrm{d}t} = \frac{\partial z}{\partial u}\frac{\mathrm{d}u}{\mathrm{d}t} + \frac{\partial z}{\partial v}\frac{\mathrm{d}v}{\mathrm{d}t} + \frac{\partial z}{\partial t} = v\mathrm{e}^t - u\sin t + \cos t = \mathrm{e}^t(\cos t - \sin t) + \cos t$

【例4】 设 $w = f(x+y+z, xyz)$，f 具有二阶连续偏导数，求 $\frac{\partial w}{\partial x}$ 和 $\frac{\partial^2 w}{\partial x\partial z}$.

解 令 $u = x+y+z$，$v = xyz$，记 $f_1' = \frac{\partial f(u,v)}{\partial u}$，$f_{12}'' = \frac{\partial^2 f(u,v)}{\partial u\partial v}$，$f_2'$，$f_{11}''$，$f_{22}''$

的记法与 f_1'，f_{12}'' 类似.

$$\frac{\partial w}{\partial x} = \frac{\partial f}{\partial u}\frac{\partial u}{\partial x} + \frac{\partial f}{\partial v}\frac{\partial v}{\partial x} = f_1' + yzf_2'$$

$$\frac{\partial^2 w}{\partial x\partial z} = \frac{\partial}{\partial z}(f_1' + yzf_2') = \frac{\partial f_1'}{\partial z} + yf_2' + yz\frac{\partial f_2'}{\partial z}$$

$$\frac{\partial f_1'}{\partial z} = \frac{\partial f_1'}{\partial u}\frac{\partial u}{\partial z} + \frac{\partial f_1'}{\partial v}\frac{\partial v}{\partial z} = f_{11}'' + xyf_{12}''$$

$$\frac{\partial f_2'}{\partial z} = \frac{\partial f_2'}{\partial u}\frac{\partial u}{\partial z} + \frac{\partial f_2'}{\partial v}\frac{\partial v}{\partial z} = f_{21}'' + xyf_{22}''$$

于是

$$\frac{\partial^2 w}{\partial x\partial z} = f_{11}'' + xyf_{12}'' + yf_2' + yz(f_{21}'' + xyf_{22}'')$$
$$= f_{11}'' + y(x+z)f_{12}'' + xy^2zf_{22}'' + yf_2'$$

7.4.2　全微分形式不变性

设函数 $z = f(u,v)$ 具有连续偏导数,则有全微分

$$dz = \frac{\partial z}{\partial u}du + \frac{\partial z}{\partial v}dv$$

设 $z = f(u,v)$, $u = u(x,y)$, $v = v(x,y)$ 是可微函数,则由全微分定义和链式法则,有

$$dz = \frac{\partial z}{\partial x}dx + \frac{\partial z}{\partial y}dy = \left(\frac{\partial z}{\partial u}\frac{\partial u}{\partial x} + \frac{\partial z}{\partial v}\frac{\partial v}{\partial x}\right)dx + \left(\frac{\partial z}{\partial u}\frac{\partial u}{\partial y} + \frac{\partial z}{\partial v}\frac{\partial v}{\partial y}\right)dy$$

$$= \frac{\partial z}{\partial u}\left(\frac{\partial u}{\partial x}dx + \frac{\partial u}{\partial y}dy\right) + \frac{\partial z}{\partial v}\left(\frac{\partial v}{\partial x}dx + \frac{\partial v}{\partial y}dy\right)$$

$$= \frac{\partial z}{\partial u}du + \frac{\partial z}{\partial v}dv$$

由此可见,尽管现在的 u,v 是中间变量,但全微分 dz 与 u,v 是自变量时的表达式在形式上完全一致. 这个性质称为**全微分形式不变性**.

全微分形式不变性的实质:无论 z 是自变量 u,v 的函数或中间变量 u,v 的函数,它的全微分形式是一样的.

利用这一实质,可得多元函数全微分与一元函数微分相同的运算性质:

(1) $d(u \pm v) = du \pm dv$;

(2) $d(uv) = udv + vdu$;

(3) $d\left(\dfrac{u}{v}\right) = \dfrac{vdu - udv}{v^2}(v \neq 0)$.

从全微分的表达式 $dz = \dfrac{\partial z}{\partial x}dx + \dfrac{\partial z}{\partial y}dy$ 即可知,dx,dy 前面的系数分别是函数 $z = f(x,y)$ 对 x,y 的偏导数.利用全微分形式不变性和微分的运算法则,可以同时求出 $z = f(x,y)$ 的两个偏导数.

【**例 5**】 已知 $e^{-xy} - 2z + e^z = 0$,求 $\dfrac{\partial z}{\partial x}$ 和 $\dfrac{\partial z}{\partial y}$.

解　因为

$$d(e^{-xy} - 2z + e^z) = 0$$

所以

$$e^{-xy}d(-xy) - 2dz + e^z dz = 0$$

$$(e^z - 2)dz = e^{-xy}(xdy + ydx)$$

$$dz = \frac{ye^{-xy}}{e^z - 2}dx + \frac{xe^{-xy}}{e^z - 2}dy$$

$$\frac{\partial z}{\partial x} = \frac{ye^{-xy}}{e^z - 2}, \quad \frac{\partial z}{\partial y} = \frac{xe^{-xy}}{e^z - 2}$$

习题 7-4

1. 求下列函数的全导数：

(1) 设 $u = f(x, y, z)$，其中 f 具有一阶连续偏导数，且 $x = t, y = t^2, z = t^3$，求全导数 $\dfrac{du}{dt}$；

(2) 设 $z = e^{x-2y}$，而 $x = \sin t, y = t^2$，求全导数 $\dfrac{dz}{dt}$；

(3) 设 $z = \displaystyle\int_{2u}^{v^2+u} e^{-t^2}dt, u = \sin x, v = e^x$，求全导数 $\dfrac{dz}{dt}$.

2. 用链式法则求下列函数的偏导数：

(1) 设 $z = u^2 \ln v$，而 $u = \dfrac{x}{y}, v = 3x - 2y$，求 $\dfrac{\partial z}{\partial x}, \dfrac{\partial z}{\partial y}$；

(2) 设 $u = f(\sqrt{x^2 + y^2})$，$f(t)$ 可导，求 $\dfrac{\partial u}{\partial x}, \dfrac{\partial u}{\partial y}$；

(3) 设 $z = x^2 y + xy^2$，$x = r\cos\theta, y = r\sin\theta$，求 $\dfrac{\partial z}{\partial r}, \dfrac{\partial z}{\partial \theta}$.

3. 求下列函数在指定点处的偏导数：

(1) $z = \arctan\dfrac{x}{1+y^2}$，求 $\dfrac{\partial z}{\partial x}\Big|_{(1,1)}, \dfrac{\partial z}{\partial y}\Big|_{(1,1)}$；

(2) $u = (x+y)\sin(x^2 + y^2 + z^2)$，求 $\dfrac{\partial u}{\partial x}\Big|_{(0,0,\sqrt{\frac{\pi}{2}})}, \dfrac{\partial u}{\partial y}\Big|_{(0,0,\sqrt{\frac{\pi}{2}})}, \dfrac{\partial u}{\partial z}\Big|_{(0,0,\sqrt{\frac{\pi}{2}})}$.

4. 求下列函数的偏导数：

(1) $z = f(x^2 + y) + g(x - y^2)$，其中 f, g 可微，求 $\dfrac{\partial z}{\partial x}, \dfrac{\partial z}{\partial y}$；

(2) $z = f(\sin x, \cos y, e^{x+y})$，其中 f 具有一阶连续偏导数，求 $\dfrac{\partial z}{\partial x}, \dfrac{\partial z}{\partial y}$.

思考题 设 $z = f(u,v,x)$,而 $u = \varphi(x)$,$v = \psi(x)$,则 $\dfrac{\mathrm{d}z}{\mathrm{d}x} = \dfrac{\partial f}{\partial u}\dfrac{\mathrm{d}u}{\mathrm{d}x} + \dfrac{\partial f}{\partial v}\dfrac{\mathrm{d}v}{\mathrm{d}x}$

$+ \dfrac{\partial f}{\partial x}$,试问 $\dfrac{\mathrm{d}z}{\mathrm{d}x}$ 与 $\dfrac{\partial f}{\partial x}$ 是否相同? 为什么?

7.5 隐函数求导法则

在一元函数微分学中,我们曾引入了隐函数的概念,并介绍了不经过显化而直接由方程 $F(x,y) = 0$ 来求它所确定的隐函数的导数的方法. 例如对于方程 $x^2 + y^2 = 1$,只需视 y 为 x 的函数,方程两边关于 x 求导,得 $2x + 2yy' = 0$,$y' = -\dfrac{x}{y}$.
那么什么时候隐函数存在呢? 若存在,唯一吗?

我们本着从简单到复杂、从低维到高维的原则,讨论隐函数的存在性、唯一性及求导法则.

7.5.1 一个方程的情形

首先讨论最简单的二元方程确定一元函数的情形.

1. $F(x,y) = 0$ 的情形

隐函数存在定理 1 设函数 $F(x,y)$ 在点 $P(x_0,y_0)$ 的某一邻域内具有连续的偏导数,且 $F(x_0,y_0) = 0$,$F_y(x_0,y_0) \neq 0$,则方程 $F(x,y) = 0$ 在点 $P(x_0,y_0)$ 的某一邻域内恒能唯一确定一个单值连续且具有连续导数的函数 $y = f(x)$,它满足条件 $y_0 = f(x_0)$,并有

$$\frac{\mathrm{d}y}{\mathrm{d}x} = -\frac{F_x}{F_y} \quad (\text{隐函数的求导公式})$$

上面定理中存在性的证明从略. 现仅就计算公式作如下推导.

将函数 $y = f(x)$ 代入方程 $F(x,y) = 0$,得恒等式

$$F[x,f(x)] \equiv 0$$

将上式两端关于 x 求导,利用复合函数的链式法则得

$$F_x + F_y \frac{\mathrm{d}y}{\mathrm{d}x} = 0$$

由于 F_y 连续,且 $F_y(x_0, y_0) \neq 0$,所以存在 (x_0, y_0) 的一个邻域,在这个邻域内 $F_y \neq 0$,于是得

$$\frac{\mathrm{d}y}{\mathrm{d}x} = -\frac{F_x}{F_y}$$

这个定理的结论是局部性的,既包含存在性,又包含唯一性,即在点 (x_0, y_0) 的某个邻域内,由方程 $F(x, y) = 0$ 可以唯一确定一个隐函数.

【例1】 验证方程 $x^2 + y^2 - 1 = 0$ 在点 $(0, 1)$ 的某邻域内能唯一确定一个单值可导,且 $x = 0$ 时 $y = 1$ 的隐函数 $y = f(x)$,并求函数 $y = f(x)$ 的一阶和二阶导数在 $x = 0$ 的值.

解 令 $F(x, y) = x^2 + y^2 - 1$,则 $F_x = 2x, F_y = 2y, F(0, 1) = 0, F_y(0, 1) = 2 \neq 0$. 由隐函数存在定理 1 知,方程 $x^2 + y^2 - 1 = 0$ 在点 $(0, 1)$ 的某邻域内能唯一确定一个单值可导,且 $x = 0$ 时 $y = 1$ 的函数 $y = f(x)$.

$$\frac{\mathrm{d}y}{\mathrm{d}x} = -\frac{F_x}{F_y} = -\frac{x}{y}, \quad \frac{\mathrm{d}y}{\mathrm{d}x}\bigg|_{x=0} = 0$$

$$\frac{\mathrm{d}^2 y}{\mathrm{d}x^2} = -\frac{y - xy'}{y^2} = -\frac{y - x\left(-\dfrac{x}{y}\right)}{y^2} = -\frac{1}{y^3}, \quad \frac{\mathrm{d}^2 y}{\mathrm{d}x^2}\bigg|_{x=0} = -1$$

【例2】 已知 $\ln \sqrt{x^2 + y^2} = \arctan \dfrac{y}{x}$,求 $\dfrac{\mathrm{d}y}{\mathrm{d}x}$.

解 令 $F(x, y) = \ln \sqrt{x^2 + y^2} - \arctan \dfrac{y}{x}$,则

$$F_x(x, y) = \frac{x + y}{x^2 + y^2}, \quad F_y(x, y) = \frac{y - x}{x^2 + y^2}$$

所以

$$\frac{\mathrm{d}y}{\mathrm{d}x} = -\frac{F_x}{F_y} = -\frac{x + y}{y - x}$$

2. $F(x, y, z) = 0$ 的情形

隐函数存在定理还可以推广到多元函数. 既然一个二元方程可以确定一个一元隐函数,那么一个三元方程 $F(x, y, z) = 0$ 就有可能确定一个二元隐函数.

与隐函数存在定理 1 一样,我们同样可以由三元函数 $F(x, y, z)$ 的性质来判

定由方程 $F(x,y,z)=0$ 所确定的二元函数 $z=f(x,y)$ 的存在性,以及这个函数的性质.

隐函数存在定理 2 设函数 $F(x,y,z)$ 在点 $P(x_0,y_0,z_0)$ 的某一邻域内有连续的偏导数,且 $F(x_0,y_0,z_0)=0$,$F_z(x_0,y_0,z_0)\neq 0$,则方程 $F(x,y,z)=0$ 在点 $P(x_0,y_0,z_0)$ 的某一邻域内恒能唯一确定一个单值连续且具有连续偏导数的函数 $z=f(x,y)$,它满足条件 $z_0=f(x_0,y_0)$,并有

$$\frac{\partial z}{\partial x}=-\frac{F_x}{F_z},\qquad \frac{\partial z}{\partial y}=-\frac{F_y}{F_z}$$

【例 3】 设 $x^2+y^2+z^2-4z=0$,求 $\dfrac{\partial^2 z}{\partial x^2}$.

解 令 $F(x,y,z)=x^2+y^2+z^2-4z$,则 $F_x=2x$,$F_z=2z-4$,故 $\dfrac{\partial z}{\partial x}=-\dfrac{F_x}{F_z}=\dfrac{x}{2-z}$,于是

$$\frac{\partial^2 z}{\partial x^2}=\frac{(2-z)+x\dfrac{\partial z}{\partial x}}{(2-z)^2}=\frac{(2-z)+x\cdot\dfrac{x}{2-z}}{(2-z)^2}=\frac{(2-z)^2+x^2}{(2-z)^3}$$

【例 4】 设 $z=f(x+y+z,xyz)$,求 $\dfrac{\partial z}{\partial x}$,$\dfrac{\partial x}{\partial y}$,$\dfrac{\partial y}{\partial z}$.

思路 把 z 看成 x,y 的函数,对 x 求偏导数得 $\dfrac{\partial z}{\partial x}$;把 x 看成 y,z 的函数,对 y 求偏导数得 $\dfrac{\partial x}{\partial y}$;把 y 看成 x,z 的函数,对 z 求偏导数得 $\dfrac{\partial y}{\partial z}$.

解 令 $u=x+y+z$,$v=xyz$,则 $z=f(u,v)$. 把 z 看成 x,y 的函数,对 x 求偏导数得

$$\frac{\partial z}{\partial x}=f_u\cdot\left(1+\frac{\partial z}{\partial x}\right)+f_v\cdot\left(yz+xy\frac{\partial z}{\partial x}\right)$$

整理得
$$\frac{\partial z}{\partial x}=\frac{f_u+yzf_v}{1-f_u-xyf_v}$$

把 x 看成 y,z 的函数,对 y 求偏导数得

$$0=f_u\cdot\left(\frac{\partial x}{\partial y}+1\right)+f_v\cdot\left(xz+yz\frac{\partial x}{\partial y}\right)$$

整理得
$$\frac{\partial x}{\partial y}=-\frac{f_u+xzf_v}{f_u+yzf_v}$$

把 y 看成 x,z 的函数,对 z 求偏导数得

$$1 = f_u \cdot \left(\frac{\partial y}{\partial z} + 1\right) + f_v \cdot \left(xy + xz \frac{\partial y}{\partial z}\right)$$

整理得

$$\frac{\partial y}{\partial z} = \frac{1 - f_u - xyf_v}{f_u + xzf_v}$$

7.5.2　方程组的情形

我们将隐函数推广,不仅增加方程中变量的个数,而且增加方程的个数.例如,考虑方程组

$$\begin{cases} F(x,y,z) = 0 \\ G(x,y,z) = 0 \end{cases}$$

这时,在三个变量中一般只能有一个变量独立变化,因此方程组就有可能确定两个一元函数.在这种情况下,我们可以由 F,G 的性质来判定由方程组所确定的两个一元函数的存在性以及它们的性质.

1. $\begin{cases} F(x,y,z) = 0 \\ G(x,y,z) = 0 \end{cases}$ **的情形**

隐函数存在定理 3　设 $F(x,y,z)$, $G(x,y,z)$ 在点 $P(x_0,y_0,z_0)$ 的某一邻域内有对各个变量的连续偏导数,且 $F(x_0,y_0,z_0) = 0$, $G(x_0,y_0,z_0) = 0$,且偏导数所组成的函数行列式(或称雅可比行列式):

$$J = \frac{\partial(F,G)}{\partial(y,z)} = \begin{vmatrix} \dfrac{\partial F}{\partial y} & \dfrac{\partial F}{\partial z} \\ \dfrac{\partial G}{\partial y} & \dfrac{\partial G}{\partial z} \end{vmatrix}$$

在点 $P(x_0,y_0,z_0)$ 处不等于零,则方程组 $\begin{cases} F(x,y,z) = 0 \\ G(x,y,z) = 0 \end{cases}$ 在点 $P(x_0,y_0,z_0)$ 的某一邻域内恒能唯一确定一组单值连续且具有连续导数的函数 $y = y(x)$, $z = z(x)$,它们满足条件 $y_0 = y(x_0)$, $z_0 = z(x_0)$,并有

$$\frac{\mathrm{d}y}{\mathrm{d}x} = -\frac{1}{J} \frac{\partial(F,G)}{\partial(x,z)} = -\frac{\begin{vmatrix} F_x & F_z \\ G_x & G_z \end{vmatrix}}{\begin{vmatrix} F_y & F_z \\ G_y & G_z \end{vmatrix}}$$

$$\frac{\mathrm{d}z}{\mathrm{d}x} = -\frac{1}{J}\frac{\partial(F,G)}{\partial(y,x)} = -\frac{\begin{vmatrix} F_y & F_x \\ G_y & G_x \end{vmatrix}}{\begin{vmatrix} F_y & F_z \\ G_y & G_z \end{vmatrix}}$$

$\begin{cases} F(x,y,z)=0 \\ G(x,y,z)=0 \end{cases}$ 表示曲线的一般方程，$\begin{cases} x=x \\ y=y(x) \\ z=z(x) \end{cases}$ 表示曲线的参数方程. 这样，

我们可以把多元函数转化为一元函数去研究，即将复杂问题简单化了(曲线积分的计算可看出参数方程的作用).

* **2** $\begin{cases} F(x,y,u,v)=0 \\ G(x,y,u,v)=0 \end{cases}$ 的情形

隐函数存在定理 4　设 $F(x,y,u,v)$，$G(x,y,u,v)$ 在点 $P(x_0,y_0,u_0,v_0)$ 的某一邻域内有对各个变量的连续偏导数，且 $F(x_0,y_0,u_0,v_0)=0$，$G(x_0,y_0,u_0,v_0)=0$，且偏导数所组成的函数行列式(或称雅可比行列式)：

$$J = \frac{\partial(F,G)}{\partial(u,v)} = \begin{vmatrix} \dfrac{\partial F}{\partial u} & \dfrac{\partial F}{\partial v} \\[2mm] \dfrac{\partial G}{\partial u} & \dfrac{\partial G}{\partial v} \end{vmatrix}$$

在点 $P(x_0,y_0,u_0,v_0)$ 处不等于零，则方程组 $\begin{cases} F(x,y,u,v)=0 \\ G(x,y,u,v)=0 \end{cases}$ 在点 $P(x_0,y_0,u_0,v_0)$

的某一邻域内恒能唯一确定一组单值连续且具有连续偏导数的函数 $u=u(x,y)$，$v=v(x,y)$，它们满足条件 $u_0=u(x_0,y_0)$，$v_0=v(x_0,y_0)$，并有

$$\frac{\partial u}{\partial x} = -\frac{1}{J}\frac{\partial(F,G)}{\partial(x,v)} = -\frac{\begin{vmatrix} F_x & F_v \\ G_x & G_v \end{vmatrix}}{\begin{vmatrix} F_u & F_v \\ G_u & G_v \end{vmatrix}}$$

$$\frac{\partial v}{\partial x} = -\frac{1}{J}\frac{\partial(F,G)}{\partial(u,x)} = -\frac{\begin{vmatrix} F_u & F_x \\ G_u & G_x \end{vmatrix}}{\begin{vmatrix} F_u & F_v \\ G_u & G_v \end{vmatrix}}$$

$$\frac{\partial u}{\partial y} = -\frac{1}{J}\frac{\partial(F,G)}{\partial(y,v)} = -\frac{\begin{vmatrix} F_y & F_v \\ G_y & G_v \end{vmatrix}}{\begin{vmatrix} F_u & F_v \\ G_u & G_v \end{vmatrix}}$$

$$\frac{\partial v}{\partial y} = -\frac{1}{J}\frac{\partial(F,G)}{\partial(u,y)} = -\frac{\begin{vmatrix} F_u & F_y \\ G_u & G_y \end{vmatrix}}{\begin{vmatrix} F_u & F_v \\ G_u & G_v \end{vmatrix}}$$

【例 5】 设 $xu - yv = 0$，$yu + xv = 1$，求 $\dfrac{\partial u}{\partial x}$，$\dfrac{\partial u}{\partial y}$，$\dfrac{\partial v}{\partial x}$ 和 $\dfrac{\partial v}{\partial y}$.

解法 1 直接代入公式.

解法 2 运用公式推导的方法，将所给方程的两边对 x 求导并移项，得

$$\begin{cases} x\dfrac{\partial u}{\partial x} - y\dfrac{\partial v}{\partial x} = -u \\[2mm] y\dfrac{\partial u}{\partial x} + x\dfrac{\partial v}{\partial x} = -v \end{cases}, \quad J = \begin{vmatrix} x & -y \\ y & x \end{vmatrix} = x^2 + y^2$$

在 $J \neq 0$ 的条件下，有

$$\frac{\partial u}{\partial x} = \frac{\begin{vmatrix} -u & -y \\ -v & x \end{vmatrix}}{\begin{vmatrix} x & -y \\ y & x \end{vmatrix}} = -\frac{xu + yv}{x^2 + y^2}, \quad \frac{\partial v}{\partial x} = \frac{\begin{vmatrix} x & -u \\ y & -v \end{vmatrix}}{\begin{vmatrix} x & -y \\ y & x \end{vmatrix}} = \frac{yu - xv}{x^2 + y^2}$$

将所给方程的两边对 y 求导，用同样的方法可得

$$\frac{\partial u}{\partial y} = \frac{xv - yu}{x^2 + y^2}, \quad \frac{\partial v}{\partial y} = -\frac{xu + yv}{x^2 + y^2}$$

*【例 6】 设 $y = f(x,t)$，其中 t 是由方程 $F(x,y,t) = 0$ 确定的 x,y 的函数，f，F 均满足一阶偏导数连续，证明：$\dfrac{\mathrm{d}y}{\mathrm{d}x} = \dfrac{f_x F_t - f_t F_x}{f_t F_y + F_t}$.

证明 因为 t 是由方程 $F(x,y,t) = 0$ 确定的 x,y 的函数，即 $t = t(x,y)$，则 $\dfrac{\partial t}{\partial x}$

$= -\dfrac{F_x}{F_t}$，$\dfrac{\partial t}{\partial y} = -\dfrac{F_y}{F_t}$，或 $t_x = -\dfrac{F_x}{F_t}$，$t_y = -\dfrac{F_y}{F_t}$.

又因为 $y = f(x,t)$，则 $y = f[x,t(x,y)]$，或 $y - f[x,t(x,y)] = 0$，记 $G(x,y) =$

$y - f[x, t(x,y)]$. 由 $G(x,y) = y - f[x, t(x,y)] = 0$,有

$$\frac{\mathrm{d}y}{\mathrm{d}x} = -\frac{G_x}{G_y} = -\frac{-(f_x + f_t \cdot t_x)}{1 - f_t \cdot t_y} = \frac{f_x + f_t \cdot \left(-\dfrac{F_x}{F_t}\right)}{1 - f_t \cdot \left(-\dfrac{F_y}{F_t}\right)} = \frac{f_x F_t - f_t F_x}{f_t F_y + F_t}$$

*【例 7】　设 $z = f(u)$,u 是由方程 $u = y + x\varphi(u)$ 确定的 x, y 的函数,其中 f, φ 均可微,求 $\dfrac{\partial z}{\partial x}, \dfrac{\partial z}{\partial y}$.

解　因为 u 是由方程 $u = y + x\varphi(u)$,即 $u - y - x\varphi(u) = 0$ 确定的 x, y 的函数,记 $F(u, x, y) = u - y - x\varphi(u)$,则 $F_u = 1 - x\varphi'(u)$,$F_x = -\varphi(u)$,$F_y = -1$,所以

$$\frac{\partial u}{\partial x} = -\frac{F_x}{F_u} = \frac{\varphi(u)}{1 - x\varphi'(u)}, \qquad \frac{\partial u}{\partial y} = -\frac{F_y}{F_u} = \frac{1}{1 - x\varphi'(u)}$$

另外,由 $z = f(u)$,以及 u 是 x, y 的函数,即 $u = u(x, y)$,则 $z = f[u(x, y)]$,故

$$\frac{\partial z}{\partial x} = f'(u) \cdot \frac{\partial u}{\partial x} = \frac{\varphi(u) f'(u)}{1 - x\varphi'(u)}, \qquad \frac{\partial z}{\partial y} = f'(u) \cdot \frac{\partial u}{\partial y} = \frac{f'(u)}{1 - x\varphi'(u)}$$

课后拓展

$$\begin{cases} F(x, y, z, u, v) = 0 \\ G(x, y, z, u, v) = 0 \\ H(x, y, z, u, v) = 0 \end{cases}$$

满足什么条件时可以确定几个几元函数,几何意义又是什么?

习 题　7-5

1. 求由下列方程确定的隐函数的偏导数 $\dfrac{\partial z}{\partial x}, \dfrac{\partial z}{\partial y}, \dfrac{\partial^2 z}{\partial x^2}, \dfrac{\partial^2 z}{\partial y^2}$:

(1) $x^2 + 2y^2 + z^2 - 4x + 2z - 5 = 0$; 　　(2) $xy + yz - xz = 0$;

(3) $xe^y + yz + ze^x = 0$; 　　(4) $z^3 - 3xyz = a^3$.

2. 求下列函数的混合二阶偏导数,其中 φ 有二阶连续偏导数:

(1) $u = \varphi(\xi, \eta), \xi = x + y, \eta = x - y$;

(2) $u = \varphi(\xi, \eta), \xi = \dfrac{x}{y}, \eta = \dfrac{y}{x}$;

(3) $u = \varphi(\xi, \eta), \xi = r^2 + y^2, \eta = xy$.

3. 设 $\sin y + e^x - xy^2 = 0$，求 $\dfrac{dy}{dx}$.

4. 已知 $\ln \sqrt{x^2 + y^2} = \arctan \dfrac{y}{x}$，求 $\dfrac{dy}{dx}$.

7.6　多元函数的极值及其求法

　　在实际问题中，我们会遇到大量求多元函数的最大值、最小值的问题. 与一元函数的情形类似，多元函数的最大值、最小值与极大值、极小值有密切的联系. 下面以二元函数为例来讨论多元函数的极值问题.

7.6.1　二元函数极值的概念

　　定义 1　设函数 $z = f(x, y)$ 在点 (x_0, y_0) 的某一邻域内有定义，对于该邻域内异于 (x_0, y_0) 的任意一点 (x, y)，如果

$$f(x, y) < f(x_0, y_0)$$

则称函数在 (x_0, y_0) 有**极大值**；如果

$$f(x, y) > f(x_0, y_0)$$

则称函数在 (x_0, y_0) 有**极小值**；极大值、极小值统称为**极值**. 使函数取得极值的点称为**极值点**.

　　与一元函数类似，多元函数的极值是一个局部的概念. 如果和 $z = f(x, y)$ 的图形联系起来，则函数的极大值和极小值分别对应着曲面的"高峰"和"低谷".

　　【例 1】　函数 $z = 2x^2 + 3y^2$ 在点 $(0, 0)$ 处有极小值. 从几何上看，$z = 2x^2 + 3y^2$ 表示一开口向上的椭圆抛物面，点 $(0, 0, 0)$ 是它的顶点(图 7-12).

　　【例 2】　函数 $z = -\sqrt{x^2 + y^2}$ 在点 $(0, 0)$ 处有极大值. 从几何上看，$z = -\sqrt{x^2 + y^2}$ 表示一开口向下的半圆锥面，点 $(0, 0, 0)$ 是它的顶点(图 7-13).

　　【例 3】　函数 $z = y^2 - x^2$ 在点 $(0, 0)$ 处无极值. 从几何上看，它表示双曲抛物面(马鞍面)(图 7-14).

图 7-12   图 7-13   图 7-14

以上关于二元函数的极值概念,很容易推广到 n 元函数.

与导数在一元函数极值研究中的作用一样,偏导数也是研究多元函数极值的主要手段.

如果二元函数 $z = f(x,y)$ 在点 (x_0, y_0) 处取得极值,那么固定 $y = y_0$,一元函数 $z = f(x, y_0)$ 在 $x = x_0$ 处必取得相同的极值;同理,固定 $x = x_0$,一元函数 $z = f(x_0, y)$ 在 $y = y_0$ 处取得极值.

定理 1（必要条件） 设函数 $z = f(x,y)$ 在点 (x_0, y_0) 处具有偏导数,且在点 (x_0, y_0) 处有极值,则它在该点的偏导数必然为零,即

$$f_x(x_0, y_0) = 0, \quad f_y(x_0, y_0) = 0$$

证明 设 $z = f(x,y)$ 在点 (x_0, y_0) 处取得极小值,则存在 (x_0, y_0) 的一个邻域,对此邻域内的任意点 (x, y),均有 $f(x_0, y_0) < f(x, y)$.

特别对于邻域内的点 (x, y_0),也有 $f(x_0, y_0) < f(x, y_0)$,条件表明"一元函数 $z = f(x, y_0)$"在"点 $x = x_0$"取得极小值并且可导,从而"导数"等于零,即 $f_x(x_0, y_0) = 0$,同理可得 $f_y(x_0, y_0) = 0$.

注 （1）对于 $z = f(x,y)$,称使得 $f_x = 0$、$f_y = 0$ 同时成立的点为函数 $z = f(x,y)$ 的**驻点**;

（2）由必要条件,当偏导数存在时,函数的极值点产生于驻点,但驻点不一定全都是极值点,如 $z = xy$,$(0,0)$ 是其驻点,但不是极值点;

（3）偏导数不存在的点也有可能是极值点,如 $z = \sqrt{x^2 + y^2}$,$(0,0)$ 是极小值点,但是 $z_x(0,0)$、$z_y(0,0)$ 均不存在;

（4）定理 1 的结论可以推广到其他的多元函数.如 $u = f(x,y,z)$ 在点 (x_0, y_0, z_0) 处的偏导数存在,且在点 (x_0, y_0, z_0) 处取得极值,则

$$f_x(x_0, y_0, z_0) = 0, \quad f_y(x_0, y_0, z_0) = 0, \quad f_z(x_0, y_0, z_0) = 0$$

问题 如何判定一个驻点是否为极值点?

定理 2（充分条件） 设函数 $z = f(x, y)$ 在点 (x_0, y_0) 的某邻域内有直到二阶的连续偏导数，又 $f_x(x_0, y_0) = 0, f_y(x_0, y_0) = 0$. 令

$$f_{xx}(x_0, y_0) = A, \quad f_{xy}(x_0, y_0) = B, \quad f_{yy}(x_0, y_0) = C$$

则

（1）当 $AC - B^2 > 0$ 时，函数 $f(x, y)$ 在点 (x_0, y_0) 处有极值，且当 $A > 0$ 时有极小值 $f(x_0, y_0)$，$A < 0$ 时有极大值 $f(x_0, y_0)$；

（2）当 $AC - B^2 < 0$ 时，函数 $f(x, y)$ 在点 (x_0, y_0) 处没有极值；

（3）当 $AC - B^2 = 0$ 时，函数 $f(x, y)$ 在点 (x_0, y_0) 处可能有极值，也可能没有极值.

注 在一元函数中，函数 $y = f(x)$ 在点 x_0 处取得极值需满足 $f'(x_0) = 0$. 当 $f''(x_0) > 0$ 时取得极小值；当 $f''(x_0) < 0$ 时取得极大值.

对于二元函数 $z = f(x, y)$ 在点 (x_0, y_0) 处是否取得极值也可以类似去理解：若 $f_x(x_0, y_0) = 0, f_y(x_0, y_0) = 0$，当二阶导数矩阵 $\begin{bmatrix} A & B \\ B & C \end{bmatrix}$ 正定（$A > 0, \begin{vmatrix} A & B \\ B & C \end{vmatrix} > 0$）时取得极小值；当二阶导数矩阵 $\begin{bmatrix} A & B \\ B & C \end{bmatrix}$ 负定（$A < 0, \begin{vmatrix} A & B \\ B & C \end{vmatrix} > 0$）时取得极大值.

根据定理 1 与定理 2，如果函数 $f(x, y)$ 具有二阶连续偏导数，则求 $z = f(x, y)$ 的极值的一般步骤为：

第一步 确定函数 $z = f(x, y)$ 的定义域；

第二步 解方程组 $f_x(x, y) = 0, f_y(x, y) = 0$，求出 $f(x, y)$ 的所有驻点；

第三步 求出函数 $f(x, y)$ 的二阶偏导数，依次确定各驻点处 A、B、C 的值，并根据 $AC - B^2$ 的符号判定驻点是否为极值点. 最后求出函数 $f(x, y)$ 在极值点处的极值.

【例 4】 求函数 $f(x, y) = x^3 - y^3 + 3x^2 + 3y^2 - 9x$ 的极值.

解 令

$$\begin{cases} f_x = 3x^2 + 6x - 9 = 0 \\ f_y = -3y^2 + 6y = 0 \end{cases}$$

得驻点：$(1, 0), (1, 2), (-3, 0), (-3, 2)$.

而 $A = f_{xx} = 6x + 6, \quad B = f_{xy} = 0, \quad C = f_{yy} = -6y + 6$

$$D = AC - B^2 = 36(x+1)(1-y)$$

列表计算极值：

驻点	D	A	极值否	极值 $f(x,y)$
$(1,0)$	72	12	极小	$f(1,0) = -5$
$(1,2)$	-72	12	否	—
$(-3,0)$	-72	-12	否	—
$(-3,2)$	72	-12	极大	$f(-3,2) = 31$

7.6.2　二元函数的最大值与最小值

有界闭域 D 上的连续函数可以在 D 上取得最大值和最小值.

(1)若最大或最小值在区域 D 的内部取得，则一定是极值；

(2)若最大或最小值在区域 D 的边界曲线上取得，则属于条件极值问题.

因此，求最大、最小值的一般方法：

(1)求函数 $z = f(x,y)$ 在 D 内的所有驻点；求函数 $z = f(x,y)$ 在 D 的边界曲线上的所有条件驻点；计算所有点的函数值，比较大小即可.

(2)在应用问题中，若已知 $z = f(x,y)$ 在 D 内有最大或最小值，且在 D 内有唯一的驻点，则该驻点一定就是最大或最小值点.

【例5】　一厂商通过电视和报纸两种方式做销售某产品的广告，据统计资料，销售收入 R(万元)与电视广告费用 x（万元）与报纸广告费用 y（万元）之间有如下的经验公式：

$$R = 15 + 14x + 32y - 8xy - 2x^2 - 10y^2, \quad (x,y) \in \mathbf{R}^2$$

试在广告费用不限的前提下，求最优广告策略.

解　最优广告策略是指适当分配两种不同传媒方式的广告费用，使产品的销售利润达到最大. 设利润函数为 $f(x,y)$，则

$$f(x,y) = R - (x+y) = 15 + 13x + 31y - 8xy - 2x^2 - 10y^2, \quad (x,y) \in \mathbf{R}^2$$

由

$$\begin{cases} f_x = 13 - 8y - 4x = 0 \\ f_y = 31 - 8x - 20y - 0 \end{cases}$$

解得唯一驻点 $(0.75,1.25)$. 根据实际意义知,利润 $f(x,y)$ 一定有最大值,且在定义域内有唯一的驻点,因此可以断定,该点就是利润的最大值点. 即当 $x = 0.75$(万元),$y = 1.25$(万元)时,厂商获得最大利润 $f(0.75,1.25) = 39.25$(万元).

【例 6】　有一宽为 24 cm 的长方形铁板,把它两边折起来做成一断面为等腰梯形的水槽. 问怎样折法才能使断面的面积最大?

解　设折起来的边长为 x cm(图 7-15),倾角为 α,那么梯形断面的下底长为 $24 - 2x$,上底长为 $24 - 2x + 2x\cos\alpha$,高为 $x\sin\alpha$,所以断面面积

$$A = A(x,\alpha) = \frac{1}{2}(24 - 2x + 2x\cos\alpha + 24 - 2x)x\sin\alpha$$

即

$$A = 24x\sin\alpha - 2x^2\sin\alpha + x^2\sin\alpha\cos\alpha \quad (0 < x < 12, 0 < \alpha < \frac{\pi}{2})$$

从而

$$\begin{cases} A_x = 24\sin\alpha - 4x\sin\alpha + 2x\sin\alpha\cos\alpha = 0 \\ A_\alpha = 24x\cos\alpha - 2x^2\cos\alpha + x^2(\cos^2\alpha - \sin^2\alpha) = 0 \end{cases}$$

由于 $\sin\alpha \neq 0, x \neq 0$,上述方程组可化为

$$\begin{cases} 12 - 2x + x\cos\alpha = 0 \\ 24\cos\alpha - 2x\cos\alpha + x(\cos^2\alpha - \sin^2\alpha) = 0 \end{cases}$$

解方程组,得

$$\alpha = \frac{\pi}{3}, \quad x = 8$$

图 7-15

根据题意可知,断面面积的最大值一定存在,并且在 $D = \{(x,\alpha) \mid 0 < x < 12, 0 < \alpha < \frac{\pi}{2}\}$ 内取得,又知函数在 D 内只有一个驻点,因此可以断定,当 $\alpha = \frac{\pi}{3}, x = 8$ cm时,就能使断面的面积最大. 其最大断面面积是

$$A = 96 \times \frac{\sqrt{3}}{2} \approx 83 \text{ cm}^2$$

7.6.3　条件极值　拉格朗日乘数法

前面所讨论的极值问题,对于函数的自变量一般只要求落在定义域内,并无其他限制条件,这类极值我们称为**无条件极值**. 但在实际问题中,常会遇到对函数的自变量还有附加条件的极值问题. 对自变量有附加条件的极值称为**条件极值**.

对于有些实际问题,可以把条件极值化为无条件极值. 但在许多情形下,将条件极值化为无条件极值并不这样简单. 我们有另一种直接寻求条件极值的方法,可以不必先把问题化到无条件极值的问题,这就是下面要介绍的拉格朗日乘数法.

为简单起见,以三元函数 $u = f(x, y, z)$ 为例,讨论其在约束条件 $\varphi(x, y, z) = 0$ 下的极值.

设函数 $f(x, y, z), \varphi(x, y, z)$ 均有连续的一阶偏导数,且 $\varphi_z(x, y, z) \neq 0$. 由隐函数存在定理可知,方程 $\varphi(x, y, z) = 0$ 确定了一个具有连续偏导数的函数 $z = z(x, y)$,于是得到复合函数

$$u = f(x, y, z(x, y))$$

由取得极值的必要条件可得

$$\begin{cases} \dfrac{\partial u}{\partial x} = f_x + f_z \cdot \dfrac{\partial z}{\partial x} = 0 \\ \dfrac{\partial u}{\partial y} = f_y + f_z \cdot \dfrac{\partial z}{\partial y} = 0 \end{cases}$$

而由隐函数的求导法则知

$$\frac{\partial z}{\partial x} = -\frac{\varphi_x}{\varphi_z}, \quad \frac{\partial z}{\partial y} = -\frac{\varphi_y}{\varphi_z}$$

将它们连同约束条件 $\varphi(x, y, z) = 0$ 一起代入到前一个方程组,得

$$\begin{cases} f_x \varphi_z - f_z \varphi_x = 0 \\ f_y \varphi_z - f_z \varphi_y = 0 \\ \varphi(x, y, z) = 0 \end{cases}$$

由此解出的 (x_0, y_0, z_0) 即为可能的极值点.

注意到 $\dfrac{f_x}{\varphi_x} = \dfrac{f_y}{\varphi_y} = \dfrac{f_z}{\varphi_z}$，记 $\lambda = \dfrac{f_z}{\varphi_z}\bigg|_{(x_0,y_0,z_0)}$，那么 x_0,y_0,z_0,λ 就满足方程组

$$\begin{cases} f_x + \lambda\varphi_x = 0 \\ f_y + \lambda\varphi_y = 0 \\ f_z + \lambda\varphi_z = 0 \\ \varphi(x,y,z) = 0 \end{cases} \tag{7-7-1}$$

若引入函数

$$L(x,y,z,\lambda) = f(x,y,z) + \lambda\varphi(x,y,z)$$

则方程组(7-7-1)正是函数 $L(x,y,z,\lambda)$ 在点 (x_0,y_0,z_0,λ) 取得极值的必要条件.

函数 $L(x,y,z,\lambda)$ 称为**拉格朗日函数**，参数 λ 称为**拉格朗日乘子**(Lagrange Multiplier).

拉格朗日乘数法 要求函数 $u = f(x,y,z)$ 在约束条件 $\varphi(x,y,z) = 0$ 下的可能极值点，基本步骤为：

(1)作拉格朗日函数

$$L(x,y,z,\lambda) = f(x,y,z) + \lambda\varphi(x,y,z)$$

其中，λ 为参数.

(2) 求 $L(x,y,z,\lambda) = f(x,y,z) + \lambda\varphi(x,y,z)$ 对 x,y,z 及 λ 的一阶偏导数，并使之为零，得到

$$\begin{cases} f_x(x,y,z) + \lambda\varphi_x(x,y,z) = 0 \\ f_y(x,y,z) + \lambda\varphi_y(x,y,z) = 0 \\ f_z(x,y,z) + \lambda\varphi_z(x,y,z) = 0 \\ \varphi(x,y,z) = 0 \end{cases}$$

解出 x,y,z,λ，其中 (x,y,z) 就是 $u = f(x,y,z)$ 在约束条件 $\varphi(x,y,z) = 0$ 下的可能极值点.

当 f,φ 为二元函数时，相应的拉格朗日函数为

$$L(x,y,\lambda) = f(x,y) + \lambda\varphi(x,y)$$

这方法还可以推广到自变量多于两个而条件多于一个的情形. 例如，要求函数 $u = f(x,y,z,t)$ 在约束条件 $\varphi(x,y,z,t) = 0, \psi(x,y,z,t) = 0$ 下的极值，可以先作拉格朗日函数

$$L(x,y,z,t,\lambda,\mu) = f(x,y,z,t) + \lambda\varphi(x,y,z,t) + \mu\psi(x,y,z,t)$$

其中，λ,μ 均为参数. 求其一阶偏导数，并使之为零，然后与 $\varphi(x,y,z,t) = 0$，$\psi(x,y,z,t) = 0$ 两个方程联立起来求解，这样得出的 (x,y,z,t) 就是函数 $u = f(x,y,z,t)$ 在 $\varphi(x,y,z,t) = 0$，$\psi(x,y,z,t) = 0$ 下的可能极值点.

至于确定所求的点是否是极值点，在实际问题中往往可根据问题本身的性质来确定.

注　拉格朗日乘数法只给出函数取极值的必要条件，因此按照这种方法求出来的点是否为极值点，还需要加以讨论. 不过在实际问题中，往往可以根据问题本身的性质来判定所求的点是不是极值点.

【例 7】　求表面积为 a^2 而体积为最大的长方体的体积.

解　设长方体的三棱长为 x，y，z，则问题就是在条件

$$\varphi(x,y,z) = 2xy + 2yz + 2xz - a^2 = 0 \qquad ①$$

下，求函数

$$V = xyz \quad (x > 0,\ y > 0,\ z > 0)$$

的最大值.

作拉格朗日函数

$$L(x,y,z,\lambda) = xyz + \lambda(2xy + 2yz + 2xz - a^2)$$

由

$$\begin{cases} L_x = yz + 2\lambda(y + z) = 0 \\ L_y = xz + 2\lambda(x + z) = 0 \\ L_z = xy + 2\lambda(y + x) = 0 \end{cases}$$

得

$$x = y = z$$

代入式①，得唯一可能的极值点：$x = y = z = \dfrac{\sqrt{6}a}{6}$，由问题本身意义知，此点就是所求最大值点. 即表面积为 a^2 的长方体中，以棱长为 $\dfrac{\sqrt{6}a}{6}$ 的正方体的体积为最大，

最大体积 $V = \dfrac{\sqrt{6}}{36}a^3$.

【例 8】　求函数 $z = x^3 + y^3 - 3xy$ 在 $x^2 + y^2 \leqslant 4$ 上的最大、最小值.

解　①求 $z = x^3 + y^3 - 3xy$ 在 $x^2 + y^2 < 4$ 内的驻点：

由 $\begin{cases} z_x = 3x^2 - 3y = 0 \\ z_y = 3y^2 - 3x = 0 \end{cases}$,得 $\begin{cases} y = x^2 \\ x = y^2 \end{cases}$,在 $x^2 + y^2 < 4$ 内的驻点为 $(0,0)$,$(1,1)$;

②求 $z = x^3 + y^3 - 3xy$ 在 $x^2 + y^2 = 4$ 上的条件驻点:

作 $F = x^3 + y^3 - 3xy + \lambda(x^2 + y^2 - 4)$,由 $\begin{cases} F_x = 3x^2 - 3y + 2\lambda x = 0 \\ F_y = 3y^2 - 3x + 2\lambda y = 0 \\ x^2 + y^2 = 4 \end{cases}$ 解得

$x = y = \pm\sqrt{2}$,故条件驻点为 $(\sqrt{2}, \sqrt{2})$,$(-\sqrt{2}, -\sqrt{2})$;

③计算所得的驻点及条件驻点的函数值:

$$f(0,0) = 0, \quad f(1,1) = -1, \quad f(\sqrt{2}, \sqrt{2}) = 4\sqrt{2} - 6, \quad f(-\sqrt{2}, -\sqrt{2}) = -4\sqrt{2} - 6$$

比较可得: $f_{\max} = f(0,0) = 0$, $f_{\min} = f(-\sqrt{2}, -\sqrt{2}) = -4\sqrt{2} - 6$.

注 条件极值未必是无条件极值.

【例 9】 设销售收入 R(单位:万元)与花费在两种广告宣传的费用 x, y(单位:万元)之间的关系为

$$R = \frac{200x}{x + 5} + \frac{100y}{10 + y}$$

利润额相当于五分之一的销售收入,并要扣除广告费用. 已知广告费用总预算金是 25 万元,试问如何分配两种广告费用使利润最大?

解 设利润为 z,有

$$z = \frac{1}{5}R - x - y = \frac{40x}{x + 5} + \frac{20y}{10 + y} - x - y$$

限制条件为 $x + y = 25$. 这是条件极值问题.令

$$L(x, y, \lambda) = \frac{40x}{x + 5} + \frac{20y}{10 + y} - x - y + \lambda(x + y - 25)$$

由

$$L_x = \frac{200}{(5 + x)^2} - 1 + \lambda = 0, \quad L_y = \frac{200}{(10 + y)^2} - 1 + \lambda = 0$$

得

$$(5 + x)^2 = (10 + y)^2$$

又 $y = 25 - x$,解得 $x = 15$,$y = 10$. 根据问题本身的意义及驻点的唯一性即知,当投入两种广告的费用分别为 15 万元和 10 万元时,可使利润最大.

习题   7-6

1. 求函数 $f(x,y) = (x^2 + y^2)^2 - 2(x^2 - y^2)$ 的极值.

2. 证明函数 $z = (1 + e^y)\cos x - ye^y$ 有无穷多个极大值而无一极小值.

3. 求函数 $z = f(x,y) = \sin x + \sin y - \sin(x+y)$ 在由 x 轴, y 轴及直线 $x + y = 2\pi$ 所围成三角形中的最大值.

4. 求函数 $f(x,y) = 3x^2 + 3y^2 - x^2$ 在区域 $D: x^2 + y^2 \leqslant 16$ 上的最小值.

5. 某工厂生产两种产品 A 与 B, 出售单价分别为 10 元与 9 元, 生产 x 单位的产品 A 与生产 y 单位的产品 B 的总费用是:

$$400 + 2x + 3y + 0.01(3x^2 + xy + 3y^2) \; (元)$$

求取得最大利润时, 两种产品的产量各多少?

5. 在本节例 5 中, 若广告费用为 1.5 万元, 求相应的最优广告策略.

7.7   数学建模举例

7.7.1   数学模型

数学建模是指对现实世界的一特定对象, 为了某特定目的, 做出一些重要的简化和假设, 运用适当的数学工具得到一个数学结构, 用它来解释特定现象的现实性态, 预测对象的未来状况, 提供处理对象的优化决策和控制, 设计满足某种需要的产品等. 数学是在实际应用的需求中产生的, 要解决实际问题就必须建立数学模型, 从此意义上讲, 数学建模和数学一样有着古老的历史.

今天, 数学以空前的广度和深度向其他科学技术领域渗透, 过去很少应用数学的领域现在迅速走向定量化、数量化, 需建立大量的数学模型. 特别是新技术、新工艺蓬勃兴起, 计算机的普及和广泛应用, 数学在许多高新技术上起着十分关键的作用. 因此数学建模被时代赋予更为重要的意义.

大学生数学建模竞赛自 1985 年由美国开始举办, 竞赛以三名学生组成一个队,赛前有指导教师培训.赛题来源于实际问题.比赛时要求就选定的赛题每个队在连续三天的时间里写出论文,它包括:问题的适当阐述,合理的假设,模型的分析、建立、求解、验证,结果的分析,模型优缺点讨论等.数学建模竞赛宗旨是鼓励大学师生对范围并不固定的各种实际问题予以阐明、分析并提出解法,通过这样一种方式鼓励师生积极参与并强调实现完整的模型构造的过程.以竞赛的方式培养学生应用数学进行分析、推理、证明和计算的能力;用数学语言表达实际问题及用普通人能理解的语言表达数学结果的能力;应用计算机及相应数学软件的能力;独立查找文献、自学的能力;组织、协调、管理的能力;创造力、想象力、联想力和洞察力.还可以培养学生不怕吃苦、敢于战胜困难的坚强意志,培养自律、团结的优秀品质,培养正确的数学观.

7.7.2 最小二乘法

数理统计中常用到回归分析,也就是根据实际测量得到的一组数据来找出变量间的函数关系的近似表达式.通常把这样得到的函数的近似表达式叫做**经验公式**.这是一种广泛采用的数据处理方法.经验公式建立后,就可以把生产或实践中所积累的某些经验提高到理论上加以分析,并由此作出某些预测.下面我们通过实例来介绍一种常用的建立经验公式的方法.

【例1】 为测定刀具的磨损速度,按每隔一小时测量一次刀具厚度的方式,得到如下实测数据:

顺序编号i	时间 t_i/ 小时	刀具厚度 y_i/ 毫米	顺序编号i	时间 t_i/ 小时	刀具厚度 y_i/ 毫米
0	0	27.0	4	4	26.1
1	1	26.8	5	5	25.7
2	2	26.5	6	6	25.3
3	3	26.3	7	7	24.8

试根据这组实测数据建立变量 y 和 t 之间的经验公式 $y = f(t)$.

解 观察散点图 7-16,易发现所求函数 $y = f(t)$ 可近似看做线性函数,因此可设 $f(t) = at+b$,其中 a 和 b 是待定常数.但因为图中各点并不在同一条直线上,因此希望使偏差 $y_i - f(t_i)(i = 0,1,2,\cdots,7)$ 都很小.为了保证每个点的偏差都很小，可考虑选取常数 a,b，使 $M = \sum\limits_{i=0}^{7} [y_i - (at_i + b)]^2$ 最小．这种根据偏差的平方和为最小的条件来选择常数 a,b 的方法叫做**最小二乘法**．

求解本例，可考虑选取常数 a,b，使 $M = \sum\limits_{i=0}^{7} [y_i - (at_i + b)]^2$ 最小．把 M 看成自变量 a 和 b 的一个二元函数，那么问题就可归结为求函数 $M = M(a,b)$ 在哪些点处取得最小值．

令

$$\begin{cases} \dfrac{\partial M}{\partial a} = -2 \sum\limits_{i=0}^{7} [y_i - (at_i + b)]t_i = 0 \\[2mm] \dfrac{\partial M}{\partial b} = -2 \sum\limits_{i=0}^{7} [y_i - (at_i + b)] = 0 \end{cases}$$

图 7-16

即

$$\begin{cases} \sum\limits_{i=0}^{7} [y_i - (at_i + b)]t_i = 0 \\[2mm] \sum\limits_{i=0}^{7} [y_i - (at_i + b)] = 0 \end{cases}$$

整理得

$$\begin{cases} a \sum\limits_{i=0}^{7} t_i^2 + b \sum\limits_{i=0}^{7} t_i = \sum\limits_{i=0}^{7} y_i t_i \\[2mm] a \sum\limits_{i=0}^{7} t_i + 8b = \sum\limits_{i=0}^{7} y_i \end{cases} \tag{1}$$

计算得

$$\sum_{i=0}^{7} t_i = 28, \quad \sum_{i=0}^{7} t_i^2 = 140, \quad \sum_{i=0}^{7} y_i = 208.5, \quad \sum_{i=0}^{7} y_i t_i = 717$$

代入式（1），得

$$\begin{cases} 140a + 28b = 717 \\ 28a + 8b = 208.5 \end{cases}$$

所以

$$a = -0.303\,6, \quad b = 27.125$$

于是,所求经验公式为

$$y = f(t) = -0.303\,6t + 27.125 \qquad (2)$$

根据上式算出的 $f(t_i)$ 与实测的 y_i 有一定的偏差,见下表:

t_i	实测 y_i	计算 $f(t_i)$	偏差	t_i	实测 y_i	计算 $f(t_i)$	偏差
0	27.0	27.125	-0.125	4	26.1	25.911	0.189
1	26.8	26.821	-0.021	5	25.7	25.607	0.093
2	26.5	26.518	-0.018	6	25.3	25.303	-0.003
3	26.3	26.214	0.086	7	24.8	25.000	-0.200

注 (1)偏差的平方和 $M = 0.108\,165$,其平方根 $\sqrt{M} = 0.329$. 我们把 $\sqrt{M}$ 称为**均方误差**,它的大小在一定程度上反映了用经验公式近似表达原来函数关系的近似程度的好坏.

(2)本例中实测数据的图形近似为一条直线,因而认为所求函数关系可近似看做线性函数关系,这类问题的求解比较简便. 有些实际问题中,经验公式的类型虽然不是线性函数,但我们可以设法把它转化成线性函数的类型来讨论.

7.7.3 线性规划问题

求多个自变量的线性函数在一组线性不等式约束条件下的最大值最小值问题叫做**线性规划**问题. 下面我们通过实例来说明.

【例2】 一份简化的食物由粮和肉两种原料做成,每份粮价值 30 分,其中含有 4 单位醣、5 单位维生素和 2 单位蛋白质;每份肉价值 50 分,其中含有 1 单位醣、4 单位维生素和 4 单位蛋白质. 对一份食物的最低要求是它至少要由 8 单位醣、20 单位维生素和 10 单位蛋白质组成,问应当选择什么样的食物,才能使价钱最便宜?

解 设食物由 x 份粮和 y 份肉组成,其价钱为 $C = 30x + 50y$. 由食物的最低要求得到三个不等式约束条件,即:

为了有足够的醣,应有 $4x + y \geqslant 8$;

为了有足够的维生素,应有 $5x + 4y \geqslant 20$;

为了有足够的蛋白质,应有 $2x+4y \geqslant 10$;并且还有 $x \geqslant 0, y \geqslant 0$.

上述五个不等式把问题的解限制在平面上如图 7-17 所示的阴影区域中,现在考虑直线族:

$$C = 30x + 50y$$

当 C 逐渐增加时,与阴影区域相交的第一条直线是通过顶点 S 的直线,S 是两条直线 $5x+4y=20$ 和 $2x+4y=10$ 的交点,所以点 S 对应于 C 的最小值的坐标是 $\left(\dfrac{10}{3}, \dfrac{5}{6}\right)$,即这种食物是由 $\dfrac{10}{3}$ 份粮和 $\dfrac{5}{6}$ 份肉组成. 代入到 $C=30x+50y$ 中,即得到所要求的食物的最低价格:

图 7-17

$$C_{\min} = 30 \times \frac{10}{3} + 50 \times \frac{5}{6} = \frac{425}{3} \text{(分)}$$

下面的例子是用几何方法来解决的.

【例 3】 一个糖果制造商有 $500\,\text{g}$ 巧克力、$100\,\text{g}$ 核桃和 $50\,\text{g}$ 果料. 他用这些原料生产三种类型的糖果. A 类糖果每盒用 $3\,\text{g}$ 巧克力、$1\,\text{g}$ 核桃和 $1\,\text{g}$ 果料,售价 10 元. B 类糖果每盒用 $4\,\text{g}$ 巧克力和 $1\,\text{g}$ 核桃,售价 6 元. C 类糖果每盒用 $5\,\text{g}$ 巧克力,售价 4 元. 问每类糖果各应做多少盒,才能使总收入最大?

解 设制造商应分别作 A、B、C 三类糖果各为 x、y、z 盒,总收入是

$$R = 10x + 6y + 4z \text{(元)}.$$

由巧克力、核桃和果料的存货限额,不等式约束条件依次为

$$3x + 4y + 5z \leqslant 500, \quad x + y \leqslant 100, \quad x \leqslant 50$$

当然,由问题的性质知,x, y 和 z 也是非负的,所以 $x \geqslant 0, y \geqslant 0, z \geqslant 0$.

于是,问题化为求 R 的满足这些不等式的最大值.

上述不等式把允许的解限制在 xOy 空间中的一个多面体区域之内(图 7-18). 在平行平面 $10x+6y+4z = R$ 中只有一部分平面和这个区域相交,随着 R 增大,平面离原点越来越远. 显然,R 的最大值一定出现在这样

图 7-18

的平面上,这种平面正好经过允许值所在多面体区域的一个顶点,所求的解对应于 R 取最大值的那个顶点,计算结果列在下表中.

顶点	$(0,0,0)$	$(50,0,0)$	$(50,50,0)$	$(50,50,30)$	$(50,0,70)$	$(0,0,100)$	$(0,100,20)$	$(0,100,0)$
R 值	0	500	800	920	780	400	680	600

由表可见,R 的最大值是 920 元,相应的点是 $(50,50,30)$,所以 A 类 50 盒、B 类 30 盒、C 类 30 盒时总收入最多.

复习题 7

1. 在"充分""必要""充分必要"三者中选择一个正确的填入下列空白处.

(1) $f(x,y)$ 在点 (x,y) 可微是 $f(x,y)$ 在该点连续的 _____ 条件,$f(x,y)$ 在点 (x,y) 连续是 $f(x,y)$ 在该点可微的 _____ 条件;

(2) $z=f(x,y)$ 在点 (x,y) 的偏导数 $\dfrac{\partial z}{\partial x}$ 及 $\dfrac{\partial z}{\partial y}$ 存在是 $f(x,y)$ 在该点可微的 _____ 条件,$z=f(x,y)$ 在点 (x,y) 可微是函数在该点的偏导数 $\dfrac{\partial z}{\partial x}$ 及 $\dfrac{\partial z}{\partial y}$ 存在的 _____ 条件;

(3) $z=f(x,y)$ 的两个二阶混合偏导数 $\dfrac{\partial^2 z}{\partial x \partial y}$ 及 $\dfrac{\partial^2 z}{\partial y \partial x}$ 在区域 D 内连续是这两个二阶混合偏导数相等的 _____ 条件.

2. 求下列函数的一阶和二阶偏导数:

(1) $z=\ln(x+y^2)$;　　　　　　(2) $z=x^y$.

3. 设 $u=x^y$,而 $x=\varphi(t)$,$y=\psi(t)$ 都是可微函数,求 $\dfrac{\mathrm{d}u}{\mathrm{d}t}$.

4. 设 $z=f(u,x,y)$,$u=x\mathrm{e}^y$,其中 f 具有连续的二阶偏导数,求 $\dfrac{\partial^2 z}{\partial x \partial y}$.

5. 设 $z=F(u,v,w)$,$v=f(u,x)$,$x=g(u,w)$,其中 F,f,g 具有连续偏导数,求 $\dfrac{\partial z}{\partial u}$.

6. 设 u 是 x,y,z 的函数,由方程 $u^2+z^2+y^2-x=0$ 决定,其中 $z=xy^2+y\ln y-y$,求 $\dfrac{\partial u}{\partial x}$,$\dfrac{\partial^2 u}{\partial x^2}$.

7. 设 z 具有二阶连续偏导数,试利用变换 $u = x - 2\sqrt{y}, v = x + 2\sqrt{y}$ 简化方程 $\dfrac{\partial^2 z}{\partial x^2} - y\dfrac{\partial^2 z}{\partial y^2} - \dfrac{1}{2}\dfrac{\partial z}{\partial y} = 0$.

8. 设 $f(x,y) = \displaystyle\int_0^{xy} \mathrm{e}^{-t^2}\,\mathrm{d}t$,求 $\dfrac{\partial^2 f}{\partial x^2} - 2\dfrac{\partial^2 f}{\partial x\partial y} - \dfrac{y}{x}\dfrac{\partial^2 f}{\partial y^2}$.

9. 设 $y = y(x), z = z(x)$ 是由方程 $z = xf(x+y)$ 和 $F(x,y,z) = 0$ 所确定的函数,其中 f 和 F 分别具有一阶连续导数和一阶连续偏导数. 证明

$$\frac{\mathrm{d}z}{\mathrm{d}x} = \frac{(f + xf')F_y - xf'F_x}{F_y + xf'F_z} \quad (F_y + xf'F_z \neq 0)$$

10. 设 q_1 为商品 A 的需求量,q_2 为商品 B 的需求量,其需求函数分别为 $q_1 = 16 - 2p_1 + 4p_2$,$q_2 = 20 + 4p_1 - 10p_2$,总成本函数为 $C = 3q_1 + 2q_2$,其中 p_1, p_2 为商品 A 和 B 的价格,试问价格 p_1, p_2 取何值时可使利润最大?

11. 在经济学中有个 Cobb-Douglas 生产函数模型 $f(x,y) = cx^a y^{1-a}$,式中 x 代表劳动力的数量,y 为资本数量(确切地说是 y 个单位资本),c 与 $a\,(0 < a < 1)$ 是常数,由各工厂的具体情形而定. 函数值表示生产量. 现在已知某制造商的 Cobb-Douglas 生产函数是 $f(x,y) = 100x^{\frac{3}{4}}y^{\frac{1}{4}}$,每个劳动力与每单位资本的成本分别是 150 元及 250 元. 该制造商的总预算是 $50\,000$ 元. 问该如何分配这笔钱用于雇用劳动力与资本,以使生产量最高?

12. 设某电视机厂生产一台电视机的成本为 c,每台电视机的销售价格为 p,销售量为 x. 假设该厂的生产处于平衡状态,即电视机的生产量等于销售量. 根据市场预测,销售量 x 与销售价格为 p 之间有下面的关系:

$$x = M\mathrm{e}^{-ap} \qquad (M > 0, a > 0) \tag{1}$$

其中,M 为市场最大需求量,a 是价格系数. 同时,生产部门根据对生产环节的分析,对每台电视机的生产成本 c 有如下测算:

$$c = c_0 - k\ln x \qquad (k > 0, x > 1) \tag{2}$$

其中,c_0 是只生产一台电视机时的成本,k 是规模系数. 根据上述条件,应如何确定电视机的售价 p,才能使该厂获得最大利润?

第8章 重积分
Multiple Integral

定积分是研究在某一区间上一类一元函数和式极限的问题. 我们把建立定积分的思想和方法推广到定义在平面区域、空间区域上的多元函数,从而得到重积分. 本章介绍二重积分和三重积分的概念、性质、计算方法及简单应用.

8.1 二重积分的概念与性质

8.1.1 引 例

1. 曲顶柱体的体积

设有一立方体,它的底是 xOy 面上的闭区域 D,它的侧面是以 D 的边界曲线为准线而母线平行于 z 轴的柱面,它的顶是曲面 $z = f(x,y)$,$f(x,y)$ 满足在 D 上连续且 $f(x,y) \geqslant 0$,这种立体称为**曲顶柱体**(Cylindrical Body under the Surface)(图 8-1). 下面我们来求曲顶柱体的体积.

若构成曲顶柱体的曲顶 $f(x,y)$ 为一常数,则该柱体为一平顶柱体,且

$$\text{平顶柱体的体积} = \text{底面积} \times \text{高}$$

若构成曲顶柱体的曲顶 $f(x,y)$ 不为一常数而是变动的,上述公式就不能用. 但可以利用类似于定积分中求曲边梯形面积的方法(即分割、近似代替、求和、取极限的方法)求曲顶柱体的体积.

(1)分割 用任意一组网格线把区域 D 分割成 n 个小区域 $\Delta\sigma_1, \Delta\sigma_2, \cdots, \Delta\sigma_n$,其中 $\Delta\sigma_i$ 表示第 i 个小闭区域,也表示它的面积. 分别以这些小闭区域的边界曲线为准线,作母线平行于 z 轴的柱面,这些柱面把原来的曲顶柱体分为 n 个小曲顶柱

体(图 8-2).

图 8-1　　　　　　　　　　图 8-2

（2）近似代替　由于 $f(x,y)$ 在 D 上连续,对于同一个小闭区域来说,$f(x,y)$
变化很小,这时每个小曲顶柱体可以近似地看成平顶柱体.记第 i 个小曲顶柱体的
体积为 ΔV_i,在其底 $\Delta\sigma_i$ 上任取一点 (ξ_i,η_i),ΔV_i 用底面积为 $\Delta\sigma_i$,高为 $f(\xi_i,\eta_i)$ 的
平顶柱体的体积近似代替,即 $\Delta V_i \approx f(\xi_i,\eta_i)\Delta\sigma_i$ $(i=1,2,\cdots,n)$.

（3）求和　把这些小平顶柱体的体积 $f(\xi_i,\eta_i)\Delta\sigma_i (i=1,2,\cdots,n)$ 相加,用其和

式近似地表示曲顶柱体的体积 V,即 $V=\sum_{i=1}^{n}\Delta V_i \approx \sum_{i=1}^{n}f(\xi_i,\eta_i)\Delta\sigma_i$.

（4）取极限　由于划分越细,用小平顶柱体的体积和 $\sum_{i=1}^{n}f(\xi_i,\eta_i)\Delta\sigma_i$ 代替曲顶

柱体的体积 V 就越精确.如果把 $\Delta\sigma_i$ 中任意两点距离最大值称为 $\Delta\sigma_i$ 的直径,并记
为 λ_i.当 $\lambda=\max_{1\leqslant i\leqslant n}\{\lambda_i\}\to 0$ 时,上式右端的极限值就为曲顶柱体的体积 V,即

$$V=\lim_{\lambda\to 0}\sum_{i=1}^{n}f(\xi_i,\eta_i)\Delta\sigma_i$$

2. 求平面薄片的质量

设有一平面薄片,占有 xOy 面上的有界闭区域 D,在点 (x,y) 处的面密度为
$\rho(x,y)$,假定 $\rho(x,y)$ 在 D 上连续,且 $\rho(x,y)>0$.现计算平面薄片的质量 m.

我们知道,如果薄片是均匀的,即面密度是常数,那么薄片的质量可以用公式
$$质量＝面密度×面积$$
来计算.现在面密度 $\rho(x,y)$ 是变量,薄片的质量就不能直接用上式来计算.但是仍
然可以用解决曲顶柱体体积问题的思想方法来处理.

由于 $\rho(x,y)$ 在区域 D 上连续,因此将薄片分割成 n 个小块 $\Delta\sigma_i(i=1,2,\cdots,$
$n)$,当每小块所占的闭区域的直径很小时,则每小块可近似地看成均质薄片(图

8-3). 即在第 i 个小块 $\Delta\sigma_i$ 上任取一点 (ξ_i,η_i)，以该点所对应的面密度 $\rho(\xi_i,\eta_i)$ 代替整个第 i 个小块薄片的面密度，则 $\rho(\xi_i,\eta_i)\Delta\sigma_i$ 可看做第 i 个小块薄片质量的近似值. 于是再通过求和、取极限，便可得出平面薄片的质量：

图 8-3

$$m = \lim_{\lambda \to 0}\sum_{i=1}^{n}\rho(\xi_i,\eta_i)\Delta\sigma_i$$

上面两个问题的实际意义虽然不同，但所求量都归结为同一形式和的极限. 在许多物理、数学、工程技术中的问题都可以归结为求形如和式 $\sum_{i=1}^{n}f(\xi_i,\eta_i)\Delta\sigma_i$ 的极限问题，由此引入二重积分的定义.

8.1.2 二重积分的概念

定义 1 设 $f(x,y)$ 是有界闭区域 D 上的有界函数，将闭区域 D 任意分成 n 个小闭区域 $\Delta\sigma_1,\Delta\sigma_2,\cdots,\Delta\sigma_n$，其中 $\Delta\sigma_i$ 表示第 i 个小闭区域，也表示它的面积. 在每个 $\Delta\sigma_i$ 上任取一点 (ξ_i,η_i)，作乘积 $f(\xi_i,\eta_i)\Delta\sigma_i$（$i=1,2,\cdots,n$），并作和 $\sum_{i=1}^{n}f(\xi_i,\eta_i)\Delta\sigma_i$. 如果当各小闭区域的直径中的最大值 λ 趋于零时，这和式的极限存在，则称此极限为函数 $f(x,y)$ 在闭区域 D 上的**二重积分**（Double Integral），记为 $\iint\limits_{D}f(x,y)$，即

$$\iint\limits_{D}f(x,y)\mathrm{d}\sigma = \lim_{\lambda \to 0}\sum_{i=1}^{n}f(\xi_i,\eta_i)\Delta\sigma_i$$

其中，$f(x,y)$ 称为**被积函数**，$f(x,y)\mathrm{d}\sigma$ 称为**被积表达式**，$\mathrm{d}\sigma$ 称为**面积微元**，x 和 y 分别称为**积分变量**，D 称为**积分区域**，$\sum_{i=1}^{n}f(\xi_i,\eta_i)\Delta\sigma_i$ 称为**积分和**.

$\iint\limits_{D}f(x,y)\mathrm{d}\sigma$ 存在，也称为 $f(x,y)$ 在区域 D 上**可积**.

注 （1）在二重积分的定义中，积分和 $\sum_{i=1}^{n}f(\xi_i,\eta_i)\Delta\sigma_i$ 的极限存在，是指对闭区域 D 的任意划分和点 (ξ_i,η_i) 的任意取法，只要 λ 趋于零时，积分和虽然形式不同，但极限是唯一的. 即积分值与积分区域 D 的分割和 (ξ_i,η_i) 的取法无关.

（2）二重积分是一个数值，这个值只与被积函数 $f(x,y)$ 和积分区域 D 有关，

而与积分变量用什么字母表示无关,即

$$\iint\limits_{D} f(x,y)\mathrm{d}\sigma = \iint\limits_{D} f(u,v)\mathrm{d}\sigma$$

(3)当 $f(x,y)$ 在闭区域上连续时,定义中和式的极限必存在,即二重积分必存在.

根据二重积分的定义可知,曲顶柱体的体积是曲顶上点的竖坐标 $f(x,y)$ 在底 D 上的二重积分,即

$$V = \iint\limits_{D} f(x,y)\mathrm{d}\sigma$$

平面薄片的质量是它的面密度为 $\rho(x,y)$ 在薄片所占区域 D 上的二重积分,即

$$m = \iint\limits_{D} \rho(x,y)\mathrm{d}\sigma$$

二重积分的几何意义:当被积函数 $f(x,y) \geqslant 0$ 时, $\iint\limits_{D} f(x,y)\mathrm{d}\sigma$ 表示曲顶柱体的体积;当被积函数 $f(x,y) < 0$ 时, $\iint\limits_{D} f(x,y)\mathrm{d}\sigma$ 表示曲顶柱体的体积的负值;当被积函数 $f(x,y)$ 在区域 D 上有正有负时, $\iint\limits_{D} f(x,y)\mathrm{d}\sigma$ 表示在 xOy 面上、下曲顶柱体体积的代数和.

【例 1】　计算 $\iint\limits_{D} \sqrt{4-x^2-y^2}\,\mathrm{d}\sigma$,其中 $D = \{(x,y) \mid x^2 + y^2 \leqslant 4\}$.

解　由二重积分的几何意义知, $\iint\limits_{D} \sqrt{4-x^2-y^2}\,\mathrm{d}\sigma$ 等于球心在坐标原点,半径为 2 的上半球的体积,所以

$$\iint\limits_{D} \sqrt{4-x^2-y^2}\,\mathrm{d}\sigma = \frac{1}{2} \times \frac{4}{3}\pi \times 2^3 = \frac{16}{3}\pi$$

8.1.3　二重积分的性质

假设 $f(x,y)$, $g(x,y)$ 在闭区域 D 上可积,根据二重积分的定义,可证得二重积分与定积分有类似的性质:

性质 1　$\iint\limits_{D}[f(x,y) \pm g(x,y)]\mathrm{d}\sigma = \iint\limits_{D} f(x,y)\mathrm{d}\sigma \pm \iint\limits_{D} g(x,y)\mathrm{d}\sigma$.

性质 2 $\iint\limits_D kf(x,y)\mathrm{d}\sigma = k\iint\limits_D f(x,y)\mathrm{d}\sigma.$

性质 3 如果闭区域 D 可被曲线分为两个没有公共内点的闭子区域 D_1 和 D_2,则

$$\iint\limits_D f(x,y)\mathrm{d}\sigma = \iint\limits_{D_1} f(x,y)\mathrm{d}\sigma + \iint\limits_{D_2} f(x,y)\mathrm{d}\sigma$$

这个性质表明**二重积分对积分区域具有可加性**.

性质 4 如果在闭区域 D 上,$f(x,y)=1,\sigma$ 为 D 的面积,则

$$\iint\limits_D 1 \cdot \mathrm{d}\sigma = \iint\limits_D \mathrm{d}\sigma = \sigma$$

注 这个性质的几何意义是:以 D 为底、高为 1 的平顶柱体的体积在数值上等于柱体的底面积.

性质 5 如果在闭区域 D 上,有 $f(x,y) \leqslant g(x,y)$,则

$$\iint\limits_D f(x,y)\mathrm{d}\sigma \leqslant \iint\limits_D g(x,y)\mathrm{d}\sigma$$

特别地,有

$$\left| \iint\limits_D f(x,y)\mathrm{d}\sigma \right| \leqslant \iint\limits_D |f(x,y)|\,\mathrm{d}\sigma$$

性质 6 设 M,m 分别是 $f(x,y)$ 在闭区域 D 上的最大值和最小值,σ 为 D 的面积,则

$$m\sigma \leqslant \iint\limits_D f(x,y)\mathrm{d}\sigma \leqslant M\sigma$$

这个不等式称为**二重积分的估值不等式**.

性质 7(积分中值定理) 设 $f(x,y)$ 在闭区域 D 上连续,σ 为 D 的面积,则至少存在一点 $(\xi,\eta) \in D$,使得

$$\iint\limits_D f(x,y)\mathrm{d}\sigma = f(\xi,\eta)\sigma$$

证明 由于 $f(x,y)$ 在闭区域 D 上连续,则 $f(x,y)$ 在闭区域 D 上一定有最小值和最大值,分别记为 m 和 M,再由性质 6,得

$$m\sigma \leqslant \iint\limits_D f(x,y)\mathrm{d}\sigma \leqslant M\sigma$$

于是

$$m \leqslant \frac{\displaystyle\iint_D f(x,y)\mathrm{d}\sigma}{\sigma} \leqslant M$$

再由介值定理,至少存在一点 $(\xi,\eta) \in D$,使得

$$\frac{\displaystyle\iint_D f(x,y)\mathrm{d}\sigma}{\sigma} = f(\xi,\eta)$$

即

$$\iint_D f(x,y)\mathrm{d}\sigma = f(\xi,\eta)\sigma$$

【例2】　比较 $\displaystyle\iint_D (x+y)^2\mathrm{d}\sigma$ 与 $\displaystyle\iint_D (x+y)^3\mathrm{d}\sigma$ 的大小,其中 D 是由 x 轴、y 轴以及 $x+y=1$ 所围成的三角形区域.

解　因为在 D 内有 $0 \leqslant x+y \leqslant 1$,故

$$(x+y)^2 \geqslant (x+y)^3$$

因此

$$\iint_D (x+y)^2\mathrm{d}\sigma \geqslant \iint_D (x+y)^3\mathrm{d}\sigma$$

【例3】　估计 $I = \displaystyle\iint_D \mathrm{e}^{(x^2+y^2)}\mathrm{d}\sigma$ 的值,其中 D 是椭圆闭区域:$\dfrac{x^2}{a^2} + \dfrac{y^2}{b^2} \leqslant 1 (0 < b < a)$.

解　区域 D 的面积 $\sigma = \pi ab$. 因为在 D 上 $0 \leqslant x^2 + y^2 \leqslant a^2$,所以 $1 = \mathrm{e}^0 \leqslant \mathrm{e}^{x^2+y^2} \leqslant \mathrm{e}^{a^2}$,由性质 6 知

$$\sigma \leqslant \iint_D \mathrm{e}^{(x^2+y^2)}\mathrm{d}\sigma \leqslant \sigma \mathrm{e}^{a^2}$$

即

$$\pi ab \leqslant \iint_D \mathrm{e}^{(x^2+y^2)}\mathrm{d}\sigma \leqslant \pi ab\,\mathrm{e}^{a^2}$$

习　题　8-1

1.利用二重积分的定义证明:

(1) $\iint\limits_{D} \mathrm{d}\sigma = \sigma$,其中 σ 为 D 的面积;

(2) $\iint\limits_{D} kf(x,y)\mathrm{d}\sigma = k\iint\limits_{D} f(x,y)\mathrm{d}\sigma$.

2. 根据二重积分的几何意义求下列二重积分:

(1) $\iint\limits_{D} \sqrt{R^2 - x^2 - y^2}\,\mathrm{d}\sigma$,其中 $D = \{(x,y) \mid x^2 + y^2 \leqslant R^2\}$;

(2) $\iint\limits_{D} (9 - \sqrt{x^2 + y^2})\mathrm{d}\sigma$,其中 $D = \{(x,y) \mid x^2 + y^2 \leqslant 9\}$.

3. 比较下列积分值的大小:

(1) $\iint\limits_{D} \ln(x+y)\mathrm{d}\sigma$ 与 $\iint\limits_{D} [\ln(x+y)]^2\mathrm{d}\sigma$,其中区域 D 是三角形闭区域,三顶点各为 $(1,0),(1,1),(2,0)$;

(2) $\iint\limits_{D} \mathrm{e}^{xy}\mathrm{d}\sigma$ 与 $\iint\limits_{D} \mathrm{e}^{2xy}\mathrm{d}\sigma$,其中 $D = \{(x,y) \mid 0 \leqslant x \leqslant 1, 0 \leqslant y \leqslant 1\}$;

(3) $\iint\limits_{D} (x+y)^2\mathrm{d}\sigma$ 与 $\iint\limits_{D} (x+y)^3\mathrm{d}\sigma$ 的大小,其中 $D = \{(x,y) \mid (x-2)^2 + (y-2)^2 \leqslant 2\}$.

4. 利用二重积分的性质,估计下列积分值:

(1) $I = \iint\limits_{D} \dfrac{\mathrm{d}\sigma}{\sqrt{x^2 + y^2 + 2xy + 16}}$ 的值,其中 $D = \{(x,y) \mid 0 \leqslant x \leqslant 1, 0 \leqslant y \leqslant 2\}$;

(2) $I = \iint\limits_{D} (x^2 + 4y^2 + 9)\mathrm{d}\sigma$,其中 D 为 $\{(x,y) \mid x^2 + y^2 \leqslant 4\}$;

(3) $I = \iint\limits_{D} \dfrac{1}{100 + \cos^2 x + \cos^2 y}\mathrm{d}\sigma$,其中 D 为 $\{(x,y) \mid |x| + |y| \leqslant 10\}$.

5. 已知函数 $F(x,y) = xy + \iint\limits_{D} f(x,y)\mathrm{d}\sigma$,其中 D 是有界闭区域,且 $f(x,y)$ 在 D 上连续,求 $F(x,y)$ 在点 $(1,1)$ 处的全微分.

8.2 直角坐标系下二重积分的计算

利用二重积分的定义直接计算二重积分是十分困难的. 为此, 介绍一种化二重积分为两个定积分来计算二重积分的方法.

8.2.1 二重积分的累次积分

在二重积分的定义中对闭区域 D 的划分是任意的, 如果在直角坐标系中用平行于坐标轴的直线网来划分区域 D (图 8-4), 那么除一些小闭区域外, 其余的小闭区域都是矩形闭区域. 设矩形闭区域 $\Delta\sigma_i = \Delta x_j \cdot \Delta y_k$. 因此在直角坐标系中, 把面积微元 $d\sigma$ 记作 $dxdy$, 而把二重积分记作 $\iint\limits_D f(x,y)dxdy$, 其中 $dxdy$ 叫做**直角坐标系中的面积微元**.

下面用几何的观点来讨论 $\iint\limits_D f(x,y)d\sigma$ 的计算问题. 在讨论中我们假定 $f(x,y) \geqslant 0$.

1. X- 型区域

设积分区域 $D = \{(x,y) \mid a \leqslant x \leqslant b, \varphi_1(x) \leqslant y \leqslant \varphi_2(x)\}$, 其中函数 $\varphi_1(x)$, $\varphi_2(x)$ 分别在 $[a,b]$ 上连续, 且穿过区域内部, 垂直于 x 轴的直线与区域的边界相交不多于两点 (图 8-5). 此区域称为 X- 型区域.

图 8-4

图 8-5

由二重积分的几何意义知，当 $f(x,y)$ 在闭区域 D 上连续且 $f(x,y) \geqslant 0$ 时，$\iint\limits_{D} f(x,y)\mathrm{d}\sigma$ 表示以 D 为底，以曲面 $z = f(x,y)$ 为顶的曲顶柱体的体积. 下面我们应用第 5 章计算"平行截面面积为已知的立体的体积"的方法来计算这个曲顶柱体的体积.

在 $[a,b]$ 上取定一点 x_0，过 x_0 作平行于 yOz 面的平面（$x = x_0$），该平面截曲顶柱体所得的截面为 $A(x_0)$，而该截面是一个以区间 $\big[\varphi_1(x),\varphi_2(x)\big]$ 为底边，以曲线 $z = f(x_0,y)$ 为曲边的曲边梯形（图 8-6），因此 $A(x_0) = \int_{\varphi_1(x_0)}^{\varphi_2(x_0)} f(x_0,y)\mathrm{d}y$.

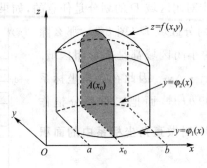

图 8-6

一般地，过区间 $[a,b]$ 上任一点 x 且平行于 yOz 面截曲顶柱体所得的截面为

$$A(x) = \int_{\varphi_1(x)}^{\varphi_2(x)} f(x,y)\mathrm{d}y$$

于是，应用计算"平行截面面积为已知的立体的体积"的方法，得曲顶柱体体积为

$$V = \int_a^b A(x)\mathrm{d}x = \int_a^b \bigg[\int_{\varphi_1(x)}^{\varphi_2(x)} f(x,y)\mathrm{d}y\bigg]\mathrm{d}x$$

这个体积也是二重积分的值，即有

$$\iint\limits_{D} f(x,y)\mathrm{d}\sigma = \int_a^b \bigg[\int_{\varphi_1(x)}^{\varphi_2(x)} f(x,y)\mathrm{d}y\bigg]\mathrm{d}x \tag{8-2-1}$$

上式右端的积分叫做先对 y 后对 x 的**二次积分**或**累次积分**（Iterated Integral）.

就是说，先把 x 看做常数，把 $f(x,y)$ 只看做 y 的函数，并对 y 计算从 $\varphi_1(x)$ 到 $\varphi_2(x)$ 的定积分；然后再把计算结果（x 的函数）对 x 计算在 $[a,b]$ 上的定积分. 这个先对 y 后对 x 的二次积分也可以写成

$$\int_a^b \mathrm{d}x \int_{\varphi_1(x)}^{\varphi_2(x)} f(x,y)\mathrm{d}y$$

因此等式(8-2-1)可写成

$$\iint\limits_{D}f(x,y)\mathrm{d}\sigma = \int_{a}^{b}\mathrm{d}x\int_{\varphi_1(x)}^{\varphi_2(x)}f(x,y)\mathrm{d}y \tag{8-2-2}$$

这就是二重积分先对 y 后对 x 的二次积分公式.

2. Y- 型区域

设积分区域 $D = \{(x,y) \mid c \leqslant y \leqslant d, \psi_1(y) \leqslant x \leqslant \psi_2(y)\}$,其中函数 $\psi_1(y)$,$\psi_2(y)$ 分别在 $[c,d]$ 上连续,且穿过区域内部,垂直于 y 轴的直线与区域的边界相交不多于两点(图 8-7),此区域称为 Y- 型区域.

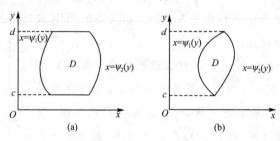

图 8-7

类似于 X- 型区域,在 Y- 型区域上的二重积分的计算公式为

$$\iint\limits_{D}f(x,y)\mathrm{d}\sigma = \int_{c}^{d}\left[\int_{\psi_1(y)}^{\psi_2(y)}f(x,y)\mathrm{d}x\right]\mathrm{d}y \tag{8-2-3}$$

或

$$\iint\limits_{D}f(x,y)\mathrm{d}\sigma = \int_{c}^{d}\mathrm{d}y\int_{\psi_1(y)}^{\psi_2(y)}f(x,y)\mathrm{d}x \tag{8-2-4}$$

如果积分区域 D(图 8-8)既是 X- 型区域 $D = \{(x,y) \mid a \leqslant x \leqslant b, \varphi_1(x) \leqslant y \leqslant \varphi_2(x)\}$,又是 Y- 型区域 $D = \{(x,y) \mid c \leqslant y \leqslant d, \psi_1(y) \leqslant x \leqslant \psi_2(y)\}$ 时,则两个累次积分相同,即

图 8-8

$$\iint\limits_{D}f(x,y)\mathrm{d}\sigma = \int_{a}^{b}\mathrm{d}x\int_{\varphi_1(x)}^{\varphi_2(x)}f(x,y)\mathrm{d}y$$

$$= \int_{c}^{d}\mathrm{d}y\int_{\psi_1(y)}^{\psi_2(y)}f(x,y)\mathrm{d}x$$

注 把上述假定 $f(x,y) \geqslant 0$ 的条件去掉后,式(8-2-1)、式(8-2-2)、式(8-2-3)及式(8-2-4)仍然成立.

3. 既非 X- 型,又非 Y- 型区域

当积分区域 D 既不是 X- 型区域,又不是 Y- 型区域(图 8-9)时,这时通常用平行于坐标轴的直线将 D 分成几个部分,使每一部分区域为 X- 型区域,或为 Y- 型区域,再利用二重积分区域的可加性,将这些小区域上的二重积分数值相加,可得在区域 D 上的二重积分.即若 $D = D_1 + D_2 + D_3$,则

图 8-9

$$\iint\limits_{D}f(x,y)\mathrm{d}\sigma = \iint\limits_{D_1}f(x,y)\mathrm{d}\sigma + \iint\limits_{D_2}f(x,y)\mathrm{d}\sigma + \iint\limits_{D_3}f(x,y)\mathrm{d}\sigma$$

注 (1) 当积分区域 D 既是 X- 型区域,又是 Y- 型区域时,应本着计算简单的原则决定应采用的顺序.

(2) 二重积分的计算主要是把二重积分化为两个二次积分,而确定两个定积分的上下限是把一个二重积分化为两个二次积分的关键.具体做法是:先画出区域 D 的草图,假设区域 D 为 X- 型区域(图 8-10).在区间 $[a,b]$ 上任取一点 x,过点 x 作平行于 y 轴的直线穿过区域 D,与区域 D 的边界

图 8-10

有两个交点 $(x,\varphi_1(x))$ 和 $(x,\varphi_2(x))$,这里的 $\varphi_1(x)$,$\varphi_2(x)$ 就是将 x 看做常数而对 y 积分时的下限和上限;又因 x 是在区间 $[a,b]$ 上任意取的,所以再将 x 看做变量而对 x 积分时,a,b 分别为积分的下限和上限.

【例 1】 计算二重积分 $\iint\limits_{D}x^2y\mathrm{d}\sigma$,其中 D 是由抛物线 $y^2 = x$ 及直线 $y = x$ 所围成的闭区域.

解 先画出积分区域 D(图 8-11),D 既是 X- 型,也是 Y- 型.如果将 D 看成 X- 型,则 D 可表示为:$x \leqslant y \leqslant \sqrt{x}$,$0 \leqslant x \leqslant 1$,于是得先对 y 后对 x 的二次积分:

图 8-11

$$\iint\limits_{D}x^2y\mathrm{d}\sigma = \int_0^1\mathrm{d}x\int_x^{\sqrt{x}}x^2y\mathrm{d}y = \int_0^1 x^2\frac{y^2}{2}\Big|_x^{\sqrt{x}}\mathrm{d}x$$

$$= \frac{1}{2}\int_0^1(x^3 - x^4)\mathrm{d}x = \frac{1}{2}\left(\frac{x^4}{4} - \frac{x^5}{5}\right)\Big|_0^1 = \frac{1}{40}$$

如果将 D 看成 Y- 型,则 D 可表示为:$y^2 \leqslant x \leqslant y$,$0 \leqslant y \leqslant 1$,于是得先对 x 后对 y 的二次积分:

$$\iint\limits_{D} x^2 y \mathrm{d}\sigma = \int_0^1 \mathrm{d}y \int_{y^2}^y x^2 y \mathrm{d}x = \int_0^1 y \frac{x^3}{3} \Big|_{y^2}^y \mathrm{d}y = \frac{1}{3} \int_0^1 (y^4 - y^7) \mathrm{d}y$$

$$= \frac{1}{3}\left(\frac{y^5}{5} - \frac{y^8}{8}\right)\Big|_0^1 = \frac{1}{40}$$

注　本题积分中选择两种不同的积分次序的计算繁简程度差不多.

【例 2】　计算二重积分 $\iint\limits_{D} \dfrac{x^2}{y^2} \mathrm{d}\sigma$，其中 D 是由双曲线 $xy = 1$ 及直线 $y = x, x = 2$ 所围成的闭区域.

解　先画出积分区域 D，D 既是 X- 型，也是 Y- 型. 如果将 D 看成 X- 型，则 D 可表示为：$\dfrac{1}{x} \leqslant y \leqslant x, 1 \leqslant x \leqslant 2$（图 8-12(a)），于是得先对 y 后对 x 的二次积分：

$$\iint\limits_{D} \frac{x^2}{y^2} \mathrm{d}\sigma = \int_1^2 \mathrm{d}x \int_{\frac{1}{x}}^x \frac{x^2}{y^2} \mathrm{d}y = \int_1^2 x^2 \left(-\frac{1}{y}\right)\Big|_{\frac{1}{x}}^x \mathrm{d}x = \int_1^2 (x^3 - x) \mathrm{d}x = \frac{9}{4}$$

(a)　　　　　(b)

图 8-12

如果将 D 看成 Y- 型，由于 D 的左侧边界是由 $xy = 1$ 和 $y = x$ 两条曲线组成，故 D 不能用同一组不等式表示. 为此，用直线 $y = 1$ 将 D 分成两部分 D_1 和 D_2（图 8-12(b)），表示为 $D_1 : \dfrac{1}{y} \leqslant x \leqslant 2, \dfrac{1}{2} \leqslant y \leqslant 1$；$D_2 : y \leqslant x \leqslant 2, 1 \leqslant y \leqslant 2$，于是得先对 x 后对 y 的二次积分：

$$\iint\limits_{D} \frac{x^2}{y^2} \mathrm{d}\sigma = \int_{\frac{1}{2}}^1 \mathrm{d}y \int_{\frac{1}{y}}^2 \frac{x^2}{y^2} \mathrm{d}x + \int_1^2 \mathrm{d}y \int_y^2 \frac{x^2}{y^2} \mathrm{d}x = \frac{9}{4}$$

注　本题积分中选择两种不同的积分次序的计算繁简程度差别很大，即先对 y 后对 x 的二次积分较简单.

【例 3】　计算 $\iint\limits_{D} \sin y^2 \mathrm{d}x \mathrm{d}y$，其中 D 由 $y = x, y = 1$ 及 y 轴所围.

解　画出区域 D（图 8-13）. 将 D 看成 X- 型区域，得 $D : x \leqslant y \leqslant 1, 0 \leqslant x \leqslant 1$，则

$$\iint\limits_{D} \sin y^2 \mathrm{d}x\mathrm{d}y = \int_0^1 \mathrm{d}x \int_x^1 \sin y^2 \mathrm{d}y$$

因为 $\int \sin y^2 \mathrm{d}y$ 的原函数不能用初等函数表示，所以要变换积分次序. 将 D 看成 Y- 型区域，得 $D:0 \leqslant x \leqslant y, 0 \leqslant y \leqslant 1$，则

图 8-13

$$\iint\limits_{D} \sin y^2 \mathrm{d}x\mathrm{d}y = \int_0^1 \mathrm{d}y \int_0^y \sin y^2 \mathrm{d}x = \int_0^1 \sin y^2 \cdot x \Big|_0^y \mathrm{d}y$$

$$= \int_0^1 y\sin y^2 \mathrm{d}y = \frac{1}{2}\int_0^1 \sin y^2 \mathrm{d}(y^2)$$

$$= \frac{1}{2}(1 - \cos 1)$$

注 本题中只有选择先对 x 后对 y 的二次积分，才能计算出积分值.

【例 4】 计算 $I = \int_0^1 \mathrm{d}y \int_{\sqrt{y}}^1 \mathrm{e}^{\frac{y}{x}} \mathrm{d}x$.

解 由于积分 $\int \mathrm{e}^{\frac{y}{x}} \mathrm{d}x$ 无法求出，故考虑交换积分次序. 根据

所给二次积分，可写出区域 D 的不等式：$\sqrt{y} \leqslant x \leqslant 1, 0 \leqslant y \leqslant 1$，于是画出 D（图 8-14），再将 D 按另一种次序表示为

$$D:0 \leqslant y \leqslant x^2, 0 \leqslant x \leqslant 1$$

于是

图 8-14

$$I = \int_0^1 \mathrm{d}x \int_0^{x^2} \mathrm{e}^{\frac{y}{x}} \mathrm{d}y = \int_0^1 (x\mathrm{e}^{\frac{y}{x}}) \Big|_0^{x^2} \mathrm{d}x = \int_0^1 (x\mathrm{e}^x - x) \mathrm{d}x = (x\mathrm{e}^x - \mathrm{e}^x - \frac{x^2}{2}) \Big|_0^1 = \frac{1}{2}$$

注 由以上几个例子看到，在计算二重积分时要注意以下几个问题：

(1)考虑积分区域 D 的类型，应考虑到使 D 划分的块数较少的二重积分次序的类型.

(2)考虑被积函数的特点，应选择二重积分的次序应是第一次积分容易积分，并能为第二次积分的计算创造条件.

(3)当计算一个二次积分时，第一次积分原函数找不到时，应考虑更换积分次序.

与定积分一样，二重积分也有对称性.利用二重积分的对称性，可以简化二重积分的计算.

8.2.2 二重积分的对称性质

利用积分区域的对称性与被积函数关于单个变量的奇偶性,有时可以简化积分甚至可以直接得到结果.

对称性 1 如果积分区域 D 关于 x 轴对称,设 $D_1 = \{(x,y) \mid (x,y) \in D, y \geq 0\}$,则

$$\iint_D f(x,y) \mathrm{d}\sigma = \begin{cases} 0, & f(x,y) \text{ 关于 } y \text{ 为奇函数} \\ 2\iint_{D_1} f(x,y) \mathrm{d}\sigma, & f(x,y) \text{ 关于 } y \text{ 为偶函数} \end{cases}$$

对称性 2 如果积分区域 D 关于 y 轴对称,设 $D_1 = \{(x,y) \mid (x,y) \in D, x \geq 0\}$,则

$$\iint_D f(x,y) \mathrm{d}\sigma = \begin{cases} 0, & f(x,y) \text{ 关于 } x \text{ 为奇函数} \\ 2\iint_{D_1} f(x,y) \mathrm{d}\sigma, & f(x,y) \text{ 关于 } x \text{ 为偶函数} \end{cases}$$

对称性 3 如果积分区域 D 关于坐标原点对称,设 $D_1 = \{(x,y) \mid (x,y) \in D, x \geq 0\}$,则

$$\iint_D f(x,y) \mathrm{d}\sigma = \begin{cases} 0, & f(-x,-y) = -f(x,y) \\ 2\iint_{D_1} f(x,y) \mathrm{d}\sigma, & f(-x,-y) = f(x,y) \end{cases}$$

对称性 4 如果积分区域 D 关于直线 $y = x$ 对称,则

$$\iint_D f(x,y) \mathrm{d}\sigma = \iint_D f(y,x) \mathrm{d}\sigma$$

【例 5】 计算 $I = \iint_D y \left[1 + x \mathrm{e}^{\frac{1}{2}(x^2+y^2)} \right] \mathrm{d}x\mathrm{d}y$,其中 D 是由直线 $y = x, y = -1, x = 1$ 围成的平面区域.

解 画出积分区域 D (图 8-15),并作辅助线,将 D 分成 $D_1 、 D_2 、 D_3 、 D_4$.

由于 $D_1 + D_2$ 关于 x 轴对称,且在 $D_1 + D_2$ 上,$f(x,y) = y \left[1 + x \mathrm{e}^{\frac{1}{2}(x^2+y^2)} \right]$ 关于 y 为奇函数,于是

图 8-15

$$\iint\limits_{D_1+D_2} y\left[1+x\mathrm{e}^{\frac{1}{2}(x^2+y^2)}\right]\mathrm{d}x\mathrm{d}y = 0$$

故

$$I = \iint\limits_{D} y\left[1+x\mathrm{e}^{\frac{1}{2}(x^2+y^2)}\right]\mathrm{d}x\mathrm{d}y = \iint\limits_{D_3+D_4} y\left[1+x\mathrm{e}^{\frac{1}{2}(x^2+y^2)}\right]\mathrm{d}x\mathrm{d}y$$

$$= \iint\limits_{D_3+D_4} y\mathrm{d}x\mathrm{d}y + \iint\limits_{D_3+D_4} xy\mathrm{e}^{\frac{1}{2}(x^2+y^2)}\,\mathrm{d}x\mathrm{d}y$$

而 D_3+D_4 关于 y 轴对称,且在 D_3+D_4 上,$f_1(x,y)=y$,$f_2(x,y)=xy\mathrm{e}^{\frac{1}{2}(x^2+y^2)}$ 分别关于 x 为偶函数、奇函数,于是

$$\iint\limits_{D_3+D_4} y\mathrm{d}x\mathrm{d}y = 2\iint\limits_{D_3} y\mathrm{d}x\mathrm{d}y,\qquad \iint\limits_{D_3+D_4} xy\mathrm{e}^{\frac{1}{2}(x^2+y^2)}\,\mathrm{d}x\mathrm{d}y = 0$$

因此

$$I = 2\iint\limits_{D_3} y\mathrm{d}x\mathrm{d}y = 2\int_{-1}^{0}\mathrm{d}y\int_{0}^{-y} y\mathrm{d}x = -\frac{2}{3}$$

【例6】 求两个底圆半径都等于 R 的直交圆柱面所围成的立体的体积.

解 设两圆柱面分别为 $x^2+y^2=R^2$ 及 $x^2+z^2=R^2$. 利用立体关于坐标平面的对称性,只要算出它在第一卦限部分的体积 V_1,然后再乘以 8 即可. 画出区域 D 如图 8-16 所示.

图 8-16

易见,所求立体在第一卦限部分可以看成是一个曲顶柱体,它的底为

$$D = \left\{(x,y)\,\middle|\,0\leqslant y\leqslant\sqrt{R^2-x^2}\,,0\leqslant x\leqslant R\right\}$$

它的顶是柱面 $z=\sqrt{R^2-x^2}$. 于是

$$V_1 = \iint\limits_{D}\sqrt{R^2-x^2}\,\mathrm{d}\sigma = \int_{0}^{R}\left[\int_{0}^{\sqrt{R^2-x^2}}\sqrt{R^2-x^2}\,\mathrm{d}y\right]\mathrm{d}x$$

$$= \int_{0}^{R}\sqrt{R^2-x^2}\,y\,\Big|_{0}^{\sqrt{R^2-x^2}}\,\mathrm{d}x - \int_{0}^{R}(R^2-x^2)\mathrm{d}x = \frac{2}{3}R^3$$

故所求体积为 $V = 8V_1 = \dfrac{16}{3}R^3$.

习题 8-2

1. 在直角坐标系下,将二重积分 $\iint\limits_{D} f(x,y)\mathrm{d}\sigma$ 化为两种不同次序的二次积分,

其中积分区域 D 分别为:

(1) 由 $y = x^2$ 与 $y = 1$ 围成的闭区域;

(2) 由 $y = \sin x$ 与 $y = 0(0 \leqslant x \leqslant \pi)$ 围成的闭区域;

(3) 由 $x^2 + y^2 = 4x$ 围成的闭区域;

(4) 由 $x + y = 1, x - y = 1$ 以及 $x = 0$ 围成的闭区域.

2. 计算下列二重积分:

(1) $\iint\limits_{D} \mathrm{e}^{x+y}\mathrm{d}x\mathrm{d}y$,其中 D 是由 $x = 0, x = 2, y = 0, y = 1$ 所围成的矩形;

(2) $\iint\limits_{D} xy\mathrm{d}\sigma$,其中 D 是由直线 $y = 1, x = 2$ 及 $y = x$ 所围成的闭区域;

(3) $\iint\limits_{D} (x^2 - y^2)\mathrm{d}\sigma$,其中 D 是由直线 $y = x, y = 2x$ 及 $x = 1$ 所围成的闭区域;

(4) $\iint\limits_{D} xy\mathrm{d}\sigma$,其中 D 是由抛物线 $y^2 = x$ 及直线 $y = x - 2$ 所围成的闭区域;

(5) $\iint\limits_{D} y\sqrt{1 + x^2 - y^2}\,\mathrm{d}\sigma$,其中 D 是由直线 $y = x, x = -1$ 和 $y = 1$ 所围成的

闭区域;

(6) $\iint\limits_{D} |y - x^2|\,\mathrm{d}x\mathrm{d}y$,其中 D 为 $-1 \leqslant x \leqslant 1, 0 \leqslant y \leqslant 1$.

3. 改变积分次序:

(1) $\displaystyle\int_0^1 \mathrm{d}y \int_0^{y^2} f(x,y)\mathrm{d}x$; (2) $\displaystyle\int_0^2 \mathrm{d}y \int_{\frac{y}{2}}^{y} f(x,y)\mathrm{d}x$;

(3) $\displaystyle\int_1^{\mathrm{e}} \mathrm{d}x \int_0^{\ln x} f(x,y)\mathrm{d}y$; (4) $\displaystyle\int_0^1 \mathrm{d}x \int_0^{\sqrt{2x-x^2}} f(x,y)\mathrm{d}y + \int_1^2 \mathrm{d}x \int_0^{2-x} f(x,y)\mathrm{d}y$.

4. 计算积分 $I = \displaystyle\int_{\frac{1}{4}}^{\frac{1}{2}} \mathrm{d}y \int_{\frac{1}{2}}^{\sqrt{y}} \mathrm{e}^{y/x}\mathrm{d}x + \int_{\frac{1}{2}}^{1} \mathrm{d}y \int_{y}^{\sqrt{y}} \mathrm{e}^{y/x}\mathrm{d}x$.

5. 计算下列二重积分：

(1) $\iint\limits_{D} x^2 y^2 \mathrm{d}x\mathrm{d}y$，其中 $D: |x|+|y| \leqslant 1$；

(2) 计算 $I = \iint\limits_{D}(xy+1)\mathrm{d}x\mathrm{d}y$，其中 $D: 4x^2 + y^2 \leqslant 4$；

(3) $\iint\limits_{D} y[1 + xf(x^2 + y^2)]\mathrm{d}x\mathrm{d}y$，其中 D 由曲线 $y = x^2$ 与 $y = 1$ 所围成.

6. 证明：

$$\int_0^a \mathrm{d}y \int_0^y \mathrm{e}^{b(x-a)} f(x)\mathrm{d}x = \int_0^a (a-x)\mathrm{e}^{b(x-a)} f(x)\mathrm{d}x$$

其中，a,b 均为常数，且 $a > 0$.

7. 设平面薄片所占的闭区域 D 由直线 $x + y = 2, y = x$ 和 x 轴所围成，它的面密度 $\rho(x,y) = x^2 + y^2$，求该薄片的质量.

8.3　二重积分的换元法

在计算二重积分时，当积分区域的边界曲线在极坐标下表示比较方便，被积函数用极坐标变量表示比较简单时，可以考虑使用极坐标形式计算二重积分.

8.3.1　极坐标系下二重积分的计算

极坐标与直角坐标之间的关系为

$$\begin{cases} x = r\cos\theta \\ y = r\sin\theta \end{cases}$$

下面用几何的观点来讨论 $\iint\limits_{D} f(x,y)\mathrm{d}\sigma$ 的计算问题. 在讨论中假定 $f(x,y) \geqslant 0$.

由二重积分的几何意义知，当 $f(x,y)$ 在闭区域 D 上连续且 $f(x,y) \geqslant 0$ 时，$\iint\limits_{D} f(x,y)\mathrm{d}\sigma$ 表示以 D 为底，以曲面 $z = f(x,y)$ 为顶的曲顶柱体的体积.

在极坐标系下计算二重积分，需将被积函数 $f(x,y)$、积分区域 D 以及面积微

元 $d\sigma$ 都用极坐标来表示. 为了得到极坐标形式下的面积微元 $d\sigma$, 我们用如下的曲线网划分区域 D, 即以极点为圆心, 用 $r = $ 常数的一族同心圆和从 O 出发, $\theta = $ 常数的一族射线把积分区域 D 分成 n 个小区域 (图 8-17).

设 $\Delta\sigma_i$ 是介于 r_i 与 $r_i + \Delta r_i$ 以及 θ_i 与 $\theta_i + \Delta\theta_i$ 之间的小闭区域, $\Delta\sigma_i$ 也表示小闭区域的面积, 记 $\lambda = \max\limits_{1 \leqslant i \leqslant n}\{\Delta\sigma_i$ 的直径$\}$. 除包含边界点的一些小闭区域外, 小闭区域的面积 $\Delta\sigma_i$ 可计算如下:

图 8-17

$$\Delta\sigma_i = \frac{1}{2}(r_i + \Delta r_i)^2 \Delta\theta_i - \frac{1}{2}r_i^2 \Delta\theta_i$$

$$= r_i \Delta r_i \Delta\theta_i + \frac{1}{2}\Delta r_i^2 \Delta\theta_i$$

当 $\Delta r_i, \Delta\theta_i$ 充分小时, 即当 $\Delta r_i \to 0, \Delta\theta_i \to 0$ 时, 忽略其中比 $\Delta r_i \Delta\theta_i$ 更高阶的无穷小 $\frac{1}{2}\Delta r_i^2 \Delta\theta_i$, 有

$$\Delta\sigma_i \approx r_i \Delta r_i \Delta\theta_i$$

记 $\xi_i = r_i\cos\theta_i, \eta_i = r_i\sin\theta_i$, 点 $(\xi_i, \eta_i) \in \Delta\sigma_i$. 又假设 $f(x, y)$ 在闭区域 D 上连续, 那么以小闭区域 $\Delta\sigma_i$ 为底的小曲顶柱体的高变化不大, 我们就取 $f(r_i\cos\theta_i, r_i\sin\theta_i)$ 作为这个小曲顶柱体的高, 于是第 i 个小曲顶柱体的体积近似地表示为

$$f(r_i\cos\theta_i, r_i\sin\theta_i)r_i \Delta r_i \Delta\theta_i$$

从而, 整个曲顶柱体的体积近似地表示为

$$V \approx \sum_{i=1}^{n} f(r_i\cos\theta_i, r_i\sin\theta_i)r_i \Delta r_i \Delta\theta_i$$

最后, 当 $\lambda \to 0$ 时,

$$V = \iint\limits_{D} f(x, y)\mathrm{d}x\mathrm{d}y = \lim_{\lambda \to 0}\sum_{i=1}^{n} f(r_i\cos\theta_i, r_i\sin\theta_i)r_i \Delta r_i \Delta\theta_i$$

于是极坐标系下二重积分的计算公式为

$$\iint\limits_{D} f(x, y)\mathrm{d}x\mathrm{d}y = \iint\limits_{D} f(r\cos\theta, r\sin\theta)r\mathrm{d}r\mathrm{d}\theta \tag{8-3-1}$$

【例 1】 计算二重积分 $\iint\limits_{D}\dfrac{\mathrm{d}x\mathrm{d}y}{1 + x^2 + y^2}$, 其中 D 是由 $1 \leqslant x^2 + y^2 \leqslant 4$ 所确定的圆域.

解 画出区域 D（图 8-18），极坐标下可表示为 $1 \leqslant r \leqslant 2, 0 \leqslant \theta \leqslant 2\pi$，故

$$\iint\limits_D \frac{\mathrm{d}x\mathrm{d}y}{1+x^2+y^2} = \int_0^{2\pi}\mathrm{d}\theta\int_1^2 \frac{r\mathrm{d}r}{1+r^2} = 2\pi \times \frac{1}{2}\int_1^2 \frac{\mathrm{d}(1+r^2)}{1+r^2}$$

$$= \pi\ln(1+r^2)\Big|_1^2 = \pi\ln\frac{5}{2}$$

图 8-18

【**例 2**】 计算 $I = \iint\limits_D |xy|\,\mathrm{d}\sigma$，其中 D 是由圆 $x^2+y^2 \leqslant a^2$

所围成的闭区域.

解 设 $D_1 = \{(x,y)\,|\,x^2+y^2 \leqslant a^2, x \geqslant 0, y \geqslant 0\}$，根据区域的对称性，利用

极坐标计算：

$$I = \iint\limits_D |xy|\,\mathrm{d}\sigma = 4\iint\limits_{D_1} xy\,\mathrm{d}\sigma = 4\iint\limits_{D_1} r^3\sin\theta\cos\theta\mathrm{d}r\mathrm{d}\theta$$

$$= 4\int_0^{\frac{\pi}{2}} \sin\theta\cos\theta\mathrm{d}\theta\int_0^a r^3\,\mathrm{d}r = \frac{1}{2}a^4$$

【**例 3**】 （1）计算 $\iint\limits_D \mathrm{e}^{-(x^2+y^2)}\,\mathrm{d}\sigma$，其中 D 是由圆 $x^2+y^2 = R^2$ 所围成的区域；

（2）求概率积分 $I = \int_0^{+\infty} \mathrm{e}^{-x^2}\,\mathrm{d}x.$

解 （1）在极坐标系下，积分区域 D 的积分限为 $0 \leqslant \theta \leqslant 2\pi, 0 \leqslant r \leqslant R$，于是

$$\iint\limits_D \mathrm{e}^{-(x^2+y^2)}\,\mathrm{d}\sigma = \int_0^{2\pi}\mathrm{d}\theta\int_0^R \mathrm{e}^{-r^2}r\mathrm{d}r = 2\pi\int_0^R \mathrm{e}^{-r^2}r\mathrm{d}r$$

$$= -\pi\int_0^R \mathrm{e}^{-r^2}\,\mathrm{d}(-r^2) = -\pi\mathrm{e}^{-r^2}\Big|_0^R = \pi(1-\mathrm{e}^{-R^2})$$

本题如果用直角坐标来计算，由于积分 $\int \mathrm{e}^{-x^2}\,\mathrm{d}x$ 不能用初等函数表示，所以积

不出来. 下面利用本题结论计算一个在概率论中常常用到的反常积分.

（2）设 $D_1 = \{(x,y)\,|\,x^2+y^2 \leqslant R^2, x \geqslant 0, y \geqslant 0\}$

$$D_2 = \{(x,y)\,|\,x^2+y^2 \leqslant 2R^2, x \geqslant 0, y \geqslant 0\}$$

$$S = \{(x,y)\,|\,0 \leqslant x \leqslant R, 0 \leqslant y \leqslant R\}$$

显然，$D_1 \subset S \subset D_2$（图 8-19），由于 $\mathrm{e}^{-(x^2+y^2)} > 0$，故

$$\iint\limits_{D_1} \mathrm{e}^{-(x^2+y^2)}\,\mathrm{d}x\mathrm{d}y < \iint\limits_{S} \mathrm{e}^{-(x^2+y^2)}\,\mathrm{d}x\mathrm{d}y < \iint\limits_{D_2} \mathrm{e}^{-(x^2+y^2)}\,\mathrm{d}x\mathrm{d}y$$

图 8-19

根据(1)的结果,即有

$$\frac{\pi}{4}(1 - e^{-R^2}) < I < \frac{\pi}{4}(1 - e^{-2R^2})$$

而

$$I = \iint_S e^{-(x^2 + y^2)} dx dy = \int_0^R e^{-x^2} dx \int_0^R e^{-y^2} dy = \left(\int_0^R e^{-x^2} dx\right)\left(\int_0^R e^{-y^2} dy\right) = \left(\int_0^R e^{-x^2} dx\right)^2$$

令 $R \to +\infty$,则有

$$\lim_{R \to +\infty} \frac{\pi}{4}(1 - e^{-R^2}) = \frac{\pi}{4}, \qquad \lim_{R \to +\infty} \frac{\pi}{4}(1 - e^{-2R^2}) = \frac{\pi}{4}$$

利用夹逼定理,得

$$\left(\int_0^{+\infty} e^{-x^2} dx\right)^2 = \frac{\pi}{4}$$

故所求概率积分

$$\int_0^{+\infty} e^{-x^2} dx = \frac{\sqrt{\pi}}{2}$$

【例 4】 求球体 $x^2 + y^2 + z^2 \leqslant 4a^2$ 被圆柱面 $x^2 + y^2 = 2ax(a > 0)$ 所截得的立体(含在圆柱面内的部分)的体积.

解 如图 8-20 所示,由对称性,有

$$V = 4 \iint_D \sqrt{4a^2 - x^2 - y^2} dx dy$$

其中,D 为半圆周 $y = \sqrt{2ax - x^2}$ 及 x 轴所围成的闭区域.

(a)   (b)

图 8-20

在极坐标系下,积分区域 $D: 0 \leqslant \theta \leqslant \pi/2, 0 \leqslant r \leqslant 2a\cos\theta$. 则有

$$V = 4 \iint_D \sqrt{4a^2 - r^2} r dr d\theta = 4 \int_0^{\frac{\pi}{2}} d\theta \int_0^{2a\cos\theta} \sqrt{4a^2 - r^2} r dr$$

$$= \frac{32}{3} a^3 \int_0^{\frac{\pi}{2}} (1 - \sin^3\theta) d\theta = \frac{32}{3} a^3 \left(\frac{\pi}{2} - \frac{2}{3}\right)$$

*8.3.2　二重积分的换元法

我们知道,在定积分的计算中,换元积分法是一种十分有效的方法.在二重积分的计算中,同样可以通过变量的代换,使某些二重积分得到简化.如上面的极坐标变换,$x = r\cos\theta, y = r\sin\theta$,就是二重积分换元法的一种特殊形式.在实际中,有时还需要对二重积分作其他的变量代换来化简计算.下面的定理给出作一般变量代换时二重积分的计算公式.

定理 1　设 $f(x,y)$ 在 xOy 平面上的有界闭区域 D 上连续,如果变换

$$T: x = x(u,v), y = y(u,v)$$

把 uOv 平面上的闭区域 D' 变为 xOy 平面上的闭区域 D,函数 $x = x(u,v), y = (u,v)$ 在 D' 上具有一阶连续偏导数,并且雅可比行列式

$$J = \frac{\partial(x,y)}{\partial(u,v)} = \begin{vmatrix} \dfrac{\partial x}{\partial u} & \dfrac{\partial x}{\partial v} \\ \dfrac{\partial y}{\partial u} & \dfrac{\partial y}{\partial v} \end{vmatrix} \neq 0$$

则有

$$\iint\limits_{D} f(x,y)\,\mathrm{d}x\mathrm{d}y = \iint\limits_{D'} f[x(u,v), y(u,v)]\,|J|\,\mathrm{d}u\mathrm{d}v \tag{8-3-2}$$

此公式称为**二重积分的换元公式**.

这个定理的证明比较繁琐,证明从略.

注　如果雅可比行列式只在 D' 内个别点处,或一条曲线上为零,而在其他点上均不为零,那么换元公式依然成立.

一般来说,使用二重积分的换元公式的原则有两条:

(1) 变换后的积分区域比较简单;

(2) 变换后的被积函数容易积分.

作为二重积分换元法的一种应用,我们可以验证,在极坐标变换 $x = r\cos\theta,$

$y = r\sin\theta$ 下,其雅可比行列式为 $J = \dfrac{\partial(x,y)}{\partial(r,\theta)} = \begin{vmatrix} \dfrac{\partial x}{\partial r} & \dfrac{\partial x}{\partial \theta} \\ \dfrac{\partial y}{\partial r} & \dfrac{\partial y}{\partial \theta} \end{vmatrix} = \begin{vmatrix} \cos\theta & -r\sin\theta \\ \sin\theta & r\cos\theta \end{vmatrix} =$

r，因此，由二重积分的换元公式，立即可得极坐标下的二重积分的计算公式．

【例 5】　计算 $\iint\limits_{D}xy\mathrm{d}\sigma$，其中 D 为由曲线 $xy=1,xy=2,y=x,y=4x(x>0,$
$y>0)$ 所围成的闭区域．

解　由图 8-21 可见，如果采用直角坐标直接计算这个积分，必须将积分区域
D 分成三个部分区域来进行，不是很简便，为了将积分区域变化为一种简单区域，
采用下列变换：

$$u=xy,\quad v=\frac{y}{x}$$

在此变换下，积分区域 D 的边界曲线变成了 $u=1,u=$
$2,v=1,v=4$，新的积分域为

$$D'=\{(u,v)\,|\,1\leqslant u\leqslant 2,1\leqslant v\leqslant 4\}$$

其雅可比行列式

图 8-21

$$\frac{\partial(x,y)}{\partial(u,v)}=\frac{1}{\dfrac{\partial(u,v)}{\partial(x,y)}}=\cfrac{1}{\begin{vmatrix} y & x \\ -\dfrac{y}{x^2} & \dfrac{1}{x} \end{vmatrix}}=\frac{x}{2y}=\frac{1}{2v}$$

从而，由换元公式有

$$\iint\limits_{D}xy\mathrm{d}\sigma=\iint\limits_{D'}u\cdot\frac{1}{2v}\mathrm{d}u\mathrm{d}v=\frac{1}{2}\int_{1}^{4}\frac{1}{v}\mathrm{d}v\int_{1}^{2}u\mathrm{d}u=\frac{3}{2}\ln 2$$

【例 6】　计算 $\iint\limits_{D}\sqrt{1-\dfrac{x^2}{a^2}-\dfrac{y^2}{b^2}}\mathrm{d}\sigma$，其中 D 为椭圆 $\dfrac{x^2}{a^2}+\dfrac{y^2}{b^2}=1$ 所围成的闭区
域．

解　作广义极坐标变换

$$\begin{cases} x=ar\cos\theta \\ y=br\sin\theta \end{cases}$$

变换后与 D 对应的闭区域是 $D':0\leqslant r\leqslant 1,0\leqslant\theta\leqslant 2\pi$，其雅可比行列式

$$J=\frac{\partial(x,y)}{\partial(r,\theta)}=abr$$

雅可比行列式 J 在 D' 内仅在 $r=0$ 处为零，故换元公式仍然成立，从而有

$$\iint\limits_{D}\sqrt{1-\frac{x^2}{a^2}-\frac{y^2}{b^2}}\mathrm{d}\sigma=\iint\limits_{D'}\sqrt{1-r^2}\cdot abr\mathrm{d}r\mathrm{d}\theta=\frac{2}{3}\pi ab$$

注 积分 $\iint\limits_{D} \sqrt{1 - \dfrac{x^2}{a^2} - \dfrac{y^2}{b^2}}\,\mathrm{d}\sigma$ 表示椭球体 $\dfrac{x^2}{a^2} + \dfrac{y^2}{b^2} + z^2 \leqslant 1$ 上半部分的体积.

习 题 8-3

1. 把下列二次积分化为极坐标形式,并计算积分值:

$(1) \displaystyle\int_0^a \mathrm{d}y \int_0^{\sqrt{a^2 - y^2}} \sqrt{x^2 + y^2}\,\mathrm{d}x$; $\qquad (2) \displaystyle\int_0^1 \mathrm{d}x \int_{x^2}^x \dfrac{1}{\sqrt{x^2 + y^2}}\,\mathrm{d}y$.

2. 计算下列二重积分:

$(1) \displaystyle\iint\limits_{D} \sqrt{x^2 + y^2}\,\mathrm{d}x\mathrm{d}y$,其中 D 是由 $a^2 \leqslant x^2 + y^2 \leqslant b^2 (0 < a < b)$ 所确定的圆域;

$(2) \displaystyle\iint\limits_{D} \dfrac{\sin(\pi\sqrt{x^2 + y^2})}{\sqrt{x^2 + y^2}}\,\mathrm{d}\sigma$,其中 D 是由 $1 \leqslant x^2 + y^2 \leqslant 4$ 所确定的圆环域;

$(3) \displaystyle\iint\limits_{D} \ln(1 + x^2 + y^2)\,\mathrm{d}\sigma$,其中 D 是由 $x^2 + y^2 = 1$ 及坐标轴围成的在第一象限内的闭区域;

$(4) \displaystyle\iint\limits_{D} \arctan\dfrac{y}{x}\,\mathrm{d}\sigma$,其中 D 是由 $x^2 + y^2 = 1$,$x^2 + y^2 = 4$ 与直线 $y = 0, y = x$ 围成的在第一象限内的闭区域.

3. 选用适当的坐标计算二重积分:

$(1) \displaystyle\iint\limits_{D} x^2\,\mathrm{d}\sigma$,其中 D 是由曲线 $y = x^2$ 及 $y = 2 - x^2$ 所围成的平面区域;

$(2) \displaystyle\iint\limits_{D} x\cos(x + y)\,\mathrm{d}\sigma$,其中 D 是以 $(0,0), (\pi,0), (\pi,\pi)$ 为顶点的三角形闭区域;

$(3) \displaystyle\iint\limits_{D} \dfrac{y^2}{x^2}\,\mathrm{d}\sigma$,其中 D 是由曲线 $x^2 + y^2 = 2x$ 所围成的平面区域;

$(4) \displaystyle\iint\limits_{D} (x^2 + y^2)\,\mathrm{d}\sigma$,其中 D 是由圆 $x^2 + y^2 = 2x$,$x^2 + y^2 = 4x$ 所围成的两圆之间的平面闭区域.

＊**4.** 用适当的变量代换，计算下列二重积分：

(1) $\iint\limits_{D} \sqrt{xy}\,dxdy$，其中 D 是由曲线 $xy = 1, xy = 2, y = x, y = 4x(x > 0, y > 0)$ 所围成的区域；

(2) $\iint\limits_{D} e^{\frac{x-y}{y+x}}\,dxdy$，其中 D 是由 x 轴、y 轴和直线 $x + y = 2$ 所围成的闭区域；

(3) $\iint\limits_{D} \sin(9x^2 + 4y^2)\,dxdy$，其中 D 是椭圆形闭区域 $9x^2 + 4y^2 \leqslant 1$ 位于第一象限的部分.

复习题 8

1.填空题

(1) 设 $D: a \leqslant x \leqslant b, 0 \leqslant y \leqslant 1$，且 $\iint\limits_{D} yf(x)\,dxdy = 1$，则 $\int_a^b f(x)\,dx = $ ＿＿＿；

(2) 积分 $\iint\limits_{|x|+|y|\leqslant 1} (x+y)^2\,dxdy = $ ＿＿＿＿；

(3) 设 $D: |x| \leqslant \pi, |y| \leqslant 1$. 则 $\iint\limits_{D} (x - \sin y)\,d\sigma = $ ＿＿＿＿＿；

(4) 设 $f(x)$ 为连续函数，$F(t) = \int_1^t dy \int_y^t f(x)\,dx$，则 $F'(2) = $ ＿＿＿. ；

(5) 设 D 为中心在原点，以 r 为半径的圆域，则 $\lim\limits_{r\to 0} \dfrac{1}{\pi r^2} \iint\limits_{D} e^{x^2 - y^2} \cos(x+y)\,dxdy = $

＿＿＿＿.

2.选择题

(1) 设 $f(x,y)$ 是连续函数，则 $\int_0^a dx \int_0^x f(x,y)\,dy = $（　　）.

(A) $\int_0^a dy \int_0^y f(x,y)\,dx$ 　　　　(B) $\int_0^a dy \int_y^a f(x,y)\,dx$

(C) $\int_0^a dy \int_a^y f(x,y)\,dx$ 　　　　(D) $\int_0^a dy \int_x^a f(x,y)\,dx$

(2) $\iint\limits_{1\leqslant x^2+y^2\leqslant 4} \dfrac{\sin \pi\sqrt{x^2+y^2}}{\sqrt{x^2+y^2}}\,dxdy$ 的值（　　　　）.

(A)为正　　(B)为负　　(C)等于 0　　(D)不能确定

(3)设 $f(u)$ 连续且严格单减，

$$I_1 = \iint\limits_{x^2+y^2 \leqslant 1} f\left(\frac{1}{1+\sqrt{x^2+y^2}}\right)\mathrm{d}\sigma, \quad I_2 = \iint\limits_{x^2+y^2 \leqslant 1} f\left(\frac{1}{1+\sqrt[3]{x^2+y^2}}\right)\mathrm{d}\sigma$$

则有(　　).

(A) $I_1 > I_2$　　(B) $I_1 < I_2$　　(C) $I_1 = \dfrac{2}{3} I_2$　　(D) I_1 与 I_2 大小不确定

3. 交换积分次序：

(1) $\displaystyle\int_0^1 \mathrm{d}x \int_0^{1-x} f(x,y)\mathrm{d}y$;　　　　　　　　(2) $\displaystyle\int_0^1 \mathrm{d}x \int_{x^2}^x f(x,y)\mathrm{d}y$;

(3) $\displaystyle\int_0^{2a} \mathrm{d}x \int_{\sqrt{2ax-x^2}}^{\sqrt{2ax}} f(x,y)\mathrm{d}y \ (a > 0)$.

4. 计算二次积分 $I = \displaystyle\int_0^{\frac{R}{\sqrt{2}}} \mathrm{e}^{-y^2}\mathrm{d}y \int_0^y \mathrm{e}^{-x^2}\mathrm{d}x + \int_{\frac{R}{\sqrt{2}}}^R \mathrm{e}^{-y^2}\mathrm{d}y \int_0^{\sqrt{R^2-y^2}} \mathrm{e}^{-x^2}\mathrm{d}x$.

5. 计算 $\displaystyle\iint\limits_{D} \mathrm{e}^{y^2}\mathrm{d}x\mathrm{d}y$，其中 D 是由 $y = x, y = 1$ 及 y 轴所围成的闭区域.

6. 计算二重积分 $\displaystyle\iint\limits_{D} \mathrm{e}^{\max\{x^2,y^2\}}\mathrm{d}x\mathrm{d}y$，其中 $D = \{(x,y) \mid 0 \leqslant x \leqslant 1, 0 \leqslant y \leqslant 1\}$.

7. 设函数 $f(x)$ 在区间 $[0,1]$ 上连续，并设 $\displaystyle\int_0^1 f(x)\mathrm{d}x = A$，求

$\displaystyle\int_0^1 \mathrm{d}x \int_x^1 f(x)f(y)\mathrm{d}y$.

8. 设 $f(x,y)$ 连续，且 $f(x,y) = xy + \displaystyle\iint\limits_{D} f(u,v)\mathrm{d}u\mathrm{d}v$，其中 D 是由 $y = 0, y = x^2, x = 1$ 围成的区域，求 $f(x,y)$.

9. 求 $\displaystyle\iint\limits_{D} (\sqrt{x^2+y^2} + y)\mathrm{d}\sigma$ 其中 D 是由 $x^2+y^2 = 4$ 和直线 $(x+1)^2 + y^2 = 1$ 围成的平面区域.

10. 计算二重积分 $\displaystyle\iint\limits_{D} \dfrac{1-x^2-y^2}{1+x^2+y^2}\mathrm{d}\sigma$ 其中 $D = \{(x,y) \mid x^2+y^2 \leqslant 1, x \geqslant 0, y \geqslant 0\}$.

11. 设 $f(x)$ 在区间 $[a,b]$ 上连续，且 $f(x) > 0$，试证明

$$\int_a^b f(x)\mathrm{d}x \int_a^b \frac{1}{f(x)}\mathrm{d}x \geqslant (b-a)^2$$

第9章 无穷级数
Infinite Series

无穷级数是高等数学的重要内容之一,它在自然科学及工程技术中有着重要而广泛的应用.本章首先介绍常数项级数及其收敛问题;然后讨论幂级数及其收敛半径、收敛区间的求法;最后讨论函数的幂级数的展开问题.

9.1 数项级数的概念和性质

9.1.1 数项级数及其敛散性

定义 1 给定数列 $\{u_n\}$,则表达式

$$u_1 + u_2 + \cdots + u_n + \cdots = \sum_{n=1}^{\infty} u_n \qquad (9\text{-}1\text{-}1)$$

称为一个**无穷级数**,简称为**级数**.其中 u_n 称为该级数的**通项**或**一般项**(General Term).若级数(9-1-1)的每一项 u_n 都为常数,则称该级数为**常数项级数**(Series of Constant Terms)或**数项级数**;若级数(9-1-1)的每一项 $u_n = u_n(x)$,则称 $\sum_{n=1}^{\infty} u_n(x)$ 为**函数项级数**.

记 $s_n = u_1 + u_2 + \cdots + u_n = \sum_{k=1}^{n} u_k, n = 1, 2, \cdots$,称 s_n 为级数(9-1-1)的**前 n 项和**,称数列 $\{s_n\}$ 为级数(9-1-1)的**部分和数列**.

定义 2 若级数 $\sum_{n=1}^{\infty} u_n$ 的部分和数列 $\{s_n\}$ 的极限存在且等于 s,即

$$\lim_{n\to\infty}s_n = s$$

则称级数 $\sum\limits_{n=1}^{\infty}u_n$ **收敛**（Convergent），s 称为级数的和，并记为 $s=\sum\limits_{n=1}^{\infty}u_n$，这时也称

该级数收敛于 s。若部分和数列的极限不存在，则称级数 $\sum\limits_{n=1}^{\infty}u_n$ **发散**（Divergent）。

【例1】 试讨论等比级数（也称几何级数）

$$\sum_{n=0}^{\infty}ar^n = a+ar+ar^2+\cdots+ar^n+\cdots \quad (a\neq 0)$$

的敛散性，其中 r 称为该级数的公比。

解 根据等比数列的求和公式可知，当 $r\neq 1$ 时，所给级数的部分和

$$s_n = a\cdot\frac{1-r^n}{1-r}$$

于是，当 $|r|<1$ 时，

$$\lim_{n\to\infty}s_n = \lim_{n\to\infty}a\cdot\frac{1-r^n}{1-r} = \frac{a}{1-r}$$

由定义2知，该等比级数收敛，其和 $s=\dfrac{a}{1-r}$，即

$$\sum_{n=0}^{\infty}ar^n = \frac{a}{1-r}, \quad |r|<1$$

当 $|r|>1$ 时，

$$\lim_{n\to\infty}s_n = \lim_{n\to\infty}a\cdot\frac{1-r^n}{1-r} = \infty$$

所以该等比级数发散。

当 $r=1$ 时，

$$s_n = na\to\infty \quad （当 n\to\infty 时）$$

因此该等比级数发散。

当 $r=-1$ 时，

$$s_n = a-a+a-\cdots+(-1)^n a = \begin{cases}0, & n 为偶数 \\ a, & n 为奇数\end{cases}$$

部分和数列的极限不存在，故该等比级数发散。

综上所述可知：当公比 $|r|<1$ 时，等比级数 $\sum\limits_{n=0}^{\infty}ar^n$ 收敛；当公比 $|r|\geqslant 1$ 时，

等比级数 $\sum\limits_{n=0}^{\infty} ar^n$ 发散.

【例2】 证明调和级数 $\sum\limits_{n=1}^{\infty} \dfrac{1}{n} = 1 + \dfrac{1}{2} + \dfrac{1}{3} + \cdots + \dfrac{1}{n} + \cdots$ 发散.

证明 对任意自然数 n，有

$$s_{2n} - s_n = \frac{1}{n+1} + \frac{1}{n+2} + \cdots + \frac{1}{2n}$$

$$\geqslant \underbrace{\frac{1}{2n} + \frac{1}{2n} + \cdots + \frac{1}{2n}}_{n \uparrow}$$

$$= \frac{1}{2}$$

于是

$$s_2 - s_1 \geqslant \frac{1}{2}$$

$$s_4 - s_2 \geqslant \frac{1}{2}$$

$$s_8 - s_4 \geqslant \frac{1}{2}$$

$$\vdots$$

$$s_{2^n} - s_{2^{n-1}} \geqslant \frac{1}{2}$$

将上面 n 个不等式左右两端相加，得

$$s_{2^n} - s_1 \geqslant \frac{n}{2}$$

这样，$\lim\limits_{n \to \infty} s_{2^n}$ 不存在，从而 $\lim\limits_{n \to \infty} s_n$ 也不存在，即调和级数 $\sum\limits_{n=1}^{\infty} \dfrac{1}{n}$ 发散.

【例3】 判别无穷级数 $\dfrac{1}{1 \times 2} + \dfrac{1}{2 \times 3} + \cdots + \dfrac{1}{n \cdot (n+1)} + \cdots$ 的敛散性.

解 由于 $u_n = \dfrac{1}{n(n+1)} = \dfrac{1}{n} - \dfrac{1}{n+1}$，因此

$$s_n = u_1 + u_2 + \cdots + u_n$$

$$= \left(\frac{1}{1} - \frac{1}{2}\right) + \left(\frac{1}{2} - \frac{1}{3}\right) + \cdots + \left(\frac{1}{n} - \frac{1}{n+1}\right)$$

$$= 1 - \frac{1}{n+1}$$

因为 $\lim\limits_{n\to\infty} s_n = \lim\limits_{n\to\infty}\left(1 - \frac{1}{n+1}\right) = 1$，故无穷级数 $\sum\limits_{n=1}^{\infty} u_n$ 收敛.

9.1.2　数项级数的基本性质

根据数项级数收敛性的概念,可以得出如下的基本性质:

性质 1(级数收敛的必要条件)　若 $\sum\limits_{n=1}^{\infty} u_n$ 收敛,则 $\lim\limits_{n\to\infty} u_n = 0$.

证明　$u_n = s_n - s_{n-1} \to s - s = 0, n \to \infty$.

注　(1) $\lim\limits_{n\to\infty} u_n = 0$ 仅是级数收敛的必要条件. 例如,$u_n = \dfrac{1}{n} \to 0$(当 $n \to \infty$ 时),但调和级数 $\sum\limits_{n=1}^{\infty} \dfrac{1}{n}$ 是发散的.

(2)从级数收敛的必要条件可知:若 $\lim\limits_{n\to\infty} u_n \neq 0$,则级数 $\sum\limits_{n=1}^{\infty} u_n$ 发散.

性质 2　若 $\sum\limits_{n=1}^{\infty} u_n$ 收敛,λ 为常数,则

$$\sum_{n=1}^{\infty} \lambda u_n = \lambda \sum_{n=1}^{\infty} u_n$$

证明　$w_n = \sum\limits_{k=1}^{n} \lambda u_k = \lambda \sum\limits_{k=1}^{n} u_k = \lambda s_n \to \lambda s, n \to \infty.$

性质 3　若 $\sum\limits_{n=1}^{\infty} u_n$ 与 $\sum\limits_{n=1}^{\infty} v_n$ 收敛,则

$$\sum_{n=1}^{\infty} (u_n \pm v_n) = \sum_{n=1}^{\infty} u_n \pm \sum_{n=1}^{\infty} v_n$$

证明　$w_n = \sum\limits_{k=1}^{n} u_k \pm \sum\limits_{k=1}^{n} v_k = s_n \pm t_n \to s \pm t, n \to \infty.$

此外,级数还有如下重要性质:

性质 4　若 $\sum\limits_{n=1}^{\infty} u_n = s$,则将级数的项任意加括号后所成的级数 $\sum\limits_{n=1}^{\infty} \sigma_n = s$. 反之不然.

性质 5 在一个级数中增加或删去有限项不改变级数的敛散性.

【**例 4**】 判别级数 $\sum\limits_{n=1}^{\infty}\left(\dfrac{n}{n+1}\right)^n$ 的敛散性.

证明 由于

$$\lim_{n\to\infty}\left(\frac{n}{n+1}\right)^n = \lim_{n\to\infty}\frac{1}{\left(\dfrac{n+1}{n}\right)^n} = \frac{1}{e} \neq 0$$

所以该级数发散.

【**例 5**】 证明级数 $\sum\limits_{n=1}^{\infty}\dfrac{2n-1}{2^n}$ 收敛,并求其和.

证明 注意到

$$\frac{2n-1}{2^n} = \frac{2n+1}{2^{n-1}} - \frac{2n+3}{2^n}$$

所以

$$s_n = \sum_{k=1}^{n}\frac{2k-1}{2^k} = \sum_{k=1}^{n}\left(\frac{2k+1}{2^{k-1}} - \frac{2k+3}{2^k}\right)$$

$$= 3 - \frac{2n+3}{2^n}$$

由于 $\dfrac{2n+3}{2^n} \to 0\,(n\to\infty)$,因此 $s_n \to 3\,(n\to\infty)$. 故原级数收敛,和为 3.

习 题 9-1

1. 判别下列级数的敛散性:

(1) $\sum\limits_{n=1}^{\infty}(\sqrt{n+1}-\sqrt{n})$; 　　　(2) $\sum\limits_{n=1}^{\infty}\dfrac{1}{(n+2)^2}$;

(3) $\sum\limits_{n=1}^{\infty}(-1)^n$; 　　　(4) $\sum\limits_{n=1}^{\infty}\dfrac{n+1}{n}$.

2. 判别下列级数的敛散性,若收敛则求其和:

(1) $\sum\limits_{n=1}^{\infty}\dfrac{1+2^n}{3^n}$; 　　(2) $\sum\limits_{n=1}^{\infty}\dfrac{1}{n(n+1)(n+2)}$; 　　(3) $\sum\limits_{n=1}^{\infty}n\cdot\sin\dfrac{\pi}{2n}$.

9.2 正项级数及其敛散性判别法

定义 1 若 $u_n \geqslant 0(n=1,2,\cdots)$，则称级数 $\sum\limits_{n=1}^{\infty} u_n$ 为**正项级数**（Series of Positive Terms）.

正项级数是数项级数中比较简单，但又非常重要的一种级数. 显然，如果一个数项级数是正项级数，则正项级数的部分和数列$\{s_n\}$是一个单调增加数列，利用单调有界原理可得到判定正项级数敛散性的一个充要条件.

定理 1 正项级数 $\sum\limits_{n=1}^{\infty} u_n$ 收敛的充要条件是正项级数 $\sum\limits_{n=1}^{\infty} u_n$ 的部分和数列$\{s_n\}$有界.

【例 1】 试判别正项级数 $\sum\limits_{n=1}^{\infty} \dfrac{|\sin n|}{2^n}$ 的敛散性.

解 由

$$s_n = \frac{|\sin 1|}{2} + \frac{|\sin 2|}{4} + \frac{|\sin 3|}{8} + \cdots + \frac{|\sin n|}{2^n} < \frac{1}{2} + \frac{1}{4} + \frac{1}{8} + \cdots + \frac{1}{2^n}$$

$$= \frac{\frac{1}{2}\left(1 - \frac{1}{2^n}\right)}{1 - \frac{1}{2}} < 1$$

即其部分和数列$\{s_n\}$有界，因此正项级数 $\sum\limits_{n=1}^{\infty} \dfrac{|\sin n|}{2^n}$ 收敛.

下面给出的判断正项级数敛散性的方法称为正项级数的比较判别法.

定理 2（比较判别法） 设有两个正项级数 $\sum\limits_{n=1}^{\infty} u_n$ 和 $\sum\limits_{n=1}^{\infty} v_n$，如果存在正整数 N，使当 $n > N$ 时，$u_n \leqslant v_n$ 成立，那么

（1）若级数 $\sum\limits_{n=1}^{\infty} v_n$ 收敛，则级数 $\sum\limits_{n=1}^{\infty} u_n$ 也收敛；

（2）若级数 $\sum\limits_{n=1}^{\infty} u_n$ 发散，则级数 $\sum\limits_{n=1}^{\infty} v_n$ 也发散.

证明 仅证明结论（1）. 结论（2）的证明可类似完成.

设 $\sum\limits_{n=1}^{\infty} u_n$ 的前 n 项和为 s_n，$\sum\limits_{n=1}^{\infty} v_n$ 的前 n 项和为 t_n，于是 $s_n \leqslant t_n$.

因为 $\sum\limits_{n=1}^{\infty} v_n$ 收敛,由定理 1 知,存在常数 M,使得对于 $\forall n \geqslant 1, t_n \leqslant M$,于是 $s_n \leqslant M, \forall n \geqslant 1$,即级数 $\sum\limits_{n=1}^{\infty} u_n$ 的部分和数列有界,由定理 1 知级数 $\sum\limits_{n=1}^{\infty} u_n$ 收敛.

【例 2】 讨论 p-级数 $1 + \dfrac{1}{2^p} + \dfrac{1}{3^p} + \dfrac{1}{4^p} + \cdots + \dfrac{1}{n^p} + \cdots$ 的敛散性,其中 $p > 0$.

解　若 $p \leqslant 1$,由于 $\dfrac{1}{n^p} \geqslant \dfrac{1}{n}$,而调和级数发散,故由定理 2 知,此时 p-级数发散.

若 $p > 1$,由于 $\dfrac{1}{n^p} = \displaystyle\int_{n-1}^{n} \dfrac{\mathrm{d}x}{n^p} \leqslant \int_{n-1}^{n} \dfrac{\mathrm{d}x}{x^p}$,那么

$$s_n = 1 + \frac{1}{2^p} + \frac{1}{3^p} + \cdots + \frac{1}{n^p} \leqslant 1 + \int_1^2 \frac{\mathrm{d}x}{x^p} + \int_2^3 \frac{\mathrm{d}x}{x^p} + \cdots + \int_{n-1}^{n} \frac{\mathrm{d}x}{x^p}$$

$$= 1 + \int_1^n \frac{\mathrm{d}x}{x^p} \leqslant 1 + \int_1^{+\infty} \frac{\mathrm{d}x}{x^p}$$

$$= 1 + \frac{1}{1-p} \frac{1}{x^{p-1}} \Big|_1^{+\infty} = 1 + \frac{1}{p-1} = \frac{p}{p-1}$$

可见 $\{s_n\}$ 有界,由定理 1 知,此时 p-级数收敛.

总之,p-级数 $\sum\limits_{n=1}^{\infty} \dfrac{1}{n^p}$ 收敛,当且仅当 $p > 1$.

【例 3】 证明级数 $\sum\limits_{n=1}^{\infty} \dfrac{1}{\sqrt{n(n+1)}}$ 发散.

证明　由于

$$\frac{1}{\sqrt{n(n+1)}} > \frac{1}{\sqrt{(n+1)(n+1)}} = \frac{1}{n+1}$$

而级数 $\sum\limits_{n=1}^{\infty} \dfrac{1}{n+1}$ 发散,所以级数 $\sum\limits_{n=1}^{\infty} \dfrac{1}{\sqrt{n(n+1)}}$ 发散.

推论(比较判别法的极限形式)　若正项级数 $\sum\limits_{n=1}^{\infty} u_n$ 与 $\sum\limits_{n=1}^{\infty} v_n$ 满足 $\lim\limits_{n \to \infty} \dfrac{u_n}{v_n} = \rho$,则

(1) 当 $0 < \rho < +\infty$ 时,$\sum\limits_{n=1}^{\infty} u_n$ 与 $\sum\limits_{n=1}^{\infty} v_n$ 具有相同的敛散性;

(2) 当 $\rho = 0$ 时,若 $\sum\limits_{n=1}^{\infty} v_n$ 收敛,则 $\sum\limits_{n=1}^{\infty} u_n$ 亦收敛;

（3）当 $\rho=+\infty$ 时，若 $\displaystyle\sum_{n=1}^{\infty}v_n$ 发散，则 $\displaystyle\sum_{n=1}^{\infty}u_n$ 亦发散.

证明 由于 $\displaystyle\lim_{n\to\infty}\frac{u_n}{v_n}=\rho>0$，取 $\varepsilon=\dfrac{\rho}{2}>0$，则存在 $N>0$，当 $n>N$ 时，有

$$\left|\frac{u_n}{v_n}-\rho\right|<\frac{\rho}{2}$$

即

$$\frac{\rho}{2}v_n<u_n<\frac{3\rho}{2}v_n$$

由比较判别法知结论（1）成立.

类似地，可完成结论（2）、结论（3）的证明.

【例 4】 判别级数 $\displaystyle\sum_{n=1}^{\infty}\sin\frac{1}{n}$ 的敛散性.

解 由于

$$\lim_{n\to\infty}n\sin\frac{1}{n}=\lim_{n\to\infty}\frac{\sin\dfrac{1}{n}}{\dfrac{1}{n}}=1$$

又知调和级数 $\displaystyle\sum_{n=1}^{\infty}\frac{1}{n}$ 发散，所以级数 $\displaystyle\sum_{n=1}^{\infty}\sin\frac{1}{n}$ 发散.

【例 5】 判别级数 $\displaystyle\sum_{n=1}^{\infty}\ln\left(1+\frac{1}{n^2}\right)$ 的敛散性.

解 由于

$$\lim_{n\to\infty}\frac{\ln\left(1+\dfrac{1}{n^2}\right)}{\dfrac{1}{n^2}}=1$$

而级数 $\displaystyle\sum_{n=1}^{\infty}\frac{1}{n^2}$ 收敛，所以级数 $\displaystyle\sum_{n=1}^{\infty}\ln\left(1+\frac{1}{n^2}\right)$ 收敛.

利用比较判别法，把要判定的级数与等比级数比较，就可建立两个很有用的判别法，即达朗贝尔判别法（也称比值判别法）和柯西判别法（也称根值判别法）.

定理 3（比值判别法） 设有正项级数 $\displaystyle\sum_{n=1}^{\infty}u_n$，如果

$$\lim_{n\to\infty}\frac{u_{n+1}}{u_n}=\rho$$

那么

(1) 当 $\rho < 1$ 时,级数 $\sum\limits_{n=1}^{\infty} u_n$ 收敛;

(2) 当 $\rho > 1$(包括 $\rho = +\infty$)时,级数 $\sum\limits_{n=1}^{\infty} u_n$ 发散.

证明 (1) 由于 $\lim\limits_{n \to \infty} \dfrac{u_{n+1}}{u_n} = \rho < 1$,因此总可找到一个足够小的正数 ε_0,使得 $\rho + \varepsilon_0 = q < 1$. 而对此给定的 ε_0,必存在正整数 N,当 $n \geqslant N$ 时,有

$$\left| \frac{u_{n+1}}{u_n} - \rho \right| < \varepsilon_0$$

于是

$$\frac{u_{n+1}}{u_n} < \rho + \varepsilon_0 = q$$

所以,当 $n \geqslant N$ 时,有

$$u_{n+1} \leqslant q u_n \leqslant q^2 u_{n-1} \leqslant \cdots \leqslant q^{n-N} u_{N+1}$$

注意到 $\sum\limits_{n=N}^{\infty} q^{n-N} u_{N+1}$ 是收敛的几何级数,所以由比较判别法可知,级数 $\sum\limits_{n=1}^{\infty} u_n$ 收敛.

(2) 由于 $\lim\limits_{n \to \infty} \dfrac{u_{n+1}}{u_n} = \rho > 1$,可取 $\varepsilon_0 > 0$,使得 $\rho - \varepsilon_0 > 1$. 对此 ε_0,存在 $N > 0$,当 $n > N$时,有

$$\left| \frac{u_{n+1}}{u_n} - \rho \right| < \varepsilon_0$$

恒成立. 于是

$$\frac{u_{n+1}}{u_n} > \rho - \varepsilon_0 > 1$$

这就是说正项级数 $\sum\limits_{n=1}^{\infty} u_n$ 从第 N 项开始,后项总比前项大,这表明 $\lim\limits_{n \to \infty} u_n \neq 0$,因此,由级数收敛的必要条件可知,正项级数 $\sum\limits_{n=1}^{\infty} u_n$ 发散.

注 当 $\rho = 1$ 时,正项级数 $\sum\limits_{n=1}^{\infty} u_n$ 可能收敛,也可能发散. 这个结论从 p-级数的敛散性就可以看出. 事实上,若 $\sum\limits_{n=1}^{\infty} u_n$ 为 p-级数,则对于任意实数 p,有

$$\lim_{n \to \infty} \frac{u_{n+1}}{u_n} = \lim_{n \to \infty} \frac{\dfrac{1}{(n+1)^p}}{\dfrac{1}{n^p}} = 1$$

但当 $p \leqslant 1$ 时, p-级数发散; 当 $p > 1$ 时, p-级数收敛.

【例 6】 证明正项级数 $\sum\limits_{n=1}^{\infty} 2^n \sin \dfrac{\pi}{3^n}$ 收敛.

证明 因为

$$\lim_{n \to \infty} \frac{u_{n+1}}{u_n} = \lim_{n \to \infty} \frac{2^{n+1} \cdot \sin \dfrac{\pi}{3^{n+1}}}{2^n \cdot \sin \dfrac{\pi}{3^n}} = \frac{2}{3} < 1$$

所以由比值判别法知, 级数收敛.

【例 7】 讨论级数 $\sum\limits_{n=1}^{\infty} \dfrac{a^n}{n^2}$ 的敛散性, 其中 $a > 0$.

解 因为

$$\lim_{n \to \infty} \frac{u_{n+1}}{u_n} = \lim_{n \to \infty} \frac{\dfrac{a^{n+1}}{(n+1)^2}}{\dfrac{a^n}{n^2}} = a$$

所以, 当 $a < 1$ 时, 级数收敛; 当 $a > 1$ 时, 级数发散; 当 $a = 1$ 时, 原级数为 p-级数, 且 $p = 2 > 1$, 故级数收敛.

【例 8】 求 $\lim\limits_{n \to \infty} \dfrac{2^n}{n!}$.

解 由于

$$\rho = \lim_{n \to \infty} \frac{u_{n+1}}{u_n} = \lim_{n \to \infty} \frac{2^{n+1}}{(n+1)!} \frac{n!}{2^n} = \lim_{n \to \infty} \frac{2}{n+1} = 0 < 1$$

由级数收敛的比值判别法知, 级数 $\sum\limits_{n=1}^{\infty} \dfrac{2^n}{n!}$ 收敛, 于是 $\lim\limits_{n \to \infty} \dfrac{2^n}{n!} = 0$.

定理 4（根值判别法） 设正项级数 $\sum\limits_{n=1}^{\infty} u_n$ 满足 $\lim\limits_{n \to \infty} \sqrt[n]{u_n} = \rho$, 那么

(1) 当 $\rho < 1$ 时, $\sum\limits_{n=1}^{\infty} u_n$ 收敛;

(2) 当 $\rho > 1$ (包括 $\rho = +\infty$) 时, $\sum\limits_{n=1}^{\infty} u_n$ 发散.

此定理证明略.

【例 9】 讨论下列正项级数的敛散性:

(1) $\sum_{n=1}^{\infty} \left(\frac{n}{5n+1} \right)^{n}$;   (2) $\sum_{n=1}^{\infty} \frac{3+(-1)^{n}}{2^{n}}$.

解 (1)因为

$$\lim_{n \to \infty} \sqrt[n]{\left(\frac{n}{5n+1} \right)^{n}} = \lim_{n \to \infty} \frac{n}{5n+1} = \frac{1}{5} < 1$$

故由根值判别法知,级数 $\sum_{n=1}^{\infty} \left(\frac{n}{5n+1} \right)^{n}$ 收敛.

(2) 由于

$$\lim_{n \to \infty} \sqrt[n]{u_n} = \lim_{n \to \infty} \left[\frac{3+(-1)^{n}}{2^{n}} \right]^{\frac{1}{n}} = \frac{1}{2} < 1$$

故由根值判别法知,原级数收敛.

【例 10】 证明级数 $\sum_{n=1}^{\infty} \frac{1}{n^{n}}$ 收敛.

证明 由于 $\rho = \lim_{n \to \infty} \sqrt[n]{u_n} = \lim_{n \to \infty} \frac{1}{n} = 0 < 1$,故级数收敛.

数学人物介绍

达朗贝尔(D'Alembert Jean Le Rond,1717—1783),法国物理学家、数学家.

达朗贝尔少年时被父亲送入一个教会学校,主要学习古典文学、修辞学和数学.他对数学特别感兴趣,为后来成为著名科学家打下了基础.达朗贝尔没有受过正规的大学教育,靠自学掌握了牛顿和当代著名数理科学家们的著作.1739 年 7 月,他完成第一篇学术论文,接下来的两年内又向巴黎科学院提交了 5 篇学术报告,这些报告由 A.C.克莱洛院士回复.经过几次联系后,达朗贝尔于 1746 年被提升为数学副院士,1754 年被提升为终身院士.

达朗贝尔的研究工作和论文写作都以快速闻名.他进入科学院后,就以克莱洛作为竞争对手,克莱洛研究的每一个课题,达朗贝尔几乎都要研究,而且尽快发表.多数情况下,达朗贝尔胜过克莱洛.这种竞争一直到克莱洛去世(1765年)为止.

达朗贝尔终生未婚,但长期与沙龙女主人勒皮纳斯在一起.他的生活与当时的哲学家们一样,白天工作,晚上去沙龙活动.1765 年,达朗贝尔因病离开养父母的家,住到勒皮纳斯小姐处,在她精心照料下恢复了健康,然后继续住在了那里.1776年,勒皮纳斯小姐去世,达朗贝尔非常悲痛,再加上工作的不顺利,使得他的晚年在失望中度过.达朗贝尔去世后被安葬在巴黎市郊墓地,由于他的反宗教表现,巴黎市政府拒绝为他举行葬礼.

达朗贝尔是一位多产的科学家,他对力学、数学和天文学的大量课题进行了研究,论文和专著很多,还有大量学术通信.仅1805年和1821年达朗贝尔在巴黎出版的《文集》就有23卷.

同18世纪其他数学家一样,达朗贝尔认为求解物理问题是数学的目标.正如他在《百科全书》序言中所说:科学处于从17世纪的数学时代到18世纪的力学时代的转变,力学应该是数学家的主要兴趣.他对力学的发展作出了重大贡献,也是数学分析中一些重要分支的开拓者.

习题 9-2

1. 讨论下列正项级数的敛散性:

(1) $\sum_{n=1}^{\infty} \sqrt{\dfrac{n}{n+1}}$;

(2) $\sum_{n=1}^{\infty} \dfrac{n+3}{n(n+1)}$;

(3) $\sum_{n=1}^{\infty} \dfrac{1}{(1+a^n)}$ $(a>0)$;

(4) $\sum_{n=1}^{\infty} \left(\sqrt{n^2+1} - \sqrt{n^2-1} \right)$.

2. 试在 $(0,+\infty)$ 内讨论 x 在什么区间取值时,下列级数收敛:

(1) $\sum_{n=1}^{\infty} \dfrac{x^n}{n}$;

(2) $\sum_{n=1}^{\infty} n^3 \left(\dfrac{x}{2} \right)^n$.

9.3 任意项级数

任意项级数(Series of Any Terms)是指在级数 $\sum_{n=1}^{\infty} u_n$ 中,总含有无穷多个正项和负项.例如,数项级数 $\sum_{n=1}^{\infty} (-1)^n \dfrac{1}{2^n}$ 是任意项级数.

9.3.1　交错级数

如果在任意项级数 $\sum\limits_{n=1}^{\infty} u_n$ 中,正负号相间出现,这样的任意项级数就叫做**交错级数**.它的一般形式为

$$\sum_{n=1}^{\infty}(-1)^{n-1}u_n \quad \text{或} \quad \sum_{n=1}^{\infty}(-1)^{n}u_n$$

其中,$u_n>0(n=1,2,3,\cdots)$.不失一般性,我们仅研究前者.对于交错级数有专门的判定敛散性的方法.

定理 1(莱布尼兹(Leibniz)判别法)　若交错级数 $\sum\limits_{n=1}^{\infty}(-1)^{n-1}u_n(u_n>0)$ 满足

(1) $u_n \geqslant u_{n+1}(n=1,2,3,\cdots)$;

(2) $\lim\limits_{n \to \infty}u_n=0$,

则级数 $\sum\limits_{n=1}^{\infty}(-1)^{n-1}u_n$ 收敛,且其和 $s \leqslant u_1$.

证明　根据项数 n 是奇数或偶数分别考查 s_n.

设 n 为偶数,于是

$$s_n=s_{2m}=u_1-u_2+u_3-\cdots+u_{2m-1}-u_{2m}$$

将其每两项括在一起

$$s_{2m}=(u_1-u_2)+(u_3-u_4)+\cdots+(u_{2m-1}-u_{2m})$$

由条件(1)可知,每个括号内的值都是非负的.如果把每个括号看成是一项,这就是一个正项级数的前 m 项部分和.显然,它是随着 m 的增加而单调增加的.

另外,如果把部分和 s_{2m} 改写为

$$s_{2m}=u_1-(u_2-u_3)-\cdots-(u_{2m-2}-u_{2m-1})-u_{2m}$$

由条件(1)可知,$s_{2m} \leqslant u_1$,即部分和数列有界.于是

$$\lim_{m \to \infty}s_{2m}=s$$

当 n 为奇数时,总可以把部分和写为

$$s_n=s_{2m+1}=s_{2m}+u_{2m+1}$$

再由条件(2)可得

$$\lim s_n = \lim_{m \to \infty} s_{2m+1} = \lim_{m \to \infty} (s_{2m} + u_{2m+1}) = s$$

综上所述,不管 n 是奇数还是偶数,都有

$$\lim_{n \to \infty} s_n = s$$

故交错级数 $\sum\limits_{n=1}^{\infty} (-1)^{n-1} u_n$ 收敛.

由于 $s_{2m} \leqslant u_1$,而 $\lim\limits_{m \to \infty} s_{2m} = s$,因此根据极限的保号性可知,有 $s \leqslant u_1$.

【例 1】 判定级数 $\sum\limits_{n=1}^{\infty} (-1)^{n-1} \dfrac{1}{n}$ 的敛散性.

解 这是一个交错级数,且有

$$u_n = \frac{1}{n} > u_{n+1} = \frac{1}{n+1}, \quad \lim_{n \to \infty} u_n = \lim_{n \to \infty} \frac{1}{n} = 0$$

由莱布尼兹判别法知,$\sum\limits_{n=1}^{\infty} (-1)^{n-1} \dfrac{1}{n}$ 收敛.

【例 2】 判定交错级数 $\sum\limits_{n=1}^{\infty} (-1)^{n-1} \dfrac{n}{2^n}$ 的敛散性.

解 设 $u_n = \dfrac{n}{2^n}$,而

$$u_n - u_{n+1} = \frac{n}{2^n} - \frac{n+1}{2^{n+1}} = \frac{n-1}{2^{n+1}} \geqslant 0 \quad (n = 1, 2, 3, \cdots)$$

即

$$u_n \geqslant u_{n+1} \quad (n = 1, 2, 3, \cdots)$$

又

$$\lim_{n \to \infty} u_n = \lim_{n \to \infty} \frac{n}{2^n} = 0$$

由莱布尼兹判别法可知,$\sum\limits_{n=1}^{\infty} (-1)^{n-1} \dfrac{n}{2^n}$ 收敛.

9.3.2 任意项级数及其敛散性判别法

现在讨论正负项可以任意出现的级数.首先引入绝对收敛的概念.

定义 1 对于级数 $\sum\limits_{n=1}^{\infty} u_n$,若 $\sum\limits_{n=1}^{\infty} |u_n|$ 收敛,则称级数 $\sum\limits_{n=1}^{\infty} u_n$ **绝对收敛**;如果

$\sum\limits_{n=1}^{\infty}|u_n|$ 发散,但 $\sum\limits_{n=1}^{\infty}u_n$ 本身收敛,则称级数 $\sum\limits_{n=1}^{\infty}u_n$ **条件收敛**.

条件收敛的级数是存在的,例如级数 $\sum\limits_{n=1}^{\infty}(-1)^{n-1}\dfrac{1}{n}$ 就是条件收敛的.

绝对收敛与收敛之间的重要关系如下:

定理 2 若 $\sum\limits_{n=1}^{\infty}|u_n|$ 收敛,则 $\sum\limits_{n=1}^{\infty}u_n$ 收敛.

证明 因为

$$u_n \leqslant |u_n|$$

所以

$$0 \leqslant |u_n|+u_n \leqslant 2|u_n|$$

已知 $\sum\limits_{n=1}^{\infty}|u_n|$ 收敛,由正项级数的比较判别法知,$\sum\limits_{n=1}^{\infty}(|u_n|+u_n)$ 收敛,从而

$$\sum_{n=1}^{\infty}u_n = \sum_{n=1}^{\infty}[(|u_n|+u_n)-|u_n|]$$ 收敛.

注 当 $\sum\limits_{n=1}^{\infty}|u_n|$ 发散时,只能判定 $\sum\limits_{n=1}^{\infty}u_n$ 非绝对收敛,而不能判定 $\sum\limits_{n=1}^{\infty}u_n$ 本身

也是发散的.例如 $\sum\limits_{n=1}^{\infty}\left|(-1)^{n-1}\dfrac{1}{n}\right| = \sum\limits_{n=1}^{\infty}\dfrac{1}{n}$ 虽然发散,但 $\sum\limits_{n=1}^{\infty}(-1)^{n-1}\dfrac{1}{n}$ 却是收

敛的.

【**例 3**】 判别级数 $\sum\limits_{n=1}^{\infty}\dfrac{\sin n}{n^2}$ 的敛散性.

解 由于 $|u_n| = \left|\dfrac{\sin n}{n^2}\right| \leqslant \dfrac{1}{n^2}$,可见 $\sum\limits_{n=1}^{\infty}|u_n|$ 收敛,从而 $\sum\limits_{n=1}^{\infty}\dfrac{\sin n}{n^2}$ 收敛.

【**例 4**】 讨论级数 $\sum\limits_{n=1}^{\infty}\dfrac{(-\alpha)^n}{n^s}$ $(s>0,\alpha>0)$ 的敛散性.

解 因为

$$\lim_{n\to\infty}\left|\dfrac{u_{n+1}}{u_n}\right| = \lim_{n\to\infty}\alpha\cdot\left(\dfrac{n}{n+1}\right)^s = \alpha$$

应用比值判别法知,当 $\alpha<1$ 时,级数绝对收敛,所以级数收敛;当 $\alpha>1$ 时,通项不

收敛于零,故级数发散;当 $\alpha=1$ 时,级数 $\sum\limits_{n=1}^{\infty}(-1)^n\dfrac{1}{n^s}$ 是交错级数,由 p-级数的敛

散性知,当 $s>1$ 时级数绝对收敛,当 $s\leqslant1$ 时级数条件收敛.

习 题 9-3

1. 判定下列级数是否收敛,如果收敛,指出其是绝对收敛还是条件收敛:

(1) $\sum_{n=1}^{\infty}(-1)^{n}\dfrac{1}{2n+1}$;

(2) $\sum_{n=1}^{\infty}(-1)^{n}n\sin\dfrac{1}{n^{3}}$.

2. 设 $p>0$,讨论级数 $\sum_{n=1}^{\infty}(-1)^{n-1}\dfrac{1}{n^{p}}$ 的敛散性. 如果收敛,指出是条件收敛还是绝对收敛.

3. 设级数 $\sum_{n=1}^{\infty}a_{n}^{2}$ 及 $\sum_{n=1}^{\infty}b_{n}^{2}$ 都收敛,证明级数 $\sum_{n=1}^{\infty}a_{n}b_{n}$ 及 $\sum_{n=1}^{\infty}(a_{n}+b_{n})^{2}$ 也都收敛.

9.4 幂级数

9.4.1 函数项级数

定义 1 设 $u_{1}(x),u_{2}(x),\cdots,u_{n}(x),\cdots$ 是定义在区间 I 上的函数,则

$$\sum_{n=1}^{\infty}u_{n}(x)=u_{1}(x)+u_{2}(x)+\cdots+u_{n}(x)+\cdots \tag{9-4-1}$$

称为定义在区间 I 上的**函数项级数**（Series of Function Terms）. 在函数项级数(9-4-1)中,若令 x 取定义区间中某一确定值 x_{0},则得到一个数项级数

$$\sum_{n=1}^{\infty}u_{n}(x_{0})=u_{1}(x_{0})+u_{2}(x_{0})+\cdots+u_{n}(x_{0})+\cdots \tag{9-4-2}$$

若数项级数(9-4-2)收敛,则称点 x_{0} 为函数项级数(9-4-1)的**收敛点**（Convergence Point）. 反之,若数项级数(9-4-2)发散,则称点 x_{0} 为函数项级数(9-4-1)的发散点. 收敛点的全体构成的集合,称为函数项级数的**收敛域**（Convergence Domain）.

若 x_{0} 是收敛域内的一个值,则必有一个和 $s(x_{0})$ 与之对应,即

$$s(x_0) = \sum_{n=1}^{\infty} u_n(x_0) = u_1(x_0) + u_2(x_0) + \cdots + u_n(x_0) + \cdots$$

当 x_0 在收敛域内变动时,由对应关系就得到一个定义在收敛域上的函数 $s(x)$,使得

$$s(x) = \sum_{n=1}^{\infty} u_n(x) = u_1(x) + u_2(x) + \cdots + u_n(x) + \cdots$$

这个函数 $s(x)$ 就称为函数项级数的**和函数**.

记

$$s_n(x) = \sum_{k=1}^{n} u_k(x) = u_1(x) + u_2(x) + \cdots + u_n(x)$$

称为**部分和函数**. 那么,在函数项级数的收敛域内有

$$\lim_{n \to \infty} s_n(x) = s(x)$$

【例 1】　试求函数项级数 $\sum\limits_{n=0}^{\infty} x^n$ 的收敛域.

解　因为

$$s_n(x) = 1 + x + x^2 + \cdots + x^n = \frac{1 - x^n}{1 - x}$$

所以,当 $|x| < 1$ 时,

$$\lim_{n \to \infty} s_n(x) = \lim_{n \to \infty} \frac{1 - x^n}{1 - x} = \frac{1}{1 - x}$$

因此,级数 $\sum\limits_{n=0}^{\infty} x^n$ 在区间 $(-1,1)$ 内收敛. 当 $|x| \geqslant 1$ 时,由于通项不收敛于零,所以级数发散,故级数的收敛域为 $(-1,1)$.

9.4.2　幂级数及其敛散性

在函数项级数中,比较简单的是幂级数.

定义 2　形如

$$\sum_{n=0}^{\infty} a_n (x - x_0)^n = a_0 + a_1(x - x_0) + a_2(x - x_0)^2 + \cdots + a_n(x - x_0)^n + \cdots$$

的级数称为在 $x = x_0$ 处的**幂级数**,其中 $a_0, a_1, \cdots, a_n, \cdots$ 称为幂级数的**系数**.

特别地,若 $x_0 = 0$,则称

$$\sum_{n=0}^{\infty} a_n x^n = a_0 + a_1 x + \cdots + a_n x^n + \cdots$$

为 $x=0$ 处的幂级数或 x 的幂级数. 令 $t = x - x_0$,则

$$\sum_{n=0}^{\infty} a_n (x - x_0)^n = \sum_{n=0}^{\infty} a_n t^n$$

鉴于此,主要讨论在 $x=0$ 处的幂级数. 为了求幂级数的收敛域,给出如下定理:

定理 1(阿贝尔(**Abel**)定理) (1)若幂级数 $\sum_{n=0}^{\infty} a_n x^n$ 在点 $x = x_0 (x_0 \neq 0)$ 处收敛,则对于满足 $|x| < |x_0|$ 的一切 x,$\sum_{n=0}^{\infty} a_n x^n$ 绝对收敛.

(2)若幂级数 $\sum_{n=0}^{\infty} a_n x^n$ 在点 $x = x_0$ 处发散,则对于满足 $|x| > |x_0|$ 的一切 x,$\sum_{n=0}^{\infty} a_n x^n$ 发散.

证明 (1)设 $\sum_{n=0}^{\infty} a_n x_0^n$ 收敛,由级数收敛的必要条件知,$\lim_{n \to \infty} a_n x_0^n = 0$,故存在常数 $M > 0$,使得

$$|a_n x_0^n| \leqslant M, \quad n = 0, 1, 2, \cdots$$

于是

$$|a_n x^n| = \left| a_n x_0^n \cdot \frac{x^n}{x_0^n} \right| = |a_n x_0^n| \cdot \left| \frac{x}{x_0} \right|^n \leqslant M \left| \frac{x}{x_0} \right|^n$$

当 $|x| < |x_0|$ 时,$\left| \frac{x}{x_0} \right| < 1$,故级数 $\sum_{n=0}^{\infty} M \left| \frac{x}{x_0} \right|^n$ 收敛. 由正项级数的比较判别法知,幂级数 $\sum_{n=0}^{\infty} a_n x^n$ 绝对收敛.

(2)假若对某个 $|x'| > |x_0|$,有 $\sum_{n=0}^{\infty} a_n (x')^n$ 收敛,则由(1)的证明可知,$\sum_{n=0}^{\infty} a_n x_0^n$ 绝对收敛,这与已知矛盾. 于是定理得证.

阿贝尔定理告诉我们:若 x_0 是 $\sum_{n=0}^{\infty} a_n x^n$ 的收敛点,则该幂级数在 $(-|x_0|, |x_0|)$ 内收敛;若 x_0 是 $\sum_{n=0}^{\infty} a_n x^n$ 的发散点,则该幂级数在 $(-\infty, -|x_0|) \cup (|x_0|, +\infty)$ 内发

散.

推论　若 $\sum\limits_{n=0}^{\infty} a_n x^n$ 在 $(-\infty, +\infty)$ 内有非零的收敛点和发散点,则必存在 $R > 0$,使得

(1) 当 $|x| < R$ 时,幂级数 $\sum\limits_{n=0}^{\infty} a_n x^n$ 收敛且绝对收敛;

(2) 当 $|x| > R$ 时,幂级数 $\sum\limits_{n=0}^{\infty} a_n x^n$ 发散.

注　(1) 当 $|x| = R$ 时,幂级数 $\sum\limits_{n=0}^{\infty} a_n x^n$ 可能收敛也可能发散;

(2) 若 a, b 分别为幂级数的收敛点和发散点,则 $|a| \leqslant R \leqslant |b|$;

(3) 称具有这种性质的正数 R 为幂级数 $\sum\limits_{n=0}^{\infty} a_n x^n$ 的**收敛半径**(Convergence Radius). 由幂级数在 $x = \pm R$ 处的收敛性就可以确定它在区间 $(-R, R), (-R, R]$, $[-R, R), [-R, R]$ 之一上收敛,该区间称为幂级数 $\sum\limits_{n=0}^{\infty} a_n x^n$ 的**收敛区间**(Convergence Interval). 特别地,当幂级数 $\sum\limits_{n=0}^{\infty} a_n x^n$ 仅在 $x = 0$ 处收敛时,规定其收敛半径为 $R = 0$; 当 $\sum\limits_{n=0}^{\infty} a_n x^n$ 在整个数轴上都收敛时,规定其收敛半径为 $R = +\infty$,此时的收敛区间为 $(-\infty, +\infty)$.

定理 2　设 R 是幂级数 $\sum\limits_{n=0}^{\infty} a_n x^n$ 的收敛半径,而 $\sum\limits_{n=0}^{\infty} a_n x^n$ 的系数满足

$$\lim_{n \to \infty} \left| \frac{a_{n+1}}{a_n} \right| = \rho$$

则

(1) 当 $0 < \rho < +\infty$ 时,$R = \dfrac{1}{\rho}$;

(2) 当 $\rho = 0$ 时,$R = +\infty$;

(3) 当 $\rho = +\infty$ 时,$R = 0$.

证明　因为对于正项级数

$$\sum_{n=0}^{\infty} |a_n x^n| = |a_0| + |a_1 x| + \cdots + |a_n x^n| + \cdots$$

有

$$\lim_{n \to \infty} \left| \frac{a_{n+1}x^{n+1}}{a_n x^n} \right| = \lim_{n \to \infty} \left| \frac{a_{n+1}}{a_n} \right| \cdot |x| = \rho |x|$$

所以

(1) 若 $0 < \rho < +\infty$，由比值判别法知，当 $\rho |x| < 1$，即当 $|x| < \dfrac{1}{\rho}$ 时，

$\displaystyle\sum_{n=0}^{\infty} |a_n x^n|$ 收敛，即 $\displaystyle\sum_{n=0}^{\infty} a_n x^n$ 绝对收敛；当 $|x| > \dfrac{1}{\rho}$ 时，$\displaystyle\sum_{n=0}^{\infty} a_n x^n$ 发散，故幂级数

$\displaystyle\sum_{n=0}^{\infty} a_n x^n$ 的收敛半径为 $R = \dfrac{1}{\rho}$.

(2) 若 $\rho = 0$，则 $\rho |x| = 0 < 1$，则对任意 $x \in (-\infty, +\infty)$，$\displaystyle\sum_{n=0}^{\infty} a_n x^n$ 收敛，从而

绝对收敛，即 $\displaystyle\sum_{n=0}^{\infty} |a_n x^n|$ 收敛，亦即幂级数 $\displaystyle\sum_{n=0}^{\infty} a_n x^n$ 的收敛半径 $R = +\infty$.

(3) 若 $\rho = +\infty$，则对任意 $x \neq 0$，当 n 充分大时，必有 $\left| \dfrac{a_{n+1}x^{n+1}}{a_n x^n} \right| > 1$，从而由

达朗贝尔判别法知，$\displaystyle\sum_{n=0}^{\infty} a_n x^n$ 发散，故幂级数仅在 $x = 0$ 处收敛，其收敛半径为 $R = 0$.

【例2】 求幂级数 $\displaystyle\sum_{n=0}^{\infty} (-1)^{n-1} \dfrac{x^n}{n}$ 的收敛半径与收敛区间.

解 (1) $R = \lim_{n \to \infty} \left| \dfrac{a_n}{a_{n+1}} \right| = \lim_{n \to \infty} \dfrac{n+1}{n} = 1$，故收敛半径为 1.

(2) 当 $x = 1$ 时，级数为收敛的交错级数；

当 $x = -1$ 时，级数为调和级数，故发散.

综上，收敛区间是 $(-1, 1]$.

【例3】 求幂级数 $\displaystyle\sum_{n=0}^{\infty} \dfrac{x^n}{n!}$ 的收敛区间.

解 $R = \lim_{n \to \infty} \left| \dfrac{a_n}{a_{n+1}} \right| = \lim_{n \to \infty} \dfrac{(n+1)!}{n!} = \lim_{n \to \infty} (n+1) = +\infty$

故收敛区间是 $(-\infty, +\infty)$.

【例4】 求幂级数 $\displaystyle\sum_{n=0}^{\infty} n! x^n$ 的收敛半径.

解
$$R = \lim_{n \to \infty} \left| \frac{a_n}{a_{n+1}} \right| = \lim_{n \to \infty} \frac{n!}{(n+1)!} = \lim_{n \to \infty} \frac{1}{n+1} = 0$$

定理 3 设 R 是幂级数 $\sum\limits_{n=0}^{\infty} a_n x^n$ 的收敛半径，若 $\sum\limits_{n=0}^{\infty} a_n x^n$ 的系数满足

$$\lim_{n \to \infty} \sqrt[n]{|a_n|} = \rho$$

则

(1) 当 $0 < \rho < +\infty$ 时，$R = \dfrac{1}{\rho}$；

(2) 当 $\rho = 0$ 时，$R = +\infty$；

(3) 当 $\rho = +\infty$ 时，$R = 0$.

【例 5】 求幂级数 $\sum\limits_{n=0}^{\infty} \dfrac{x^n}{1 + b^n}$ $(b > 1)$ 的收敛半径和收敛区间.

解 因为

$$\lim_{n \to \infty} \sqrt[n]{|a_n|} = \lim_{n \to \infty} \sqrt[n]{\frac{1}{1 + b^n}} = \lim_{n \to \infty} \sqrt[n]{\frac{1}{b^n \left(1 + \frac{1}{b^n}\right)}} = \frac{1}{b}$$

故原级数的收敛半径为 $R = b$.

当 $x = b$ 时，$\lim\limits_{n \to \infty} \dfrac{b^n}{1 + b^n} = 1 \neq 0$，由级数收敛的必要条件知，此时原级数发散.

当 $x = -b$ 时，$\lim\limits_{n \to \infty} \dfrac{b^n \cdot (-1)^n}{1 + b^n}$ 不存在，此时原级数也发散.

综上所述，原级数的收敛半径为 $R = b$，收敛区间为 $(-b, b)$.

9.4.3 幂级数的运算

设幂级数 $\sum\limits_{n=0}^{\infty} a_n x^n$ 与 $\sum\limits_{n=0}^{\infty} b_n x^n$ 的收敛半径分别为 R_1 与 R_2，它们的和函数分别为 $s_1(x)$ 与 $s_2(x)$，在两个幂级数收敛的公共区间内可进行如下运算：

(1) 加法运算

$$\sum_{n=0}^{\infty} a_n x^n \pm \sum_{n=0}^{\infty} b_n x^n = \sum_{n=0}^{\infty} (a_n \pm b_n) x^n = s_1(x) \pm s_2(x), \quad x \in (-R, R)$$

其中，$R = \min\{R_1, R_2\}$.

（2）乘法运算

$$\sum_{n=0}^{\infty}a_nx^n \cdot \sum_{n=0}^{\infty}b_nx^n = \sum_{n=0}^{\infty}c_nx^n = s_1(x) \cdot s_2(x), \quad x\in(-R,R)$$

其中，$R=\min\{R_1,R_2\}$，$c_n = \sum_{k=0}^{n}a_kb_{n-k} = a_0b_n+a_1b_{n-1}+\cdots+a_kb_{n-k}+\cdots+a_nb_0$.

（3）逐项求导

若幂级数 $\sum_{n=0}^{\infty}a_nx^n$ 的收敛半径为 R，则在 $(-R,R)$ 内和函数 $s(x)$ 可导，且有

$$s'(x) = \left(\sum_{n=0}^{\infty}a_nx^n\right)' = \sum_{n=0}^{\infty}(a_nx^n)' = \sum_{n=0}^{\infty}a_nnx^{n-1}$$

所得幂级数的收敛半径仍为 R，但在收敛区间端点处的收敛性可能改变.

（4）逐项积分

设幂级数 $\sum_{n=0}^{\infty}a_nx^n$ 的和函数为 $s(x)$，收敛半径为 R，则和函数在 $(-R,R)$ 上可积，且有

$$\int_0^x s(x)\mathrm{d}x = \int_0^x \sum_{n=0}^{\infty}a_nx^n\mathrm{d}x = \sum_{n=0}^{\infty}\int_0^x a_nx^n\mathrm{d}x = \sum_{n=0}^{\infty}\frac{a_n}{n+1}x^{n+1}$$

所得幂级数的收敛半径仍为 R，但在收敛区间端点处的收敛性可能改变.

以上结论的证明略.

【例 6】 求幂级数 $\sum_{n=0}^{\infty}\frac{x^n}{n+1}$ 的和函数 $s(x)$，并求 $\sum_{n=0}^{\infty}\frac{(-1)^n}{n+1}$.

解 （1）$R = \lim_{n\to\infty}\left|\frac{a_n}{a_{n+1}}\right| = \lim_{n\to\infty}\frac{n+2}{n+1} = 1$.

（2）当 $x=-1$ 时，级数为 $\sum_{n=0}^{\infty}\frac{(-1)^n}{n+1}$，收敛；当 $x=1$ 时，级数为 $\sum_{n=0}^{\infty}\frac{1}{n+1}$，发散. 故收敛区间是 $[-1,1)$.

（3）当 $0<|x|<1$ 时，有

$$[xs(x)]' = \left(\sum_{n=0}^{\infty}\frac{x^{n+1}}{n+1}\right)' = \sum_{n=0}^{\infty}x^n = \frac{1}{1-x}$$

于是

$$xs(x) = \int_0^x [ts(t)]'\mathrm{d}t = \int_0^x \frac{1}{1-t}\mathrm{d}t = -\ln(1-x)$$

（4）由于 $s(0)=1$，又知幂级数在其收敛区间上是连续的，故

$$s(x) = \begin{cases} -\dfrac{1}{x}\ln(1-x), & -1 \leqslant x < 0 \text{ 或 } 0 < x < 1 \\ 1, & x = 0 \end{cases}$$

由此可得

$$\sum_{n=0}^{\infty} \frac{(-1)^n}{n+1} = s(-1) = \ln 2$$

【例 7】 求幂级数 $\displaystyle\sum_{n=0}^{\infty}(n+1)x^n$ 的和函数.

解 所给幂级数的收敛半径 $R=1$,收敛区间为 $(-1,1)$.注意到

$$(n+1)x^n = (x^{n+1})'$$

而

$$\sum_{n=0}^{\infty}(n+1)x^n = \sum_{n=1}^{\infty}nx^{n-1} = \sum_{n=1}^{\infty}(x^n)' = \left(\sum_{n=1}^{\infty}x^n\right)' = \left(\sum_{n=0}^{\infty}x^n\right)'$$

在收敛区间 $(-1,1)$ 内,$\displaystyle\sum_{n=0}^{\infty}x^n = \frac{1}{1-x}$,所以

$$\sum_{n=0}^{\infty}(n+1)x^n = \left(\sum_{n=0}^{\infty}x^n\right)' = \left(\frac{1}{1-x}\right)' = \frac{1}{(1-x)^2}$$

数学人物介绍

阿贝尔(Abel,1802—1829),挪威天才数学家.他很早便显示了数学方面的才华.16 岁那年,阿贝尔遇到了一个能赏识其才能的老师霍姆伯(Holmboe),霍姆伯建议他阅读牛顿、欧拉、拉格朗日、高斯的著作.大师们不同凡响的创造性方法和成果一下子开阔了阿贝尔的视野,把他的精神提升到了一个崭新的境界,他很快被推进到当时数学研究的前沿阵地.后来他感慨地在笔记中写下这样的话:"要想在数学上取得进展,就应该阅读大师们的而不是他们的门徒的著作."

阿贝尔

翻开近代数学的教科书和专著,阿贝尔这个名字是屡见不鲜的:阿贝尔积分、阿贝尔函数、阿贝尔积分方程、阿贝尔群、阿贝尔级数、阿贝尔部分和公式、阿贝尔基本定理、阿贝尔极限定理、阿贝尔可和性等.只有很少几个数学家能使自己的名字同近代数学中这么多的概念和定理联系在一起.

自 16 世纪以来,随着三次、四次方程陆续解出,人们把目光落在五次方程的求

根公式上,然而近 300 年的探索一无所获,阿贝尔证明了一般五次方程不存在求根公式,解决了这个世纪难题.在挪威皇宫有一尊阿贝尔的雕像,这是一个大无畏的青年的形象,他的脚下踩着两个怪物——分别代表五次方程和椭圆函数.

然而这位卓越的数学家却是一个命途多舛的早夭者,只活了短短的 27 年.尤其可悲的是,在他生前,社会并没有对他的才能和成果予以公正的认可.现在公认,在被称为"函数论世纪"的 19 世纪的前半叶,阿贝尔的工作是函数论的两个最高成果之一.

为了纪念挪威天才数学家阿贝尔,挪威政府于 2003 年设立了一项数学奖——阿贝尔奖,这是世界上奖金最高的数学奖,奖金的数额同诺贝尔奖相近.

习 题 9-4

1. 指出下列幂级数的收敛区间:

(1) $\sum_{n=1}^{\infty} \frac{x^n}{n!}$;   (2) $\sum_{n=0}^{\infty} \frac{1}{n^n} x^n$;   (3) $\sum_{n=0}^{\infty} \frac{x^n}{2^n \cdot n^2}$;   (4) $\sum_{n=0}^{\infty} (-1)^n \frac{x^{2n+1}}{2n+1}$.

2. 求下列幂级数的和函数:

(1) $\sum_{n=1}^{\infty} (-1)^n \frac{x^n}{n}$;   (2) $\sum_{n=1}^{\infty} 2n x^{2n-1}$;   (3) $\sum_{n=1}^{\infty} \frac{1}{n} x^n$;   (4) $\sum_{n=1}^{\infty} (2n+1) x^n$.

3. 求下列级数的和:

(1) $\sum_{n=1}^{\infty} \frac{2n-1}{2^n}$;   (2) $\sum_{n=0}^{\infty} \frac{n+1}{2^n}$.

9.5 函数的幂级数展开

在上一节中,我们讨论了幂级数的敛散性,在其收敛域内,幂级数总是收敛于一个和函数.本节将要讨论另外一个问题:对于任意一个函数 $f(x)$,能否将其展成一个幂级数,以及展成的幂级数是否以 $f(x)$ 为和函数? 下面的讨论将解决这一问题.

9.5.1 展开定理

定理 1 设 $f(x)$ 在 $U(x_0,\delta)$ 内具有任意阶导数，则在 $U(x_0,\delta)$ 内

$$f(x) = \sum_{n=0}^{\infty} \frac{f^{(n)}(x_0)}{n!}(x-x_0)^n$$

的充分必要条件是 $\lim\limits_{n\to\infty} R_n(x) = 0$. 其中 $R_n(x)$ 为拉格朗日型余项 $R_n(x) = \dfrac{f^{(n+1)}(\xi)}{(n+1)!}(x-x_0)^{n+1}$. 若 $f(x)$ 在 $U(x_0,\delta)$ 内可以展成幂级数 $f(x) = \sum\limits_{n=0}^{\infty} a_n(x-x_0)^n$,

则 $a_n = \dfrac{f^{(n)}(x_0)}{n!}$, $n = 0,1,2,\cdots$.

幂级数

$$f(x_0) + \frac{f'(x_0)}{1!}(x-x_0) + \frac{f''(x_0)}{2!}(x-x_0)^2 + \cdots + \frac{f^{(n)}(x_0)}{n!}(x-x_0)^n + \cdots$$

称为 $f(x)$ 在点 x_0 处的**泰勒级数**（Taylor Series）.

下面研究初等函数的幂级数展开式.

利用麦克劳林公式将函数 $f(x)$ 展成幂级数的方法，称为**直接展开法**.

【**例 1**】 试将函数 $f(x) = \mathrm{e}^x$ 展成 x 的幂级数.

解 因为

$$f^{(n)}(x) = \mathrm{e}^x, \quad n = 1,2,\cdots$$

所以

$$f(0) = f'(0) = f''(0) = \cdots = f^{(n)}(0) = 1$$

于是得到幂级数

$$1 + x + \frac{1}{2!}x^2 + \cdots + \frac{1}{n!}x^n + \cdots \tag{9-5-1}$$

显然，式（9-5-1）的收敛区间为 $(-\infty, +\infty)$，至于式（9-5-1）是否以 $f(x) = \mathrm{e}^x$ 为和函数，即它是否收敛于 $f(x) = \mathrm{e}^x$，还要考查余项 $R_n(x)$. 因为

$$R_n(x) = \frac{\mathrm{e}^{\theta x}}{(n+1)!}x^{n+1} \ (0 < \theta < 1), \quad \text{且} \quad \theta x \leqslant |\theta x| < |x|$$

所以

$$|R_n(x)| = \frac{\mathrm{e}^{\theta x}}{(n+1)!}|x|^{n+1} < \frac{\mathrm{e}^{|x|}}{(n+1)!}|x|^{n+1}$$

注意到对任一确定的 x 值，$e^{|x|}$ 是一个确定的常数，而级数(9-5-1)是绝对收敛的，因此当 $n \to \infty$ 时，$\dfrac{|x|^{n+1}}{(n+1)!} \to 0$，所以当 $n \to \infty$ 时，有

$$e^{|x|} \cdot \frac{|x|^{n+1}}{(n+1)!} \to 0$$

由此可知

$$\lim_{n \to \infty} R_n(x) = 0$$

这表明级数(9-5-1)确实收敛于 $f(x) = e^x$，因此有

$$e^x = 1 + x + \frac{1}{2!} x^2 + \cdots + \frac{1}{n!} x^n + \cdots, \quad -\infty < x < +\infty$$

【例 2】 试将函数 $f(x) = \sin x$ 展成 x 的幂级数.

解 因为

$$f^{(n)}(x) = \sin\left(x + \frac{n\pi}{2}\right), \quad n = 1, 2, \cdots$$

所以

$$f(0) = 0, \quad f'(0) = 1, \quad f''(0) = 0$$

$$f'''(0) = -1, \quad \cdots, \quad f^{(2n)}(0) = 0, \quad f^{(2n+1)}(0) = (-1)^n$$

于是，得到幂级数

$$x - \frac{1}{3!} x^3 + \frac{1}{5!} x^5 - \cdots + (-1)^n \frac{x^{2n+1}}{(2n+1)!} + \cdots$$

且它的收敛区间为 $(-\infty, +\infty)$.

又因

$$R_n(x) = \frac{\sin\left[\theta x + \dfrac{(n+1)\pi}{2}\right]}{(n+1)!} x^{n+1}$$

故可以推知

$$|R_n(x)| = \frac{\left|\sin\left[\theta x + \dfrac{(n+1)\pi}{2}\right]\right|}{(n+1)!} |x|^{n+1} \leqslant \frac{|x|^{n+1}}{(n+1)!} \to 0, \quad n \to \infty$$

因此有

$$\sin x = x - \frac{1}{3!} x^3 + \frac{1}{5!} x^5 - \cdots + (-1)^n \frac{x^{2n+1}}{(2n+1)!} + \cdots, \quad -\infty < x < +\infty$$

至此,我们已经得到了函数 $\dfrac{1}{1-x}$,e^x 及 $\sin x$ 的幂级数展开式,运用这几个已知的展开式,通过幂级数的运算,可以求得许多函数的幂级数展开式.这种求函数的幂级数展开式的方法称为**间接展开法**.

【例 3】　将 $f(x)=\dfrac{1}{1+x^2}$ 展成 x 的幂级数.

解　已知 $\dfrac{1}{1-x}=\sum\limits_{n=0}^{\infty}x^n,-1<x<1$.那么

$$\frac{1}{1+x^2}=\frac{1}{1-(-x^2)}=\sum_{n=0}^{\infty}(-x^2)^n=\sum_{n=0}^{\infty}(-1)^nx^{2n},\quad -1<x<1$$

【例 4】　将函数 $f(x)=\ln(1+x)$ 展成 x 的幂级数.

解　注意到

$$\ln(1+x)=\int_0^x\frac{1}{1+x}\mathrm{d}x$$

而

$$\frac{1}{1+x}=\frac{1}{1-(-x)}=1-x+x^2-\cdots+(-1)^nx^n+\cdots,\quad |x|<1$$

将上式两边同时积分,得

$$\begin{aligned}
\ln(1+x)&=x-\frac{1}{2}x^2+\frac{1}{3}x^3-\cdots+(-1)^n\frac{1}{n+1}x^{n+1}+\cdots\\
&=\sum_{n=0}^{\infty}(-1)^n\frac{1}{n+1}x^{n+1}\\
&=\sum_{n=1}^{\infty}(-1)^{n-1}\frac{1}{n}x^n
\end{aligned}$$

因为幂级数逐项积分后收敛半径 R 不变,所以上式右边级数的收敛半径仍为 $R=1$;而当 $x=-1$ 时,该级数发散;当 $x=1$ 时,该级数收敛.故收敛域为 $(-1,1]$.

【例 5】　将 $\ln x$ 展成 $x-1$ 的幂级数.

解　由于

$$\ln(1+x)=x-\frac{x^2}{2}+\frac{x^3}{3}-\frac{x^4}{4}+\cdots+(-1)^{n-1}\frac{x^n}{n}+\cdots,\forall x\in(-1,1]$$

而 $\ln x=\ln[1+(x-1)]$,故在上式中,将 x 换成 $x-1$,得

$$\ln x=(x-1)-\frac{(x-1)^2}{2}+\frac{(x-1)^3}{3}-\frac{(x-1)^4}{4}+\cdots+$$

$$(-1)^{n-1} \frac{(x-1)^n}{n} + \cdots, \quad \forall x \in (0,2]$$

【例6】 将 $\frac{1}{x}$ 展成 $(x-2)$ 的幂级数.

解 $\frac{1}{x} = \frac{1}{2+(x-2)} = \frac{1}{2} \cdot \frac{1}{1+\dfrac{x-2}{2}}$

$$= \frac{1}{2}\left[1 - \frac{x-2}{2} + \frac{(x-2)^2}{4} - \cdots + (-1)^n \frac{(x-2)^n}{2^n} + \cdots\right] \quad (0 < x < 4)$$

最后,将几个常用函数的幂级数展开式列在下面,以便于读者查用.

$$e^x = 1 + x + \frac{1}{2!}x^2 + \cdots + \frac{1}{n!}x^n + \cdots \quad (-\infty < x < +\infty)$$

$$\ln(1+x) = x - \frac{1}{2}x^2 + \frac{1}{3}x^3 - \cdots + (-1)^n \frac{1}{n+1}x^{n+1} + \cdots \quad (-1 < x \leqslant 1)$$

$$\sin x = x - \frac{1}{3!}x^3 + \frac{1}{5!}x^5 - \cdots + (-1)^n \frac{1}{(2n+1)!}x^{2n+1} + \cdots \quad (-\infty < x < +\infty)$$

$$\cos x = 1 - \frac{1}{2!}x^2 + \frac{1}{4!}x^4 - \cdots + (-1)^n \frac{1}{(2n)!}x^{2n} + \cdots \quad (-\infty < x < +\infty)$$

$$(1+x)^\alpha = 1 + \alpha x + \frac{\alpha(\alpha-1)}{2!}x^2 + \cdots + \frac{\alpha(\alpha-1)\cdots(\alpha-n+1)}{n!}x^n + \cdots (-1 < x < 1)$$

最后一个式子称为**二项展开式**,其端点的收敛性与 α 有关,例如当 $\alpha > 0$ 时,收敛区间为 $[-1,1]$;当 $-1 < \alpha < 0$ 时,收敛区间为 $(-1,1]$.

9.5.2 函数幂级数展开的应用举例

幂级数展开式的应用很广泛,例如可利用它来对某些数值或定积分等进行近似计算.

【例7】 计算 $\ln 2$ 的近似值,使误差不超过 10^{-4}.

解 由于 $\ln(1+x)$ 的幂级数展开式对 $x=1$ 也成立,故有

$$\ln 2 = 1 - \frac{1}{2} + \frac{1}{3} - \frac{1}{4} + \cdots + (-1)^{n-1}\frac{1}{n} + \cdots$$

根据交错级数理论,为使绝对误差小于 10^{-4},即

$$|r_n| < \frac{1}{n+1} < 10^{-4}$$

要取级数的前 10 000 项进行计算,这样做计算量太大了. 为了减少计算量,考虑利用 $\ln\dfrac{1+x}{1-x}$ 的展开式进行计算. 由于

$$\ln\frac{1+x}{1-x}=\ln(1+x)-\ln(1-x)=\sum_{n=1}^{\infty}(-1)^{n-1}\frac{x^n}{n}-\sum_{n=1}^{\infty}(-1)^{n-1}\frac{(-x)^n}{n}$$

$$=\sum_{n=1}^{\infty}(-1)^{n-1}\frac{x^n}{n}+\sum_{n=1}^{\infty}\frac{x^n}{n}=2\sum_{n=1}^{\infty}\frac{x^{2n-1}}{2n-1},\quad -1<x<1$$

令 $\dfrac{1+x}{1-x}=2$,得 $x=\dfrac{1}{3}\in(-1,1)$,以 $x=\dfrac{1}{3}$ 代入上面展开式得

$$\ln 2=2\left(\frac{1}{3}+\frac{1}{3}\times\frac{1}{3^2}+\frac{1}{5}\times\frac{1}{3^5}+\frac{1}{7}\times\frac{1}{3^7}+\cdots\right)$$

由于

$$|r_n|=\sum_{k=n+1}^{\infty}\frac{2}{2k-1}\cdot\frac{1}{3^{2k-1}}<\frac{1}{3n}\sum_{k=n+1}^{\infty}\left(\frac{1}{9}\right)^{k-1}<\frac{1}{n\cdot 9^n}$$

只要取 $n=4$,就有 $|r_n|<10^{-4}$,从而

$$\ln 2\approx 2\left(\frac{1}{3}+\frac{1}{3}\times\frac{1}{3^3}+\frac{1}{5}\times\frac{1}{3^5}+\frac{1}{7}\times\frac{1}{3^7}\right)\approx 0.693\,1$$

【例 8】 计算 $I=\displaystyle\int_0^1 e^{-x^2}\,dx$,精确到 10^{-4}.

解 因为

$$e^{-x^2}=1-\frac{1}{1!}x^2+\frac{1}{2!}x^4-\frac{1}{3!}x^6+\cdots,\quad -\infty<x<+\infty$$

在区间 $[0,1]$ 上逐项积分,得

$$I=\int_0^1 e^{-x^2}\,dx=1-\frac{1}{3}+\frac{1}{10}-\frac{1}{42}+\frac{1}{216}-\frac{1}{1\,320}+\frac{1}{9\,360}-\frac{1}{75\,600}+\cdots$$

这是个交错级数,它的余项的绝对值小于余项和第一项的绝对值,由于 $\dfrac{1}{75\,600}<1.5\times 10^{-5}$,故取前 7 项即可,经计算可得

$$I\approx 0.746\,8$$

习 题　9-5

1. 将下列函数展成 x 的幂级数:

(1) $\cos^2 x$;   (2) $\sin \dfrac{x}{3}$;   (3) $x^2 \mathrm{e}^{-x}$;   (4) $\dfrac{1}{x^2 - 3x + 2}$.

2. 将下列函数在指定点处展成幂级数,并求其收敛区间:

(1) $\dfrac{1}{4-x}$,在 $x_0 = 1$ 处;   (2) $\dfrac{1}{x^2 + 5x + 6}$,在 $x_0 = 2$ 处;   (3) $\dfrac{1}{x}$,在 $x_0 = 4$ 处.

复习题 9

1. 填空题:

(1) 若级数为 $1 + \dfrac{1}{2} + 3 + \dfrac{1}{4} + 5 + \dfrac{1}{6} + \cdots$,则当 $n = $ _____ 时,$a_n = $ ____ ;当 $n = $ _____ 时,$a_n = $ _____ ;

(2) 等比级数 $\displaystyle\sum_{n=0}^{\infty} q^n$ 当_____时收敛;当_____时发散;

(3) 级数 $\displaystyle\sum_{n=0}^{\infty} (-1)^n \dfrac{1}{n^p}$ 当_____时绝对收敛;当_____时条件收敛;

(4) 设幂级数 $\displaystyle\sum_{n=0}^{\infty} a_n (x+1)^n$ 在 $x = 2$ 处条件收敛,则该幂级数的收敛半径是 _____.

2. 判别下列级数的敛散性:

(1) $\displaystyle\sum_{n=1}^{\infty} \dfrac{a^n}{1 + a^{2n}} (a > 0)$;   (2) $\displaystyle\sum_{n=1}^{\infty} \dfrac{4^n}{5^n - 3}$;

(3) $\displaystyle\sum_{n=1}^{\infty} (\sqrt[n]{\mathrm{e}} - 1)$;   (4) $\displaystyle\sum_{n=1}^{\infty} \int_0^{\frac{\pi}{n}} \dfrac{\sin x}{1 + x} \mathrm{d}x$;

(5) $\displaystyle\sum_{n=1}^{\infty} \dfrac{n^{n + \frac{1}{n}}}{\left(n + \dfrac{1}{n}\right)^n}$;   (6) $\displaystyle\sum_{n=1}^{\infty} \dfrac{1}{n^{1 + \frac{1}{n}}}$;

(7) $\displaystyle\sum_{n=1}^{\infty} \dfrac{1}{n \ln n \ln \ln n}$.

3. 判断下列级数的敛散性,若收敛,指出是绝对收敛还是条件收敛.

(1) $\displaystyle\sum_{n=1}^{\infty} \dfrac{n^3 \sin \dfrac{n\pi}{3}}{2^n}$;   (2) $\displaystyle\sum_{n=1}^{\infty} \dfrac{(-1)^n}{\sqrt{n}} \sin \dfrac{1}{\sqrt{n}}$;

(3) $\displaystyle\sum_{n=1}^{\infty}(-1)^{n-1}\left(\frac{n}{n+1}\right)^n$; (4) $\displaystyle\sum_{n=1}^{\infty}\frac{(-1)^n}{n+1}\frac{1}{\sqrt{n}}$;

(5) $\displaystyle\sum_{n=1}^{\infty}(-1)^n\sin\frac{2}{n}$; (6) $\displaystyle\sum_{n=1}^{\infty}(-1)^{\frac{n(n-1)}{2}}\frac{n^2}{2^n}$.

4. 求下列收敛级数的和：

(1) $\displaystyle\sum_{n=1}^{\infty}\frac{n+1}{2^n n!}$; (2) $\displaystyle\sum_{n=1}^{\infty}(-1)^n\frac{n(n+1)}{2^n}$.

5. 设级数 $\displaystyle\sum_{n=1}^{\infty}a_n^2$ 和级数 $\displaystyle\sum_{n=1}^{\infty}b_n^2$ 收敛,证明下列各级数也收敛.

(1) $\displaystyle\sum_{n=1}^{\infty}a_n b_n$; (2) $\displaystyle\sum_{n=1}^{\infty}(a_n+b_n)^2$; (3) $\displaystyle\sum_{n=1}^{\infty}\frac{a_n}{n}$.

6. 证明：

(1) $\dfrac{\pi}{4}=1-\dfrac{1}{3}+\dfrac{1}{5}-\dfrac{1}{7}+\dfrac{1}{9}-\dfrac{1}{11}+\cdots$;

(2) $\ln 2=1-\dfrac{1}{2}+\dfrac{1}{3}-\dfrac{1}{4}+\dfrac{1}{5}-\dfrac{1}{6}+\cdots$.

7. 设 $f(x)=\displaystyle\sum_{n=1}^{\infty}\left(\frac{1}{n}+\frac{2^n}{n^2}\right)x^n$,求此幂级数的收敛半径和收敛域,并求 $f'(x)$.

第 10 章   微分方程
Differential Equation

  函数是研究现实世界运动规律的重要工具,但当遇到比较复杂的运动过程时,要直接写出反映运动规律的量与量之间的函数关系往往是不可能的,这时,可建立含有未知函数及其导数的关系式,即微分方程.通过对微分方程进行分析,找出未知函数,实现对方程的求解.

  17 世纪后期,牛顿和莱布尼兹创立了在人类科学史上具有划时代意义的微积分学,并揭示了微分和积分的互逆性.这实际上解决了最简单的微分方程 $y'(x) = f(x)$ 的求解问题.当人们用微积分学去研究几何学、力学、物理学所提出的问题时,微分方程大量地涌现出来.微分方程的形成与发展是和力学、天文学、物理学以及其他科学技术的发展密切相关的,当前计算机的发展更是为微分方程的应用及理论研究提供了非常有力的工具.

  本章的主要内容包括:微分方程的基本概念、一阶微分方程的解法以及二阶常系数微分方程解的结构等.

10.1   微分方程的基本概念

  首先通过具体的例子来说明微分方程的有关概念.

  【例1】 设曲线 $y = f(x)$ 在其上任一点 (x,y) 处的切线斜率为 $3x^2$,且曲线过点 $(0, -1)$,求曲线的方程.

解 由导数的几何意义知,在点 (x,y) 处有

$$\frac{\mathrm{d}y}{\mathrm{d}x} = 3x^2 \qquad (10\text{-}1\text{-}1)$$

此外,曲线满足条件

$$y\,|_{x=0} = -1 \qquad (10\text{-}1\text{-}2)$$

对式(10-1-1)两边积分,得

$$y = \int 3x^2 \mathrm{d}x = x^3 + C \qquad (10\text{-}1\text{-}3)$$

其中 C 为任意常数.式(10-1-3)表示了无穷多个函数(图 10-1),为得到满足条件(10-1-2)的具体曲线,以条件(10-1-2)代入式(10-1-3),得 $C = -1$.故所求曲线的方程为

$$y = x^3 - 1 \qquad (10\text{-}1\text{-}4)$$

图 10-1

【例 2】 质量为 m 的物体在离地面高为 s_0 米处,以初速 v_0 垂直上抛,设此物体的运动只受重力的影响,试确定该物体运动的路程 s 与时间 t 的函数关系.

解 由于物体运动的加速度是路程 s 对时间 t 的二阶导数,且物体运动只受重力的影响,所以由牛顿第二定律知,所求函数 $s = s(t)$ 应满足

$$\frac{\mathrm{d}^2 s}{\mathrm{d}t^2} = -g \qquad (10\text{-}1\text{-}5)$$

这里 g 为重力加速度,取垂直向上的方向为正方向.此外,$s(t)$ 还应满足条件

$$\begin{cases} s(0) = s_0 \\ s'(0) = v_0 \end{cases} \qquad (10\text{-}1\text{-}6)$$

式(10-1-5)两端对 t 积分,得

$$\frac{\mathrm{d}s}{\mathrm{d}t} = -gt + C_1 \qquad (10\text{-}1\text{-}7)$$

再对 t 积分,得

$$s = -\frac{1}{2}gt^2 + C_1 t + C_2 \qquad (10\text{-}1\text{-}8)$$

把条件(10-1-6)代入式(10-1-7)和式(10-1-8),得 $C_1 = v_0$,$C_2 = s_0$,于是有

$$s = -\frac{1}{2}gt^2 + v_0 t + s_0 \qquad (10\text{-}1\text{-}9)$$

式(10-1-1)与式(10-1-5)都含有未知函数的导数,这类方程称为微分方程.

一般地有下面的定义.

定义 1 含有未知函数的导数或微分的方程称为**微分方程**(Differential Equation). 未知函数为一元函数的微分方程称为**常微分方程**(Ordinary Differential Equation). 微分方程中出现的未知函数的导数的最高阶数称为方程的**阶**(Order). 阶数不小于 2 的微分方程称为**高阶微分方程**.

在不致混淆的情况下,也称常微分方程为微分方程或简称为方程.

可以看出,方程(10-1-1)是一阶微分方程,方程(10-1-5)是二阶微分方程,而

$$y''' - y' = 100 \tag{10-1-10}$$

$$y''' + (y')^2 + 5y = \cos x \tag{10-1-11}$$

都是三阶微分方程.

n 阶常微分方程的一般形式为

$$F(x; y, y', \cdots, y^{(n)}) = 0 \tag{10-1-12}$$

其中,x 为自变量,y 为未知函数;$F(x; y, y', \cdots, y^{(n)})$ 是 $x, y, y', \cdots, y^{(n)}$ 的已知函数,且 $y^{(n)}$ 的系数不为 0.

如果方程(10-1-12)的左端函数 F 为 $y, y', y'', \cdots, y^{(n)}$ 的线性函数,则称方程 (10-1-12)为 **n 阶线性微分方程**,否则称为**非线性微分方程**. n 阶线性微分方程的一般形式为

$$a_0(x)y^{(n)} + a_1(x)y^{(n-1)} + \cdots + a_n(x)y = f(x) \tag{10-1-13}$$

其中,$a_0(x), a_1(x), \cdots, a_n(x), f(x)$ 均为 x 的已知函数,且 $a_0(x) \neq 0$.

例如,方程(10-1-1)是一阶线性方程,方程(10-1-5)是二阶线性方程,而方程 (10-1-11)是三阶非线性方程.

定义 2 如果将已知函数 $y = \varphi(x)$ 代入方程(10-1-12),能使其成为恒等式,则称函数 $y = \varphi(x)$ 是方程(10-1-12)的**解**(Solution). 如果由关系式 $\Phi(x, y) = 0$ 确定的隐函数 $y = \varphi(x)$ 是方程(10-1-12)的解,则称 y 为方程(10-1-12)的**隐式解**.

为今后叙述简便,对微分方程的解和隐式解不再加以区别,统称为方程的解.

定义 3 若微分方程的解中所含(独立的)任意常数的个数与微分方程的阶数相等,则称这个解为方程的**通解**(General Solution). 在通解中给任意常数以确定的值得到的解,称为微分方程的**特解**.

例如,函数(10-1-3)、(10-1-8) 分别是方程(10-1-1)、(10-1-5) 的通解,函数 (10-1-4)、(10-1-9) 分别是方程(10-1-1)、(10-1-5) 的特解.

注 (1) 通解与特解只是方程的两类解,一阶方程的解要么是通解,要么是特解.

(2) 一阶方程的一般形式为 $F(x,y,y') = 0$,从这个方程中有可能解出 y',也有可能解不出来.

(3) 在一阶方程中,x 和 y 的关系是等价的.因此,有时可将 x 看成函数,y 看成变量.

通常,为确定 n 阶方程(10-1-12) 的某个特解,需要给出该特解满足的附加条件,即定解条件.一般地,n 阶微分方程应有 n 个定解条件,才能从通解中确定某个具体的特解.n 阶微分方程(10-1-12) 常见的定解条件具有如下形式:

$$y(x_0) = y_0, \quad y'(x_0) = y_1, \quad \cdots, \quad y^{(n-1)}(x_0) = y_{n-1}$$

其中,$x_0, y_0, y_1, \cdots, y_{n-1}$ 为 $n+1$ 个给定的常数,通常称这样的定解条件为**初始条件** (Initial Condition).

例如,方程(10-1-1) 满足初始条件(10-1-2) 的特解是函数(10-1-4),而方程 (10-1-5) 满足初始条件(10-1-6) 的特解是函数(10-1-9).

求微分方程满足某定解条件的解的问题,称为微分方程的**定解问题**;求微分方程满足某初始条件的解的问题,称为**初值问题**(Initial Value Problem).

【**例 3**】 验证函数 $x = C_1 \cos at + C_2 \sin at$ 是微分方程

$$\frac{\mathrm{d}^2 x}{\mathrm{d}t^2} + a^2 x = 0 \tag{10-1-14}$$

的通解.

解 函数 $x = C_1 \cos at + C_2 \sin at$ 的导数为

$$\frac{\mathrm{d}x}{\mathrm{d}t} = -C_1 a \sin at + C_2 a \cos at$$

$$\frac{\mathrm{d}^2 x}{\mathrm{d}t^2} = -C_1 a^2 \cos at - C_2 a^2 \sin at$$

将上面第 2 个式子代入方程(10-1-14) 的左端,等于 0,因此函数 $x = C_1 \cos at + C_2 \sin at$ 是方程(10-1-14) 的解.又函数 x 中含有两个相互独立的任意常数,而方程(10-1-14) 为二阶微分方程,因此,函数 $x = C_1 \cos at + C_2 \sin at$ 是方程

（10-1-14）的通解.

习题 10-1

1. 指出下列微分方程的阶：

(1) $y^{(13)} + y^{10}(y')^2 + 50y - 7\sin x = 0$;　　(2) $y'' + x^{20}y'^2 + y' - 7xy = 0$.

2. 验证函数 $y = \dfrac{\mathrm{e}^{cx}}{x}$（$c$ 为任意常数）为微分方程 $xy' + y = y(\ln x + \ln y)$ 的解.

10.2　一阶微分方程

一阶微分方程的一般形式为

$$F(x, y, y') = 0$$

或

$$y' = f(x, y)$$

本节将介绍某些特殊类型的一阶微分方程的解法.

10.2.1　可分离变量的微分方程

如果一阶微分方程能化为

$$a(y)\mathrm{d}y = b(x)\mathrm{d}x \tag{10-2-1}$$

的形式,那么称原方程为可分离变量的微分方程. 求解这类方程时,先把原方程化为式（10-2-1）的形式,这个过程称为分离变量. 再对式（10-2-1）两边积分,即

$$\int a(y)\mathrm{d}y = \int b(x)\mathrm{d}x$$

便可得到所要求的通解.

注　可分离变量方程的解法：先分离变量,再两边积分,最后求不定积分,即得通解.

【例1】　求 $y' = yx$ 的通解.

解　原方程可化为 $\dfrac{\mathrm{d}y}{y} = x\mathrm{d}x (y \neq 0)$,两边积分得

$$\int \frac{\mathrm{d}y}{y} = \int x\mathrm{d}x$$

解得

$$\ln|y| = \frac{1}{2}x^2 + C_1$$

所以

$$|y| = \mathrm{e}^{\frac{1}{2}x^2 + C_1} = C_2 \mathrm{e}^{\frac{1}{2}x^2} \quad (C_2 = \mathrm{e}^{C_1})$$

故

$$y = C\mathrm{e}^{\frac{1}{2}x^2} \quad (C = \pm C_2)$$

又 $y = 0$ 也为方程的解,故通解为 $y = C\mathrm{e}^{\frac{1}{2}x^2}$.

【**例 2**】　求微分方程

$$(1 + y^2)\mathrm{d}x - xy(1 + x^2)\mathrm{d}y = 0$$

满足初始条件 $y(1) = 2$ 的特解.

解　分离变量,得

$$\frac{y}{1 + y^2}\mathrm{d}y = \frac{1}{x(1 + x^2)}\mathrm{d}x$$

即

$$\frac{y}{1 + y^2}\mathrm{d}y = \left(\frac{1}{x} - \frac{x}{1 + x^2}\right)\mathrm{d}x$$

两边积分,得

$$\frac{1}{2}\ln(1 + y^2) = \ln|x| - \frac{1}{2}\ln(1 + x^2) + \frac{1}{2}\ln C$$

即

$$\ln(1 + x^2)(1 + y^2) = \ln(Cx^2)$$

因此,通解为

$$(1 + x^2)(1 + y^2) = Cx^2$$

这里 C 为任意不为 0 的正常数.

把初始条件 $y(1) = 2$ 代入通解,可得 $C = 10$. 于是,所求特解为

$$(1 + x^2)(1 + y^2) = 10x^2$$

【例 3】 求微分方程 $\sin x \cos y \mathrm{d}x - \cos x \sin y \mathrm{d}y = 0$ 的通解，并求满足初始条件 $y(0) = \dfrac{\pi}{4}$ 的特解.

解 方程可变为

$$\frac{\sin x}{\cos x}\mathrm{d}x = \frac{\sin y}{\cos y}\mathrm{d}y$$

两边积分，得

$$\ln |\cos x| = \ln |\cos y| + C_1$$

所以，$\cos y = C\cos x \left(C = \pm\dfrac{1}{\mathrm{e}^{C_1}}\right)$ 为方程的通解.

由 $y(0) = \dfrac{\pi}{4}$，得

$$\cos \frac{\pi}{4} = C\cos 0$$

解得

$$C = \frac{\sqrt{2}}{2}$$

即满足初始条件的特解为

$$\cos y = \frac{\sqrt{2}}{2}\cos x$$

【例 4】 实验得出，在给定时刻 t，镭的衰变速率（质量减少的即时速度）与镭的现存量 $M = M(t)$ 成正比. 又当 $t = 0$ 时，$M = M_0$. 求镭的衰变规律的函数表达式.

解 依题意，有

$$\frac{\mathrm{d}M(t)}{\mathrm{d}t} = -kM(t), \quad k > 0 \tag{10-2-2}$$

并满足初始条件 $M\mid_{t=0} = M_0$.

方程（10-2-2）分离变量后得

$$\frac{\mathrm{d}M}{M} = -k\mathrm{d}t$$

两边积分，得

$$\ln M = -kt + \ln C$$

即

$$M = Ce^{-kt}$$

将初始条件 $M|_{t=0} = M_0$ 代入上式,得 $C = M_0$,故镭的衰变规律可表示为

$$M = M_0 e^{-kt}$$

一般地,利用微分方程解决实际问题的步骤为:

① 利用问题的性质建立微分方程,并写出初始条件;

② 利用数学方法求出方程的通解;

③ 利用初始条件确定任意常数的值,求出特解.

10.2.2 齐次方程

形如

$$\frac{dy}{dx} = f\left(\frac{y}{x}\right) \tag{10-2-3}$$

的微分方程称为**一阶齐次微分方程**,简称为**齐次方程**.

例如,方程

$$(xy - y^2)dx - (x^2 - 2xy)dy = 0$$

可化为

$$\frac{dy}{dx} = \frac{xy - y^2}{x^2 - 2xy} = \frac{\dfrac{y}{x} - \left(\dfrac{y}{x}\right)^2}{1 - 2\left(\dfrac{y}{x}\right)}$$

它是一阶齐次微分方程.

作变量替换

$$y = ux \tag{10-2-4}$$

则有

$$\frac{dy}{dx} = u + x\frac{du}{dx}$$

将其代入方程(10-2-3),得

$$u + x\frac{du}{dx} = f(u)$$

这是可分离变量的方程,分离变量并两边积分,得

$$\int \frac{1}{f(u)-u}\,\mathrm{d}u = \int \frac{1}{x}\,\mathrm{d}x \qquad (10\text{-}2\text{-}5)$$

求出积分后,将 u 还原成 $\dfrac{y}{x}$,便得所给齐次方程的通解.

【例5】 求解微分方程 $y' - \dfrac{y}{x} = 3\tan\dfrac{y}{x}$.

解 原方程可写成

$$y' = 3\tan\frac{y}{x} + \frac{y}{x}$$

令 $y = ux$,得

$$u + xu' = 3\tan u + u$$

即

$$xu' = 3\tan u$$

分离变量得

$$\frac{\mathrm{d}u}{3\tan u} = \frac{\mathrm{d}x}{x}$$

两边积分得

$$\ln|\sin u| = 3\ln|x| + C_1$$

则

$$\sin u = Cx^3 \quad (C = \pm e^{C_1})$$

将 $u = \dfrac{y}{x}$ 代入上式,得原方程的通解为

$$\sin\frac{y}{x} = Cx^3$$

【例6】 求解微分方程 $2xy\,\mathrm{d}x + (y^2 - x^2)\,\mathrm{d}y = 0$.

解 令 $y = ux$,得

$$\frac{\mathrm{d}y}{\mathrm{d}x} = u + x\frac{\mathrm{d}u}{\mathrm{d}x}$$

以及

$$\frac{2xy}{x^2 - y^2} = \frac{2\dfrac{y}{x}}{1 - \left(\dfrac{y}{x}\right)^2} = \frac{2u}{1 - u^2}$$

从而

$$u + x \frac{\mathrm{d}u}{\mathrm{d}x} = \frac{2u}{1 - u^2}$$

分离变量,得

$$\frac{\mathrm{d}x}{x} = \frac{(1 - u^2)\mathrm{d}u}{u + u^3} = \frac{(1 + u^2) - 2u^2}{u + u^3}\mathrm{d}u = \left(\frac{1}{u} - \frac{2u}{1 + u^2}\right)\mathrm{d}u$$

两边积分,得

$$\ln|x| = \ln|u| - \ln(1 + u^2) + C_1$$

即

$$x(1 + u^2) = Cu \quad (C = \pm\, \mathrm{e}^{C_1})$$

故通解为 $x^2 + y^2 = Cy$.

用变量替换解齐次方程的方法也可以用来解其他方程,如

$$\frac{\mathrm{d}y}{\mathrm{d}x} = \frac{1}{y - x}$$

作变量替换 $u = y - x$,得

$$\frac{\mathrm{d}u}{\mathrm{d}x} + 1 = \frac{1}{u}$$

这是可分离变量的方程,因而可以求得通解.

10.2.3　一阶线性微分方程

形如

$$\frac{\mathrm{d}y}{\mathrm{d}x} + P(x)y = Q(x) \tag{10-2-6}$$

的微分方程,称为**一阶线性微分方程**,其中 $P(x),Q(x)$ 均为 x 的已知函数. 当 $Q(x) \equiv 0$ 时,方程(10-2-6)变为

$$\frac{\mathrm{d}y}{\mathrm{d}x} + P(x)y = 0 \tag{10-2-7}$$

称方程(10-2-7)为**一阶齐次线性微分方程**;当 $Q(x)$ 不恒为零时,称方程(10-2-6)为**一阶非齐次线性微分方程**.

先解方程(10-2-7).分离变量,得

$$\frac{\mathrm{d}y}{y} = -P(x)\mathrm{d}x$$

两边积分,得

$$\ln|y| = -\int P(x)\mathrm{d}x + \ln C_1$$

于是,方程(10-2-7)的通解为

$$y = C\mathrm{e}^{-\int P(x)\mathrm{d}x} \quad (C = \pm C_1) \tag{10-2-8}$$

下面求方程(10-2-6)的通解. 由于方程(10-2-7)是方程(10-2-6)的特殊情况,那么方程(10-2-6)的通解中必包含着方程(10-2-7)的通解. 据此猜测

$$y = C(x)\mathrm{e}^{-\int P(x)\mathrm{d}x} \tag{10-2-9}$$

其关键是能否解出 $C(x)$.

接下来,求未知函数 $C(x)$. 假设式(10-2-9)是方程(10-2-6)的解,将 y 及其导数

$$y' = C'(x)\mathrm{e}^{-\int P(x)\mathrm{d}x} - C(x)P(x)\mathrm{e}^{-\int P(x)\mathrm{d}x}$$

代入方程(10-2-6),得

$$C'(x)\mathrm{e}^{-\int P(x)\mathrm{d}x} - C(x)P(x)\mathrm{e}^{-\int P(x)\mathrm{d}x} + P(x)C(x)\mathrm{e}^{-\int P(x)\mathrm{d}x} = Q(x)$$

即

$$C'(x)\mathrm{e}^{-\int P(x)\mathrm{d}x} = Q(x)$$

因此

$$C'(x) = Q(x)\mathrm{e}^{\int P(x)\mathrm{d}x}$$

两边积分,得

$$C(x) = \int Q(x)\mathrm{e}^{\int P(x)\mathrm{d}x}\,\mathrm{d}x + C$$

把上式代入式(10-2-9),便得方程(10-2-6)的通解为

$$y = \mathrm{e}^{-\int P(x)\mathrm{d}x}\left(\int Q(x)\mathrm{e}^{\int P(x)\mathrm{d}x}\mathrm{d}x + C\right) \tag{10-2-10}$$

上述求非齐次方程(10-2-6)通解的方法,叫做**常数变易法**.

【**例7**】 求解微分方程

$$y' - y\cot x = 2x\sin x$$

解法 1 （常数变易法） 对应的齐次线性方程为

$$y' - y\cot x = 0$$

分离变量，得

$$\frac{1}{y}\mathrm{d}y = \cot x\mathrm{d}x$$

两边积分，得

$$|y| = C_1\mathrm{e}^{\int\cot x\mathrm{d}x} = C_1\mathrm{e}^{\ln|\sin x|} = C_1|\sin x| \quad (C_1 > 0)$$

所以，齐次线性方程的通解为

$$y = C_2\sin x \quad (C_2 = \pm C_1)$$

用常数变易法求非齐次线性方程的通解，令

$$y = C(x)\sin x$$

则

$$y' = C'(x)\sin x + C(x)\cos x$$

代入原微分方程，得

$$C'(x) = 2x$$

两边积分，得

$$C(x) = x^2 + C$$

故所求通解为

$$y = (x^2 + C)\sin x$$

解法 2 （公式法） $P(x) = -\cot x, \quad Q(x) = 2x\sin x$
故

$$y = \mathrm{e}^{\int\cot x\mathrm{d}x}\left(\int 2x\sin x\mathrm{e}^{-\int\cot x\mathrm{d}x}\mathrm{d}x + C\right)$$

$$= \mathrm{e}^{\ln|\sin x|}\left(\int 2x\sin x\mathrm{e}^{-\ln|\sin x|}\mathrm{d}x + C\right)$$

$$= |\sin x|\left(\int 2x\sin x\frac{1}{|\sin x|}\mathrm{d}x + C\right)$$

$$= \sin x\left(\int 2x\mathrm{d}x + C\right)$$

$$= (x^2 + C)\sin x$$

【例 8】 求解微分方程

$$(x^2+1)\frac{\mathrm{d}y}{\mathrm{d}x}+2xy=4x^2$$

解 将原方程改写为

$$\frac{\mathrm{d}y}{\mathrm{d}x}+\frac{2x}{x^2+1}y=\frac{4x^2}{x^2+1}$$

利用公式法求解.

$$P(x)=\frac{2x}{x^2+1},\quad Q(x)=\frac{4x^2}{x^2+1}$$

故

$$
\begin{aligned}
y&=\mathrm{e}^{-\int P(x)\mathrm{d}x}\left(\int Q(x)\mathrm{e}^{\int P(x)\mathrm{d}x}\mathrm{d}x+C\right)\\
&=\mathrm{e}^{-\int\frac{2x}{x^2+1}\mathrm{d}x}\left(\int\frac{4x^2}{x^2+1}\mathrm{e}^{\int\frac{2x}{x^2+1}\mathrm{d}x}\mathrm{d}x+C\right)\\
&=\mathrm{e}^{-\ln(x^2+1)}\left(\int\frac{4x^2}{x^2+1}\mathrm{e}^{\ln(x^2+1)}\mathrm{d}x+C\right)\\
&=\frac{1}{x^2+1}\left(\int 4x^2\,\mathrm{d}x+C\right)\\
&=\frac{1}{x^2+1}\left(\frac{4}{3}x^3+C\right)
\end{aligned}
$$

此外,还有一些一阶方程可以通过某种代换转化为一阶线性微分方程,例如

$$\frac{\mathrm{d}y}{\mathrm{d}x}+P(x)y=Q(x)y^n \quad (n\neq 0,1) \tag{10-2-11}$$

方程(10-2-11)称为伯努利(Bernoulli,瑞士数学家,1654—1705)方程. 很多实际问题(如人口增长、细菌繁殖)的数学模型都可归为这类方程. 伯努利方程可经过变换化为线性方程. 方程(10-2-11)两边同除以 y^n 得

$$y^{-n}\frac{\mathrm{d}y}{\mathrm{d}x}+P(x)y^{1-n}=Q(x) \tag{10-2-12}$$

再令 $z=y^{1-n}$,则式(10-2-12)化为

$$\frac{1}{1-n}\frac{\mathrm{d}z}{\mathrm{d}x}+P(x)z=Q(x)$$

即

$$\frac{\mathrm{d}z}{\mathrm{d}x}+(1-n)P(x)z=(1-n)Q(x)$$

这是函数 z 关于 x 的一阶线性方程,从而可用常数变易法或公式法求出 z,再用 y^{1-n} 代换 z,即得伯努利方程(10-2-11)的解

$$z = y^{1-n} = \mathrm{e}^{-\int (1-n)P(x)\mathrm{d}x}\left(\int (1-n)Q(x)\mathrm{e}^{\int (1-n)P(x)\mathrm{d}x}\mathrm{d}x + C\right)$$

【例 9】 求解微分方程

$$\frac{\mathrm{d}y}{\mathrm{d}x} + \frac{y}{x} = (\ln x)y^2$$

解 原方程不是线性方程,但通过适当的变换,可将其化为线性方程.将原方程改写为

$$y^{-2}\frac{\mathrm{d}y}{\mathrm{d}x} + \frac{1}{x}y^{-1} = \ln x$$

即

$$-\frac{\mathrm{d}y^{-1}}{\mathrm{d}x} + \frac{1}{x}y^{-1} = \ln x$$

令 $z = y^{-1}$,则上式变为

$$\frac{\mathrm{d}z}{\mathrm{d}x} - \frac{1}{x}z = -\ln x$$

这是 z 关于 x 的一阶线性方程.由通解公式(10-2-10),得通解

$$z = x\left[C - \frac{1}{2}(\ln x)^2\right]$$

所以,原微分方程的通解为

$$xy\left[C - \frac{1}{2}(\ln x)^2\right] = 1$$

习 题 10-2

1. 求解下列微分方程:

(1) $y' + \mathrm{e}^x y = 0$;

(2) $\dfrac{\mathrm{d}x}{y} + \dfrac{\mathrm{d}y}{x} = 0, y(3) = 4$;

(3) $(x^2 - 1)y' + 2xy^2 = 0, y(0) = 1$;

(4) $y' = \mathrm{e}^y \sin x$;

(5) $y' = 2xy, y(0) = 1$.

2. 求解下列微分方程:

(1) $xy' - y - \sqrt{y^2 - x^2} = 0$;

(2) $x\dfrac{\mathrm{d}y}{\mathrm{d}x} = y\ln\dfrac{y}{x}$;

(3) $y' = \mathrm{e}^{\frac{y}{x}} + \dfrac{y}{x}$.

3. 求解下列微分方程：

(1) $y' + 2xy = 4x$;　　　　　　(2) $y' + y = \mathrm{e}^{-x}$;

(3) $y' + y\tan x = \sin 2x$;　　　(4) $\dfrac{\mathrm{d}y}{\mathrm{d}x} + \dfrac{y}{x} = 4x^2$, $y(1) = 2$.

4. 平面上某曲线满足方程 $y' - \sin x$, 且过点 $(0,1)$, 求此曲线方程.

5. 可用微分方程 $\dfrac{\mathrm{d}y}{\mathrm{d}t} = 100 - y$ 模拟一个人的学习过程, 其中, y 是一项知识被掌握的百分数, 时间 t 的单位为周, 试求学习的规律.

6. 设 $\displaystyle\int_0^x f(t)\mathrm{d}t = \dfrac{1}{2}f(x) - \dfrac{1}{2}$, 且 $f(0) = 1$, 求 $f(x)$.

7. 设作直线运动的物体的速度与物体到原点的距离成正比. 已知物体在 10 秒时距原点 100 米, 在 20 秒时距原点 200 米, 求物体的运动规律.

8. 某商品的需求量 Q 是价格 P 的函数, 且满足方程 $\dfrac{\mathrm{d}Q}{\mathrm{d}P} = -Q\ln 3$, $Q(0) = 1\ 200$, 求需求量 Q 与价格 P 的函数关系.

10.3　可降阶的高阶微分方程

有些高阶微分方程可以通过代换化成较低阶的方程来求解. 对于二阶微分方程, 如果能通过代换把它从二阶降至一阶, 那么就有可能用 10.2 节的方法来求解. 本节将介绍几种容易降阶的高阶微分方程的求解方法.

10.3.1　$y^{(n)} = f(x)$ 型的微分方程

微分方程

$$y^{(n)} = f(x) \tag{10-3-1}$$

的右端仅含有自变量 x,对于这种方程,两端积分便使它降为 $n-1$ 阶微分方程

$$y^{(n-1)} = \int f(x)\ \mathrm{d}x + C_1$$

再积分可得

$$y^{(n-2)} = \int \left(\int f(x)\ \mathrm{d}x + C_1 \right) \mathrm{d}x + C_2$$

依此继续下去,连续积分 n 次,便得方程(10-3-1)的通解.

【例 1】 解微分方程 $y''' = 0$.

解 对原方程连续积分两次,得

$$y' = C_1 x + C_2$$

对其两边积分,得

$$y = \frac{C_1}{2} x^2 + C_2 x + C_3$$

【例 2】 解微分方程 $y'' = \dfrac{1}{1+x^2}$.

解 对原方程积分,得

$$y' = \int \frac{1}{1+x^2}\ \mathrm{d}x = \arctan x + C_1$$

$$y = \int (\arctan x + C_1) \mathrm{d}x = x \arctan x - \int \frac{x}{1+x^2}\ \mathrm{d}x + C_1 x$$

$$= x \arctan x - \frac{1}{2} \ln(1+x^2) + C_1 x + C_2$$

10.3.2　不显含未知函数 y 的微分方程 $y'' = f(x, y')$

微分方程

$$y'' = f(x, y') \tag{10-3-2}$$

中不显含未知函数 y. 如果设 $y' = u$,则 $y'' = \dfrac{\mathrm{d}u}{\mathrm{d}x}$,方程(10-3-2)变成

$$u' = f(x, u)$$

这是关于 x 和 u 的一阶微分方程,可以用前述方法来求解.

【例 3】 求微分方程$(1+x^2)\dfrac{\mathrm{d}^2 y}{\mathrm{d}x^2} - 2x\dfrac{\mathrm{d}y}{\mathrm{d}x} = 0$ 的通解.

解 这是一个不显含未知函数 y 的微分方程.

令$\dfrac{\mathrm{d}y}{\mathrm{d}x} = p(x)$，则$\dfrac{\mathrm{d}^2 y}{\mathrm{d}x^2} = \dfrac{\mathrm{d}p}{\mathrm{d}x}$，于是方程降阶为

$$(1+x^2)\frac{\mathrm{d}p}{\mathrm{d}x} - 2px = 0$$

即

$$\frac{\mathrm{d}p}{p} = \frac{2x}{1+x^2}\mathrm{d}x$$

两边积分，得

$$\ln|p| = \ln(1+x^2) + \ln C$$

即

$$p = C_1(1+x^2)$$

故

$$\frac{\mathrm{d}y}{\mathrm{d}x} = C_1(1+x^2) \quad (C_1 = \pm C)$$

再积分得原方程的通解

$$y = C_1\left(x + \frac{x^3}{3}\right) + C_2$$

10.3.3 不显含自变量 x 的微分方程 $y'' = f(y, y')$

微分方程

$$y'' = f(y, y') \tag{10-3-3}$$

中不显含自变量 x，对于这类方程，令 $y' = p$，两边对 x 求导得

$$y'' = \frac{\mathrm{d}p}{\mathrm{d}x} = \frac{\mathrm{d}p}{\mathrm{d}y}\frac{\mathrm{d}y}{\mathrm{d}x} = p\frac{\mathrm{d}p}{\mathrm{d}y}$$

则方程(10-3-3)变成

$$p\frac{\mathrm{d}p}{\mathrm{d}y} = f(y, p)$$

这是一个关于变量 p 和 y 的一阶微分方程，可以用前述方法来求解.

【**例 4**】 求微分方程 $yy'' - (y')^2 = 0$ 的通解.

解 设 $y' = p$,则 $y'' = p\dfrac{\mathrm{d}p}{\mathrm{d}y}$,代入原方程得

$$yp\dfrac{\mathrm{d}p}{\mathrm{d}y} - p^2 = 0$$

得

$$\dfrac{\mathrm{d}p}{p} = \dfrac{\mathrm{d}y}{y}$$

两端积分并化简,得 $p = C_1 y$,即

$$y' = C_1 y$$

分离变量并积分,得

$$y = C_2 e^{C_1 x} \quad (C_2 = \pm\, e^{C_1})$$

【**例 5**】 解微分方程 $y'' = 1 + y'^2$.

解 令 $y' = p$,则 $y'' = p'$,原方程可化为

$$p' = 1 + p^2$$

即

$$\dfrac{\mathrm{d}p}{1 + p^2} = \mathrm{d}x$$

解得

$$\arctan p = x + C_1$$

即

$$y' = \tan(x + C_1)$$

故

$$y = \ln|\sec(x + C_1)| + C_2$$

习 题 10-3

1.求下列高阶微分方程的通解:

(1) $y''' = e^{2x} - \cos x$；

(2) $y'' + \dfrac{2}{x}y' = 0$；

(3) $y''\tan x = y' + 5$；

(4) $y'' - \dfrac{y'}{x} = xe^x$；

(5) $y'' = y^{-3}$;   (6) $y'' = \dfrac{1}{2y'}$;

(7) $yy'' + (y')^2 = 1$.

2. 求微分方程 $xy'' = y'(\mathrm{e}^y - 1)$ 的通解.

3. (1) 求微分方程 $2yy'' + (y')^2 = 0$ 满足初始条件 $y\,|_{x=0} = 1, y'\,|_{x=0} = 1$ 的特解.

(2) 求微分方程 $y'' - y' = x$ 满足初始条件 $y\,|_{x=0} = 0, y'\,|_{x=0} = 0$ 的特解.

10.4　二阶常系数线性微分方程

二阶常系数线性微分方程的一般形式为

$$y'' + py' + qy = f(x) \tag{10-4-1}$$

其中，p,q 为常数；$f(x)$ 是已知函数. 当 $f(x)$ 恒等于零时，式(10-4-1) 化为

$$y'' + py' + qy = 0 \tag{10-4-2}$$

称方程(10-4-2)为**二阶常系数齐次线性微分方程**；当 $f(x)$ 不恒等于零时，称方程(10-4-1)为**二阶常系数非齐次线性微分方程**.

10.4.1　二阶常系数线性微分方程解的结构

定理 1（叠加原理）　若 y_1, y_2 为方程(10-4-2)的两个解，则 $y = C_1 y_1 + C_2 y_2$ 也是方程(10-4-2)的解.

证明　因为 y_1 与 y_2 是方程(10-4-2)的解，所以

$$y_1'' + py_1' + qy_1 = 0$$

$$y_2'' + py_2' + qy_2 = 0$$

将 $y = C_1 y_1 + C_2 y_2$ 代入方程(10-4-2)的左边，得

$$(C_1 y_1'' + C_2 y_2'') + p(C_1 y_1' + C_2 y_2') + q(C_1 y_1 + C_2 y_2)$$

$$= C_1(y_1'' + py_1' + qy_1) + C_2(y_2'' + py_2' + qy_2) = 0$$

所以 $y = C_1 y_1 + C_2 y_2$ 是方程(10-4-2)的解.

注 $y = C_1 y_1 + C_2 y_2$ 不一定是齐次方程的通解.

定理 2 若 y_1 , y_2 分别为方程

$$y'' + py' + qy = f_1(x)$$

$$y'' + py' + qy = f_2(x)$$

的解,则 $y = y_1 \pm y_2$ 是方程 $y'' + py' + qy = f_1(x) \pm f_2(x)$ 的解.

定义 1 如果存在一个常数 k 使得函数 y_1 , y_2 满足 $y_2 = ky_1$,则称 y_1 , y_2 线性相关,否则称 y_1 , y_2 线性无关.

例如,0 与任何函数线性相关.

借助于线性无关的概念,可得到二阶常系数线性微分方程的结构定理.

定理 3 若 y_1 , y_2 为齐次线性方程两个线性无关的特解,则 $y = C_1 y_1 + C_2 y_2$ 是齐次方程的通解.

例如,二阶齐次线性方程 $y'' + y = 0$ 的两个解为 $y_1 = \sin x , y_2 = \cos x$,且 $\dfrac{y_1}{y_2} = \tan x \neq$ 常数,即 y_1 , y_2 线性无关,所以

$$y = C_1 y_1 + C_2 y_2 = C_1 \sin x + C_2 \cos x \quad (C_1 , C_2 \text{ 是任意常数})$$

是方程 $y'' + y = 0$ 的通解.

定理 4 若 y^* 为方程(10-4-1)的一个特解,y_1 , y_2 为方程(10-4-2)的两个线性无关的解,则方程(10-4-1)的通解为 $y = C_1 y_1 + C_2 y_2 + y^*$,其中 C_1 , C_2 为任意常数.

【例 1】 设 $y_1 = x e^x + e^{2x}, y_2 = x e^x + e^{-x}, y_3 = x e^x + e^{2x} - e^{-x}$ 是某二阶线性非齐次方程的解,求该方程的通解.

解 令 $Y_1 = y_1 - y_2, Y_2 = y_1 - y_3$,则依据定理 2 知,$Y_1 , Y_2$ 为相应齐次线性方程的两个解,又 $\dfrac{Y_1}{Y_2} = \dfrac{e^{2x} - e^{-x}}{e^{-x}}$ 不恒为常数,所以,Y_1 , Y_2 线性无关. 故通解为

$$y = C_1 e^{-x} + C_2 (e^{2x} - e^{-x}) + x e^x + e^{2x}$$

10.4.2 二阶常系数齐次线性微分方程

由定理 3 可知,求方程(10-4-2)的通解问题,归结为求方程(10-4-2)的两个线性无关的特解. 由于指数函数 $y = e^{rx}$(r 为常数)及其各阶导数都只差一个常数因

子,根据指数函数的这个特点,用 $y = e^{rx}$ 来试看能否选取适当的常数 r,使 $y = e^{rx}$ 满足方程(10-4-2).

设 $y = e^{rx}$ 为方程(10-4-2)的解,则

$$y' = re^{rx}, \quad y'' = r^2 e^{rx}$$

把 y, y', y'' 代入方程(10-4-2),得

$$(r^2 + pr + q)e^{rx} = 0$$

因为 $e^{rx} \neq 0$,所以

$$r^2 + pr + q = 0 \qquad\qquad (10\text{-}4\text{-}3)$$

可见,只要 r 满足方程(10-4-3),$y = e^{rx}$ 就是方程(10-4-2)的解.方程(10-4-3)叫做方程(10-4-2)的特征方程,特征方程是一个代数方程,其中 r^2, r 的系数及常数项恰好分别是方程(10-4-2)中 y'', y', y 的系数.

特征方程(10-4-3)的两个根为 $r_1, r_2 = \dfrac{-p \pm \sqrt{p^2 - 4q}}{2}$,因此方程(10-4-2)的通解有下列三种情形:

(1) 当 $p^2 - 4q > 0$ 时,r_1, r_2 是两个不相等的实根,即

$$r_1 = \frac{-p + \sqrt{p^2 - 4q}}{2}, \quad r_2 = \frac{-p - \sqrt{p^2 - 4q}}{2}$$

显然,$y_1 = e^{r_1 x}$,$y_2 = e^{r_2 x}$ 是方程(10-4-2)的两个特解,并且 $\dfrac{y_1}{y_2} = e^{(r_1 - r_2)x} \neq$ 常数,即 y_1 与 y_2 线性无关.根据定理 3 得方程(10-4-2)的通解为

$$y = C_1 e^{r_1 x} + C_2 e^{r_2 x}$$

(2) 当 $p^2 - 4q = 0$ 时,r_1, r_2 是两个相等的实根.此时,$r_1 = r_2 = -\dfrac{p}{2}$,只能得到方程(10-4-2)的一个特解 $y_1 = e^{r_1 x}$,还需求出另一个解 y_2,且 $\dfrac{y_2}{y_1} \neq$ 常数.设 $\dfrac{y_2}{y_1} = u(x)$,即

$$y_2 = e^{r_1 x} u(x)$$
$$y_2' = e^{r_1 x}(u' + r_1 u), \quad y_2'' = e^{r_1 x}(u'' + 2r_1 u' + r_1^2 u)$$

将 y_2, y_2', y_2'' 代入方程(10-4-2),得

$$e^{r_1 x}[(u'' + 2r_1 u' + r_1^2 u) + p(u' + r_1 u) + qu] = 0$$

整理得

$$\mathrm{e}^{r_1 x}[u'' + (2r_1 + p)u' + (r_1^2 + pr_1 + q)u] = 0$$

由于 $\mathrm{e}^{r_1 x} \neq 0$，所以

$$u'' + (2r_1 + p)u' + (r_1^2 + pr_1 + q)u = 0$$

因为 r_1 是特征方程(10-4-3)的二重根，所以

$$r_1^2 + pr_1 + q = 0, \quad 2r_1 + p = 0$$

从而有

$$u'' = 0$$

因为只需一个不为常数的解，不妨取 $u = x$，可得到方程(10-4-2)的另一个解

$$y_2 = x\mathrm{e}^{r_1 x}$$

那么，方程(10-4-2)的通解为

$$y = C_1 \mathrm{e}^{r_1 x} + C_2 x \mathrm{e}^{r_1 x}$$

即

$$y = (C_1 + C_2 x)\mathrm{e}^{r_1 x}$$

(3) 当 $p^2 - 4q < 0$ 时，特征方程(10-4-3)有一对共轭复根：

$$r_1 = \alpha + \mathrm{i}\beta, \quad r_2 = \alpha - \mathrm{i}\beta \quad (\beta \neq 0)$$

不难验证 $y_1 = \mathrm{e}^{\alpha x}\cos \beta x$ 和 $y_2 = \mathrm{e}^{\alpha x}\sin \beta x$ 为方程(10-4-2)的两个线性无关的特解. 因此，方程(10-4-2)的通解为

$$y = \mathrm{e}^{\alpha x}(C_1 \cos \beta x + C_2 \sin \beta x)$$

综上所述，求二阶常系数线性齐次方程通解的步骤如下：

(1) 写出方程(10-4-2)的特征方程

$$r^2 + pr + q = 0$$

(2) 求特征方程的两个根 r_1, r_2；

(3) 根据 r_1, r_2 的不同情形，按下表写出方程(10-4-2)的通解：

特征方程 $r^2 + pr + q = 0$ 的两个根 r_1, r_2	方程 $y'' + py' + qy = 0$ 的通解
两个不相等的实根 $r_1 \neq r_2$	$y = C_1 \mathrm{e}^{r_1 x} + C_2 \mathrm{e}^{r_2 x}$
两个相等的实根 $r_1 = r_2$	$y = (C_1 + C_2 x)\mathrm{e}^{r_1 x}$
一对共轭复根 $r_{1,2} = \alpha \pm \mathrm{i}\beta$	$y = \mathrm{e}^{\alpha x}(C_1 \cos \beta x + C_2 \sin \beta x)$

【例2】 求方程 $y'' + 2y' + 5y = 0$ 的通解.

解 所给方程的特征方程为

$$r^2 + 2r + 5 = 0$$

$$r_1 = -1 + 2\mathrm{i}, \quad r_2 = -1 - 2\mathrm{i}$$

所求通解为

$$y = \mathrm{e}^{-x}(C_1 \cos 2x + C_2 \sin 2x)$$

【例 3】 求方程 $\dfrac{\mathrm{d}^2 s}{\mathrm{d}t^2} + 2\dfrac{\mathrm{d}s}{\mathrm{d}t} + s = 0$ 满足初始条件 $s\,|_{t=0} = 4, s'\,|_{t=0} = -2$ 的特

解.

解 所给方程的特征方程为

$$r^2 + 2r + 1 = 0$$

$$r_1 = r_2 = -1$$

通解为

$$s = (C_1 + C_2 t)\mathrm{e}^{-t}$$

将初始条件 $s\,|_{t=0} = 4$ 代入,得 $C_1 = 4$,于是

$$s = (4 + C_2 t)\mathrm{e}^{-t}$$

对其求导得

$$s' = (C_2 - 4 - C_2 t)\mathrm{e}^{-t}$$

将初始条件 $s'\,|_{t=0} = -2$ 代入上式,得

$$C_2 = 2$$

所求特解为

$$s = (4 + 2t)\mathrm{e}^{-t}$$

【例 4】 求方程 $y'' + 2y' - 3y = 0$ 的通解.

解 所给方程的特征方程为

$$r^2 + 2r - 3 = 0$$

其根为

$$r_1 = -3, \quad r_2 = 1$$

所以原方程的通解为

$$y = C_1 \mathrm{e}^{-3x} + C_2 \mathrm{e}^{x}$$

【例 5】 设函数 $f(x)$ 可导,且满足

$$f(x) = 1 + 2x + \int_0^x t f(t)\,\mathrm{d}t - x\int_0^x f(t)\,\mathrm{d}t$$

试求函数 $f(x)$.

解 由上述方程知 $f(0) = 1$. 方程两边对 x 求导得

$$f'(x) = 2 - \int_0^x f(t)\mathrm{d}t$$

由此可得 $f'(0) = 2$. 上式两边再对 x 求导得

$$f''(x) = -f(x)$$

这是二阶常系数齐次线性方程, 其特征方程为

$$r^2 + 1 = 0$$

特征根 $r_1 = -\mathrm{i}, r_2 = \mathrm{i}$. 于是, 所求微分方程的通解为

$$f(x) = C_1\cos x + C_2\sin x$$

由此得 $f'(x) = -C_1\sin x + C_2\cos x$. 由 $f(0) = 1, f'(0) = 2$ 得 $C_1 = 1, C_2 = 2$. 所以

$$f(x) = \cos x + 2\sin x$$

10.4.3 二阶常系数非齐次线性微分方程

由常数变量法知, 一阶非齐次线性微分方程的通解等于对应的齐次线性方程的通解与非齐次线性方程的一个特解之和. 二阶常系数非齐次线性微分方程具有相类似的性质.

定理 5 设 $y^* = y^*(x)$ 是二阶常系数非齐次线性微分方程

$$y'' + py' + qy = f(x) \tag{10-4-4}$$

的一个特解, 而 Y 为对应于方程(10-4-4)的齐次线性微分方程的通解, 则 $y = Y + y^*$ 为方程(10-4-4)的通解.

由此结论可知, 二阶常系数非齐次线性微分方程的通解, 可按下面三个步骤来求:

① 求其对应的齐次线性微分方程的通解 Y;

② 求非齐次线性微分方程的一个特解 y^*;

③ 原方程的通解为 $y = Y + y^*$.

求齐次线性微分方程通解 Y 的方法前面已讨论过, 所以只要研究一下如何求非齐次方程(10-4-4)的一个特解就行. 限于篇幅, 这里只讨论 $f(x)$ 为以下两种形

式的情形:

第一种情形:$f(x) = P_m(x)e^{\lambda x}$,其中 λ 是常数,$P_m(x)$ 是 x 的 m 次多项式:

$$P_m(x) = a_m x^m + a_{m-1} x^{m-1} + \cdots + a_1 x + a_0$$

第二种情形:$f(x) = e^{\lambda x}[P_t(x)\cos \omega x + P_n(x)\sin \omega x]$,其中 λ 和 ω 是常数,$P_t(x)$、$P_n(x)$ 分别是 x 的 t 次和 n 次多项式,其中有一个可为零.

对于以上两种情形,用待定系数法来求方程(10-4-4)的一个特解,其基本思想是:先根据 $f(x)$ 的特点,确定特解 y^* 的类型,然后把 y^* 代入到原方程中,确定 y^* 中的待定系数.

接下来,分别求这两种类型方程的特解.

1. 第一种情形:$f(x) = P_m(x)e^{\lambda x}$ 型

因为方程(10-4-4)右端 $f(x)$ 是多项式 $P_m(x)$ 与指数函数 $e^{\lambda x}$ 的乘积,而多项式与指数函数乘积的导数仍然是同一类型的函数,因此,推测 $y^* = Q(x)e^{\lambda x}$(其中 $Q(x)$ 是某个多项式)可能是方程(10-4-4)的一个解. 故只需把 y^*、$(y^*)'$ 及 $(y^*)''$ 代入方程(10-4-4),求出 $Q(x)$ 的系数,使 $y^* = Q(x)e^{\lambda x}$ 满足方程(10-4-4)即可. 为此将

$$y^* = Q(x)e^{\lambda x}, \quad (y^*)' = e^{\lambda x}[\lambda Q(x) + Q'(x)]$$

$$(y^*)'' = e^{\lambda x}[\lambda^2 Q(x) + 2\lambda Q'(x) + Q''(x)]$$

代入方程(10-4-4)并消去 $e^{\lambda x}$,得

$$Q''(x) + (2\lambda + p)Q'(x) + (\lambda^2 + p\lambda + q)Q(x) = P_m(x) \quad (10\text{-}4\text{-}5)$$

(1)如果 λ 不是方程(10-4-4)的特征方程 $r^2 + pr + q = 0$ 的根,由于 $P_m(x)$ 是一个 m 次多项式,要使方程(10-4-5)的两端恒等,可令 $Q(x)$ 为另一个 m 次多项式 $Q_m(x)$,即设 $Q_m(x)$ 为

$$Q_m(x) = b_0 x^m + b_1 x^{m-1} + \cdots + b_{m-1} x + b_m$$

其中,$b_0, b_1, \cdots, b_m$ 为待定系数. 将 $Q_m(x)$ 代入式(10-4-5),比较等式两端 x 同次幂的系数,可得含有 $b_0, b_1, \cdots, b_m$ 的 $m+1$ 个方程的联立方程组,解出 $b_i(i = 0, 1, \cdots, m)$ 得到所求特解

$$y^* = Q_m(x)e^{\lambda x}$$

(2)如果 λ 是特征方程 $r^2 + pr + q = 0$ 的单根,即 $\lambda^2 + p\lambda + q = 0$ 但 $2\lambda + p \neq 0$,要使式(10-4-5)的两端恒等,$Q'(x)$ 必须是 m 次多项式,此时可令

$$Q(x) = xQ_m(x)$$

并且可用同样的方法确定 $Q_m(x)$ 的系数 $b_i(i = 0,1,\cdots,m)$.

(3) 如果 λ 是特征方程 $r^2 + pr + q = 0$ 的重根,即 $\lambda^2 + p\lambda + q = 0$ 且 $2\lambda + p = 0$,要使式(10-4-5)两端恒等,$Q''(x)$ 必须是 m 次多项式,此时可令

$$Q(x) = x^2 Q_m(x)$$

并且可用同样的方法确定 $Q_m(x)$ 的系数 $b_i(i = 0,1,\cdots,m)$.

综上所述,有以下结论:

如果 $f(x) = P_m(x)e^{\lambda x}$,则二阶常系数非齐次线性微分方程(10-4-4)具有形如

$$y^* = x^k Q_m(x)e^{\lambda x}$$

的特解.其中,$Q_m(x)$ 是与 $P_m(x)$ 同次(m 次)的多项式,而 k 按 λ 不是特征方程的根、是特征方程的单根或是特征方程的重根依次取为 0、1 或 2.

【例 6】 求方程 $y'' + 2y' = 3e^{-2x}$ 的一个特解.

解 $f(x)$ 是 $P_m(x)e^{\lambda x}$ 型,且

$$P_m(x) = 3, \quad \lambda = -2$$

对应齐次方程的特征方程为 $r^2 + 2r = 0$,特征根为 $r_1 = 0, r_2 = -2$.

$\lambda = -2$ 是特征方程的单根,令 $y^* = xb_0 e^{-2x}$,代入原方程解得

$$b_0 = -\frac{3}{2}$$

故所求特解为

$$y^* = -\frac{3}{2}xe^{-2x}$$

【例 7】 求方程 $y'' - 2y' + y = (x-1)e^x$ 的通解.

解 先求对应齐次方程 $y'' - 2y' + y = 0$ 的通解.

特征方程为

$$r^2 - 2r + 1 = 0, \quad r_1 = r_2 = 1$$

齐次方程的通解为

$$Y = (C_1 + C_2 x)e^x$$

再求所给方程的特解:

$$\lambda = 1, \quad P_m(r) = x - 1$$

由于 $\lambda = 1$ 是特征方程的二重根, 所以

$$y^* = x^2(ax+b)\mathrm{e}^x$$

代入所给方程, 并约去 e^x 得

$$6ax + 2b = x - 1$$

比较系数, 得

$$a = \frac{1}{6}, \quad b = -\frac{1}{2}$$

于是

$$y^* = x^2\left(\frac{x}{6} - \frac{1}{2}\right)\mathrm{e}^x$$

所求方程的通解为

$$y = Y + y^* = \left(C_1 + C_2 x - \frac{1}{2}x^2 + \frac{1}{6}x^3\right)\mathrm{e}^x$$

【例 8】 求方程 $y'' - 4y' + 4y = 2x\mathrm{e}^{2x}$ 的通解.

解 所求方程是二阶常系数非齐次线性微分方程, 且右端函数形如 $P_m(x)\mathrm{e}^{\lambda x}$, 其中

$$\lambda = 2, \quad P_m(x) = 2x$$

所求解方程对应的齐次方程 $y'' - 4y' + 4y = 0$ 的通解为

$$Y = \mathrm{e}^{2x}(C_1 + C_2 x)$$

由于 $r = 2$ 是二重特征根, 所以设所求方程有形如

$$y^* = x^2(Ax + B)\mathrm{e}^{2x}$$

的特解. 代入所求方程可得

$$6Ax + 2B = 2x$$

比较等式两端 x 的同次幂的系数, 得 $A = \dfrac{1}{3}, B = 0$. 于是得所求方程的一个特解为

$$y^* = \frac{1}{3}x^3\mathrm{e}^{2x}$$

所求方程的通解为

$$y = \mathrm{e}^{2x}\left(C_1 + C_2 x + \frac{1}{3}x^3\right)$$

2. 第二种情形: $f(x) = \mathrm{e}^{\lambda x}[P_t(x)\cos \omega x + P_n(x)\sin \omega x]$ 型

其中 λ 和 ω 是常数, $P_t(x)$、$P_n(x)$ 分别是 x 的 t 次和 n 次多项式, 其中有一个

可为零. 此时方程式(10-4-4)成为

$$y'' + py' + qy = \mathrm{e}^{\lambda x}\left[P_t(x)\cos \omega x + P_n(x)\sin \omega x\right] \qquad (10\text{-}4\text{-}6)$$

类似与上述第一种情形的结论, 方程式(10-4-6)具有如下形式的一个特解

$$y^* = x^k \mathrm{e}^{\lambda x}\left[Q_m(x)\cos \omega x + R_m(x)\sin \omega x\right]$$

其中 $Q_m(x),R_m(x)$ 是待定的 m 次多项式, $m = \max\{t, n\}$, 当 $\lambda \pm \omega \mathrm{i}$ 不是特征方程的特征根时, $k = 0$; 当 $\lambda \pm \omega \mathrm{i}$ 是特征方程的特征根时, $k = 1$. 证明从略.

【例 9】 写出方程 $y'' + 4y = x\cos 2x$ 的一个特解的形式.

解 对应齐次方程的特征方程的特征根为 $r_{1,2} = \pm 2\mathrm{i}$, 因为 $\lambda \pm \omega \mathrm{i} = \pm 2\mathrm{i}$ 是特征方程的特征根, $k = 1$. 因此原方程的一个特解的形式为

$$y^* = x\left[(ax + b)\cos 2x + (cx + d)\sin 2x\right]$$

【例 10】 求方程 $y'' + 2y' - 3y = 4\sin x$ 的一个特解.

解 $\omega = 1, \pm \omega \mathrm{i} = \pm \mathrm{i}$ 不是特征方程 $r^2 + 2r - 3 = 0$ 的根, $k = 0$. 因此原方程的特解形式为

$$y^* = a\cos x + b\sin x$$

于是

$$(y^*)' = -a\sin x + b\cos x$$

$$(y^*)'' = -a\cos x - b\sin x$$

将 $y^*, (y^*)', (y^*)''$ 代入原方程, 得

$$\begin{cases} -4a + 2b = 0 \\ -2a - 4b = 4 \end{cases}$$

解得

$$a = -\frac{2}{5}, \quad b = -\frac{4}{5}$$

原方程的特解为

$$y^* = -\frac{2}{5}\cos x - \frac{4}{5}\sin x$$

【例 11】 求方程 $y'' - 2y' - 3y = \mathrm{e}^x + \sin x$ 的通解.

解 先求对应的齐次方程的通解 Y.

对应的齐次方程的特征方程为

$$r^2 - 2r - 3 = 0$$

$$r_1 = -1, \quad r_2 = 3$$

则通解为

$$Y = C_1 \mathrm{e}^{-x} + C_2 \mathrm{e}^{3x}$$

再求非齐次方程的一个特解 y^*.

由于 $f(x) = \mathrm{e}^x + \sin x$,根据定理 2,分别求出方程对应的右端项为 $f_1(x) = \mathrm{e}^x$,$f_2(x) = \sin x$ 的特解 y_1^*、y_2^*,则 $y^* = y_1^* + y_2^*$ 是原方程的一个特解.

由于 $\lambda = 1, \pm \omega \mathrm{i} = \pm \mathrm{i}$ 均不是特征方程的根,故特解为

$$y^* = y_1^* + y_2^* = a\mathrm{e}^x + (b\cos x + c\sin x)$$

代入原方程,得

$$-4a\mathrm{e}^x - (4b+2c)\cos x + (2b-4c)\sin x = \mathrm{e}^x + \sin x$$

比较系数,得

$$-4a = 1, \quad 4b+2c = 0, \quad 2b-4c = 1$$

解得

$$a = -\frac{1}{4}, \quad b = \frac{1}{10}, \quad c = -\frac{1}{5}$$

于是所给方程的一个特解为

$$y^* = -\frac{1}{4}\mathrm{e}^x + \frac{1}{10}\cos x - \frac{1}{5}\sin x$$

所以所求方程的通解为

$$y = Y + y^* = C_1 \mathrm{e}^{-x} + C_2 \mathrm{e}^{3x} - \frac{1}{4}\mathrm{e}^x + \frac{1}{10}\cos x - \frac{1}{5}\sin x$$

【例 12】 设 p,q 为实数,且方程 $\lambda^2 + p\lambda + q = 0$ 有两个相异实根 λ_1 和 λ_2. 求证:方程 $y'' + py' + qy = f(x)$(f 为已知函数)的通解为

$$y = \mathrm{e}^{\lambda_1 x}\left[\int \mathrm{e}^{(\lambda_2-\lambda_1)\,x}\left(\int \mathrm{e}^{-\lambda_2 x} f(x)\mathrm{d}x + C_1\right)\mathrm{d}x + C_2\right]$$

证明 由 $\lambda_1 + \lambda_2 = -p$,$\lambda_1\lambda_2 = q$,得

$$y'' - (\lambda_1 + \lambda_2)y' + \lambda_1\lambda_2 y = f(x)$$

于是

$$(y' - \lambda_1 y)' - \lambda_2(y' - \lambda_1 y) = f(x)$$

两边乘以 $\mathrm{e}^{-\lambda_2 x}$,得

$$\left[\mathrm{e}^{-\lambda_2 x}(y' - \lambda_1 y)\right]' = \mathrm{e}^{-\lambda_2 x} f(x)$$

积分得

$$y' - \lambda_1 y = e^{\lambda_2 x}\left(\int e^{-\lambda_2 x} f(x)\,\mathrm{d}x + C_1\right)$$

上式两边乘以 $e^{-\lambda_1 x}$,得

$$(e^{-\lambda_1 x} y)' = e^{(\lambda_2 - \lambda_1)x}\left(\int e^{-\lambda_2 x} f(x)\,\mathrm{d}x + C_1\right)$$

积分得

$$y = e^{\lambda_1 x}\left[\int e^{(\lambda_2 - \lambda_1)x}\left(\int e^{-\lambda_2 x} f(x)\,\mathrm{d}x + C_1\right)\mathrm{d}x + C_2\right]$$

习 题 10-4

1. 若二阶非齐次线性微分方程的两个解为 e^{-x},$x^2 + e^{-x}$,而对应齐次线性微分方程的一个解为 x,试写出该非齐次线性微分方程的通解.

2. 求解下列微分方程:

(1) $y'' - 2y' = 0$;

(2) $y'' - 4y' + 4y = 0$;

(3) $y'' - 9y = 0$,$y(0) = 1$,$y'(0) = 6$;

(4) $y'' - y = 0$;

(5) $y'' - 2y' - 4y = 0$,$y(0) = 0$,$y'(0) = -5$.

3. 如果 $y = e^{2x}$ 是方程 $y'' - 5y' + ky = 0$ 的解,求常数 k 的值及方程的通解.

4. 下列方程具有什么样形式的特解?

(1) $y'' + 5y' + 6y = e^{6x}$;   (2) $y'' + 5y' + 6y = (3x^2 + 2)e^{-2x}$;

(3) $y'' + 2y' + y = (3x + 2)e^{-x}$; (4) $y'' - 2y' + 2y = e^x(x\cos x + 2\sin x)$.

5. 求下列微分方程的通解:

(1) $y'' - y = e^x$;   (2) $y'' - 3y' + 2y = xe^{2x}$;

(3) $y'' - 2y' = x - 2$;   (4) $y'' + y = x\cos 2x$;

(5) $y'' - 2y' + 3y = e^{-x}\cos x$;   (6) $y'' - 2y' + y = (6x^2 - 4)e^x + x + 1$.

6. 求下列微分方程满足所给初始条件的特解:

(1) $y'' - 3y' + 2y = 5$,$y|_{x=0} = 1$,$y'|_{x=0} = 2$;

(2) $y'' - y = 4xe^x$,$y|_{x=0} = 1$,$y'|_{x=0} = 1$.

7. 函数 $y(x)$ 满足

$$y'(x) = 1 + \int_0^x [6\sin^2 t - y(t)]\mathrm{d}t, \quad y(0) = 1$$

求 $y(x)$.

复习题 10

1. 求解下列微分方程:

(1) $y' - y = \sin x$; (2) $y' - \dfrac{1}{x}y = -\dfrac{2}{x}\ln x$; (3) $yy' + xe^y = 0$, $y(1) = 0$.

2. 作直线运动的物体的加速度 $a = -2v - 5s$, 如果以初速度 $v_0 = 12$ 从原点出发, 求物体的运动方程.

3. 求解微分方程: $\dfrac{\mathrm{d}p}{\mathrm{d}t} = 2p - 2pt$ 满足 $t = 0$ 时 $p = 5$ 的特解.

4. 设曲线上任意一点的切线介于两坐标轴之间的部分恰为切点所平分, 已知曲线过点 $(2,3)$, 求此曲线方程.

5. 求微分方程 $y' - \dfrac{1}{x}y = x$ 满足初始条件 $y(1) = 0$ 的特解.

6. 求微分方程 $y' = \dfrac{x}{y+x}$ 的通解.

7. 求下列微分方程的通解:

(1) $y''' = xe^x$;

(2) $y'' + y' = x^2$;

(3) $y'' = \dfrac{1 + y'^2}{2y}$;

(4) $y'' + \dfrac{2}{1-y}(y')^2 = 0$.

8. 求下列微分方程满足初始条件的特解:

(1) $y'' - 3y' - 4y = 0$, $y|_{x=0} = 0$, $y'|_{x=0} = -5$;

(2) $y'' - 4y' + 13y = 0$, $y|_{x=0} = 0$, $y'|_{x=0} = 3$;

(3) $y'' - 2y' + 10y = 0$, $y\left(\dfrac{\pi}{6}\right) = 0$, $y'\left(\dfrac{\pi}{6}\right) = e^{\frac{\pi}{6}}$.

9. 求下列微分方程满足初始条件的特解：

$(1) y'' - 4y' = 5, y|_{x=0} = 0, y'|_{x=0} = 1;$

$(2) y'' + 9y = 6e^{3x}, y|_{x=0} = 0, y'|_{x=0} = 0;$

$(3) y'' - 2y' - 2y = 4e^x \cos x, y|_{x=\pi} = 0, y'|_{x=\pi} = -2\pi e^{\pi}.$

10. 设对一切实数 x, 函数 $f(x)$ 连续且满足等式

$$f'(x) = x^2 + \int_0^x f(t) \mathrm{d}t, \quad f(0) = 2$$

求函数 $f(x)$.

11. 设二阶常系数非齐次线性微分方程

$$y'' + ay' + by = ce^x$$

的一个特解为 $y = e^{2x} + (1+x)e^x$, 试确定常数 a, b, c, 并求该微分方程的通解.

部分习题参考答案

习题 6-1

1. IV；z 轴负半轴上；III；VII.

2. xOy 平面上；z 轴负半轴上；yOz 平面上；y 轴负半轴上.

3. $(-1,-1,-3)$；$(1,1,-3)$；$(1,-1,3)$；$(-1,1,-3)$；$(1,1,3)$；$(-1,-1,3)$；$(1,-1,-3)$.

4. $\sqrt{5}$；$\sqrt{5}$；$\sqrt{2}$.　　5. $\left(0,0,\dfrac{14}{9}\right)$.　　6. $|AB|=\sqrt{14}$；$|AC|=|BC|=\sqrt{6}$.

习题 6-2

1. $AB=\dfrac{1}{2}(a-b)$；$BC=\dfrac{1}{2}(a+b)$；$CD=\dfrac{1}{2}(b-a)$；$DA=\dfrac{1}{2}(-a-b)$.

3. $\left(\dfrac{-1}{\sqrt{14}},\dfrac{2}{\sqrt{14}},\dfrac{-3}{\sqrt{14}}\right)$.　　4. $(2,1,1)$.

5. $|M_1M_2|=2$；$\cos\alpha=-\dfrac{1}{2}$，$\cos\beta=-\dfrac{\sqrt{2}}{2}$，$\cos\gamma=\dfrac{1}{2}$；$\alpha=\dfrac{2\pi}{3}$，$\beta=\dfrac{3\pi}{4}$，$\gamma=\dfrac{\pi}{3}$；

$\left(\dfrac{1}{2},\dfrac{\sqrt{2}}{2},-\dfrac{1}{2}\right)$.

习题 6-3

1. $(1)\,9$；$(2)\,\dfrac{3\sqrt{3}}{2}$；$(3)\,25+\dfrac{3\sqrt{3}}{2}$.　　2. $(1)-3$；$(2)\,5i+7j+k$；$(3)\,6$；$(4)-8$.

3. $\dfrac{1}{\sqrt{10}}(0,1,3)$；$-\dfrac{1}{\sqrt{10}}(0,1,3)$.　　4. $\dfrac{5}{\sqrt{19}}$.

5. $(6\sqrt{2},8\sqrt{2},0)$；$(-6\sqrt{2},-8\sqrt{2},0)$.　　6. $4\sqrt{14}$.　　7. $\dfrac{\pi}{3}$.

8. $|a\times b|^2=(|a||b|\sin(a\hat{,}b))^2=|a|^2|b|^2(1-\cos^2(a\hat{,}b))=|a|^2|b|^2-(a\cdot b)^2$.

习题 6-4

1. (1) 过点 $\left(0,0,-\dfrac{2}{3}\right)$ 且垂直于 z 轴的平面；(2) 平行于 z 轴的平面；(3) 过原点且平行于 y 轴的平面；(4) 过原点且平行于 z 轴的平面；(5) 法向量为 $(1,1,1)$ 的平面.

2. $2x + 3y - 5z + 19 = 0.$ **3.** $5x + 5y - 4z - 9 = 0.$ **4.** $x + y + z - 10 = 0.$

5. $\dfrac{1}{3}; \dfrac{2}{3}; \dfrac{2}{3}.$ **6.** $\dfrac{\sqrt{14}}{2}.$ **7.** (1)平行；(2) 相交.

8. (1)$x - 1 = 0$；(2)$3x - y - 3 = 0$；(3)$x - 3z = 0.$

习题 6-5

1. (1) $\dfrac{x+1}{2} = \dfrac{y-2}{-1} = \dfrac{z+4}{3}$；(2) $\dfrac{x - \frac{3}{2}}{0} = \dfrac{y-5}{1} = \dfrac{z+1}{0}$；

(3) $\dfrac{x-1}{5} = \dfrac{y+3}{-9} = \dfrac{z-4}{1}$；(4) $\dfrac{x-3}{1} = \dfrac{y-4}{\sqrt{2}} = \dfrac{z+4}{-1}.$

2. (1) $\dfrac{x-1}{1} = \dfrac{y-27}{11} = \dfrac{z-18}{7}$，$x = t+1, y = 11t+27, z = 7t+18$；

(2) $\dfrac{x-1}{1} = \dfrac{y-1}{-1} = \dfrac{z}{3}$，$x = t+1, y = -t+27, z = 3t.$

3. $\dfrac{x+1}{23} = \dfrac{y}{15} = \dfrac{z-2}{-1}.$ **4.** $\dfrac{x}{2} = \dfrac{y-1}{-7} = \dfrac{z+1}{11}.$

5. (1)平行；(2)垂直；(3)既不平行、也不垂直、又不相交.

习题 6-6

1. (1)一个点，一条直线；(2)两个点，两条直线；(3)一个点，一条直线；(4)两个点，两条直线.

2. $3y^2 - z^2 = 16; 3x^2 + 2z^2 = 16.$

5. $\begin{cases} x^2 + y^2 = 3 \\ z = 0 \end{cases}$；$\begin{cases} z = 1 \\ x = 0 \end{cases} (|y| \leqslant \sqrt{3})$；$\begin{cases} z = 1 \\ y = 0 \end{cases} (|x| \leqslant \sqrt{3}).$

6. $\begin{cases} x^2 + (y-2)^2 = 4 \\ z = 0 \end{cases}$；$\begin{cases} z^2 + 4y = 49 \\ x = 0 \end{cases}$；$\begin{cases} z^2 \pm 4\sqrt{4-x^2} = 41 \\ y = 0 \end{cases}.$

7. $\begin{cases} x = \sqrt{2}\cos\theta \\ y = \sqrt{2}\cos\theta \\ z = 2\sin\theta \end{cases}.$

习题 6-7

2. (1)单叶双曲面；(2)椭球面；(3)椭圆抛物面；(4)抛物面；(5)单叶双曲面；(6)二次锥面.

3. 椭圆抛物面.

复习题 6

1. $-3\boldsymbol{a} + 8\boldsymbol{b} - 7\boldsymbol{c}.$

3. (1) $\boldsymbol{BD} = \dfrac{1}{2}\boldsymbol{a}, \boldsymbol{CD} = -\dfrac{1}{2}\boldsymbol{a}$；(2) $\boldsymbol{AD} = \boldsymbol{c} + \dfrac{1}{2}\boldsymbol{a}, \boldsymbol{BE} = -\boldsymbol{a} + \dfrac{1}{2}\boldsymbol{b}, \boldsymbol{CF} = \boldsymbol{b} + \dfrac{1}{2}\boldsymbol{c}$,

$$AD + BE + CF = \frac{3}{2}(a + b + c) = 0.$$

4. $(1) -3$；$(2) -49$.　　**5.** $(3, -2, 4)$.　　**6.** $15, -\dfrac{1}{5}$.

7. $(1) 17$；$(2) -12$；$(3) \dfrac{17}{2\sqrt{91}}$；$(4) \dfrac{17}{\sqrt{26}}$.

8. $(1)\left(\dfrac{3}{\sqrt{11}}, \dfrac{1}{\sqrt{11}}, -\dfrac{1}{\sqrt{11}}\right)$；$(2)\left(\dfrac{1}{\sqrt{150}}, -\dfrac{10}{\sqrt{150}}, -\dfrac{7}{\sqrt{150}}\right)$.

9. $\dfrac{3\sqrt{22}}{2}$.　　**10.** $(1) 2x - 2y + z = 0$；$(2) x = 0$.

11. $(1) \dfrac{x-1}{4} = \dfrac{y+1}{2} = \dfrac{z}{1}$；$(2) \dfrac{x-5}{6} = \dfrac{y+1}{-4} = \dfrac{z-2}{1}$；$(3) 3x - y + z = 9$.

12. $2x - y + z = 1 \pm 3\sqrt{6}$.　　**13.** $\dfrac{x}{3} = \dfrac{y-1}{-1} = \dfrac{z-2}{-2}$.

14. $(1) 4x + 8y + 2z + 9 = 0$；$(2) 5x^2 - 2x + 5y^2 + 24y + 5z^2 + 50z - 98 = 0$；
$(3) x^2 + y^2 - 4z^2 = 0$.

15. $\dfrac{x^2}{9} - \dfrac{y^2 + z^2}{16} = 1$；$\dfrac{x^2 + z^2}{9} - \dfrac{y^2}{16} = 1$.　　**16.** $y^2 + z^2 = 2x$.

17. $\begin{cases} 2x^2 + 2y^2 - 2y - 3 = 0 \\ z = 0 \end{cases}$；$\begin{cases} 2y + 2z - 5 = 0 \\ x = 0 \end{cases}$；$\begin{cases} 4x^2 + 4z^2 - 16z + 9 = 0 \\ y = 0 \end{cases}$.

18. $\begin{cases} x^2 + y^2 = 1 \\ z = 0 \end{cases}$；$\begin{cases} y = \sin t \\ z = 2t \\ x = 0 \end{cases}$；$\begin{cases} x = \cos t \\ z = 2t \\ y = 0 \end{cases}$.

19. $\left(\dfrac{3}{7}, -\dfrac{2}{7}, \dfrac{1}{7}\right)$.

习题 7-1

1. $f(x, y) = \dfrac{xy}{2(x^2 + y^2)}$.

2. $(1) D = \{(x, y) \mid y^2 - 2x + 1 > 0\}$；$(2) D = \{(x, y) \mid x + y > 0, x - y > 0\}$；
$(3) D = \{(x, y, z) \mid r^2 < x^2 + y^2 + z^2 \leqslant R^2\}$；$(4) D = \{(x, y, z) \mid x^2 + y^2 - z^2 \geqslant 0, x^2 + y^2 \neq 0\}$.

3. $(1) -\dfrac{1}{9}$；$(2) 2$；$(3) \dfrac{1}{2}$；$(4) 0$；$(5) 0$.

习题 7-2

1. $(1) \dfrac{\partial z}{\partial x} = 3x^2 y - y^3,\ \dfrac{\partial z}{\partial y} = x^3 - 3xy^2$；

$(2) \dfrac{\partial z}{\partial x} = \dfrac{1}{2x\sqrt{\ln(xy)}}, \dfrac{\partial z}{\partial y} = \dfrac{1}{2y\sqrt{\ln(xy)}}$；

(3) $\dfrac{\partial z}{\partial x} = y[\cos(xy) - \sin(2xy)], \dfrac{\partial z}{\partial y} = x[\cos(xy) - \sin(2xy)]$;

(4) $\dfrac{\partial z}{\partial x} = y^2(1+xy)^{y-1}, \dfrac{\partial z}{\partial y} = (1+xy)^y \Big[\ln(1+xy) + \dfrac{xy}{1+xy}\Big]$;

(5) $\dfrac{\partial u}{\partial x} = \dfrac{y}{z} x^{\frac{y}{z}-1}, \dfrac{\partial u}{\partial y} = \dfrac{1}{z} x^{\frac{y}{z}} \ln x, \dfrac{\partial u}{\partial z} = -\dfrac{y}{z^2} x^{\frac{y}{z}} \ln x$;

(6) $\dfrac{\partial u}{\partial x} = \dfrac{z(x-y)^{z-1}}{1+(x-y)^{2z}}, \dfrac{\partial u}{\partial y} = -\dfrac{z(x-y)^{z-1}}{1+(x-y)^{2z}}, \dfrac{\partial u}{\partial z} = \dfrac{(x-y)^z \ln(x-y)}{1+(x-y)^{2z}}$.

3. $f_x(x,1) = 1$.   **4.** $\dfrac{\pi}{4}$.

5. (1) $\dfrac{\partial^2 z}{\partial x^2} = 12x^2 + 24xy^2, \dfrac{\partial^2 z}{\partial y^2} = 12y^2 + 8x^3, \dfrac{\partial^2 z}{\partial x \partial y} = 24x^2 y$;

(2) $\dfrac{\partial z}{\partial x} = \dfrac{-y}{x^2+y^2}, \dfrac{\partial z}{\partial x} = \dfrac{x}{x^2+y^2}, \dfrac{\partial^2 z}{\partial x^2} = \dfrac{2xy}{(x^2+y^2)^2}, \dfrac{\partial^2 z}{\partial x \partial y} = \dfrac{y^2-x^2}{(x^2+y^2)^2}, \dfrac{\partial^2 z}{\partial y^2} = \dfrac{-2xy}{(x^2+y^2)^2}$;

(3) $\dfrac{\partial z}{\partial x} = y^x \ln y, \dfrac{\partial z}{\partial y} = xy^{x-1}, \dfrac{\partial^2 z}{\partial x^2} = y^x(\ln y)^2, \dfrac{\partial^2 z}{\partial y^2} = x(x-1)y^{x-2}, \dfrac{\partial^2 z}{\partial x \partial y} = xy^{x-1} \ln y$.

6. $f_{xx}(0,0,1) = 2; f_{zz}(1,0,2) = 2; f_{yz}(0,-1,0) = 0; f_{zzx}(2,0,1) = 0$.

7. $\dfrac{\partial^3 z}{\partial x^2 \partial y} = 0; \dfrac{\partial^3 z}{\partial x \partial y^2} = -\dfrac{1}{y^2}$.

习题 7-3

1. (1) $\Big(y + \dfrac{1}{y}\Big)dx + x\Big(1 - \dfrac{1}{y^2}\Big)dy$; (2) $-\dfrac{1}{x} e^{\frac{y}{x}} \Big(\dfrac{y}{x}dx - dy\Big)$;

(3) $-\dfrac{x}{(x^2+y^2)^{3/2}}(ydx - xdy)$; (4) $yzx^{yz-1}dx + zx^{yz} \cdot \ln xdy + yx^{yz} \cdot \ln xdz$.

2. (1) $\dfrac{2}{5}dx - \dfrac{2}{5}dy$; (2) $-\dfrac{1}{2}dx + \dfrac{1}{2}dy + \dfrac{\pi}{2}dz$; (3) $\dfrac{1}{25}(-3dx - 4dy + 5dz)$.

3. $\Delta z = 0.9925, dz = 0.9, \Delta z > dz$.   **4.** $0.25e$.

5. (1) 0.5023;   (2) 108.972.   **6.** 0.17 m.

8. 若 $\varphi(0,0) \neq 0$，则 $\psi(x,y)$ 在点 $(0,0)$ 处不可微；若 $\varphi(0,0) = 0$，则 $\psi(x,y)$ 在点 $(0,0)$ 处可微.

习题 7-4

1. (1) $f_x + 2tf_y + 3t^2 f_z$; (2) $e^{x-2y}\cos t - 6t^2 e^{x-2y}$; (3) $[e^{-(v^2+u)^2} - 2e^{-4u^2}]\cos x + 2ve^{-(v^2+u)^2} \cdot e^x$.

2. (1) $\dfrac{\partial z}{\partial x} = \dfrac{2x}{y^2}\ln(3x-2y) + \dfrac{3x^2}{y^2(3x-2y)}, \dfrac{\partial z}{\partial y} = -\dfrac{2x^2}{y^3}\ln(3x-2y) - \dfrac{2x^2}{y^2(3x-2y)}$;

(2) $\dfrac{\partial u}{\partial x} = f'(\sqrt{x^2+y^2}+1) \cdot \dfrac{x}{\sqrt{x^2+y^2}}, \dfrac{\partial u}{\partial y} = f'(\sqrt{x^2+y^2}+1) \cdot \dfrac{y}{\sqrt{x^2+y^2}}$;

(3) $\dfrac{\partial z}{\partial r} = 3r^2\cos\theta\sin\theta(\cos\theta - \sin\theta), \dfrac{\partial z}{\partial \theta} = r^3(\sin\theta + \cos\theta)(1 - 3\sin\theta\cos\theta).$

3. (1) $\dfrac{2}{5}, -\dfrac{2}{5}$; (2)1,1,0.

4. (1) $\dfrac{\partial z}{\partial x} = 2xf'(x^2 + y) + g'(x - y^2), \dfrac{\partial z}{\partial y} = f'(x^2 + y) - 2yg'(x - y^2)$;

(2) $\dfrac{\partial z}{\partial x} = f_1' \cdot \cos x + f_3' \cdot e^{x+y}, \dfrac{\partial z}{\partial y} = -f_2' \cdot \sin y + f_3' \cdot e^{x+y}.$

习题 7-5

1. (1) $\dfrac{\partial z}{\partial x} = \dfrac{2}{z+1}, \dfrac{\partial z}{\partial y} = \dfrac{2y}{z+1}$; (2) $\dfrac{\partial z}{\partial x} = \dfrac{z-y}{y-x}, \dfrac{\partial z}{\partial y} = \dfrac{x+z}{x-y}$;

(3) $\dfrac{\partial z}{\partial x} = \dfrac{e^y + ze^x}{y + e^x}, \dfrac{\partial z}{\partial y} = \dfrac{z}{y + e^x}$; (4) $\dfrac{\partial^2 z}{\partial x^2} = -\dfrac{(xy + z^2)y^2 z}{(z^2 - xy)^3}.$

2. (1) $\dfrac{\partial^2 u}{\partial x \partial y} = \varphi_{11} - \varphi_{22}$; (2) $\dfrac{\partial^2 u}{\partial x \partial y} = -\dfrac{1}{y^2}\varphi_1 - \dfrac{1}{x^2}\varphi_2 - \dfrac{x}{y^3}\varphi_{11} + (\dfrac{1}{xy} + \dfrac{y}{x})\varphi_{12} - \dfrac{y}{x^3}\varphi_{22}$;

(3) $\dfrac{\partial^2 u}{\partial x \partial y} = z\varphi_2 + 4xy\varphi_{11} + 2z(x^2 + y^2)\varphi_{21} + xyz^2\varphi_{22}.$

习题 7-6

1. 极小值：$f(\pm 1, 0) = -1.$

4. $f(4, 0) = -16.$ **5.** 120,80.

6. $x = 0, y = 1.5.$

复习题 7

1. (1) 充分,必要；(2) 必要,充分；(3) 充分.

2. (1) $\dfrac{\partial z}{\partial x} = \dfrac{1}{x + y^2}, \dfrac{\partial z}{\partial y} = \dfrac{2y}{x + y^2}, \dfrac{\partial^2 z}{\partial x^2} = -\dfrac{1}{(x + y^2)^2}, \dfrac{\partial^2 z}{\partial x \partial y} = -\dfrac{2y}{(x + y^2)^2}, \dfrac{\partial^2 z}{\partial y^2} =$

$\dfrac{2(x - y^2)}{(x + y^2)^2}$; (2) $\dfrac{\partial z}{\partial x} = yx^{y-1}, \dfrac{\partial z}{\partial y} = x^y\ln x, \dfrac{\partial^2 z}{\partial x^2} = y(y-1)x^{y-2}, \dfrac{\partial^2 z}{\partial x \partial y} = x^{y-1}(1 + y\ln x),$

$\dfrac{\partial^2 z}{\partial y^2} = x^y(\ln x)^2.$

3. $\dfrac{du}{dt} = yx^{y-1}\varphi'(t) + x^y\ln x\psi'(t).$

4. $\dfrac{\partial^2 z}{\partial x \partial y} = xe^{2y}f_{uu}'' + e^y f_{uy}'' + xe^y f_{xu}'' + e^y f_u'.$

5. $\dfrac{\partial z}{\partial u} = \dfrac{\partial F}{\partial u} + \dfrac{\partial F}{\partial v}\dfrac{\partial f}{\partial u} + \dfrac{\partial F}{\partial v}\dfrac{\partial f}{\partial x}\dfrac{\partial g}{\partial u}.$

6. $\dfrac{\partial u}{\partial x} = \dfrac{1 - 2y^2 z}{2u}, \dfrac{\partial^2 u}{\partial x^2} = \dfrac{y^4}{u} - \dfrac{(1 - 2y^2 z)^2}{4u^3}.$

7. $\dfrac{\partial^2 z}{\partial u \partial v} = 0.$ **8.** $-2\mathrm{e}^{-x^2 y^2}.$

10. 价格 $p_1 = 63/2, p_2 = 14$ 时,利润可达最大,而此时的产量为 $q_1 = 9, q_2 = 6.$

11. $x = 250, y = 50, f(250, 50) = 16\,719.$

12. $\dfrac{c_0 - k \ln M + \dfrac{1}{a} - k}{1 - ak}.$

习题 8-1

2. $(1)\ \dfrac{2}{3}\pi R^3\ ;(2)27\pi.$

3. $(1)\displaystyle\iint_D \ln(x+y)\,\mathrm{d}\sigma > \iint_D [\ln(x+y)]^2\,\mathrm{d}\sigma;(2)\iint_D \mathrm{e}^{xy}\,\mathrm{d}\sigma < \iint_D \mathrm{e}^{2xy}\,\mathrm{d}\sigma;$

$(3)\displaystyle\iint_D (x+y)^2\,\mathrm{d}\sigma < \iint_D (x+y)^3\,\mathrm{d}\sigma.$

4. $(1)0.4 \leqslant I \leqslant 0.5;(2)36\pi \leqslant I \leqslant 100\pi;(3)\ \dfrac{100}{51} \leqslant I \leqslant 2.$

5. $\mathrm{d}F(x,y) = \mathrm{d}x + \mathrm{d}y.$

习题 8-2

1. $(1)\displaystyle\int_{-1}^1 \mathrm{d}x \int_{x^2}^1 f(x,y)\,\mathrm{d}y, \int_0^1 \mathrm{d}y \int_{-\sqrt{y}}^{\sqrt{y}} f(x,y)\,\mathrm{d}x;$

$(2)\displaystyle\int_0^\pi \mathrm{d}x \int_0^{\sin x} f(x,y)\,\mathrm{d}y, \int_0^1 \mathrm{d}y \int_{\arcsin y}^{\pi - \arcsin y} f(x,y)\,\mathrm{d}x;$

$(3)\displaystyle\int_0^4 \mathrm{d}x \int_{-\sqrt{4x - x^2}}^{\sqrt{4x - x^2}} f(x,y)\,\mathrm{d}y, \int_{-2}^2 \mathrm{d}y \int_{2 - \sqrt{4 - y^2}}^{2 + \sqrt{4 - y^2}} f(x,y)\,\mathrm{d}x;$

$(4)\displaystyle\int_0^1 \mathrm{d}x \int_{x-1}^{1-x} f(x,y)\,\mathrm{d}y, \int_{-1}^0 \mathrm{d}y \int_0^{1+y} f(x,y)\,\mathrm{d}x + \int_0^1 \mathrm{d}y \int_0^{1-y} f(x,y)\,\mathrm{d}x.$

2. $(1)\mathrm{e}^2 - 3\mathrm{e} + 2;(2)\ \dfrac{9}{8};(3)-\dfrac{1}{3};(4)\ \dfrac{45}{8};(5)\ \dfrac{1}{2};(6)\ \dfrac{11}{15}.$

3. $(1)\displaystyle\int_0^1 \mathrm{d}x \int_{\sqrt{x}}^1 f(x,y)\,\mathrm{d}y;(2)\int_0^1 \mathrm{d}x \int_x^{2x} f(x,y)\,\mathrm{d}y + \int_1^2 \mathrm{d}x \int_x^2 f(x,y)\,\mathrm{d}y;$

$(3)\displaystyle\int_0^1 \mathrm{d}y \int_{\mathrm{e}^y}^{\mathrm{e}} f(x,y)\,\mathrm{d}x;(4)\int_0^1 \mathrm{d}y \int_{1-\sqrt{1-y^2}}^{2-y} f(x,y)\,\mathrm{d}x.$

4. $\dfrac{3}{8}\mathrm{e} - \dfrac{1}{2}\sqrt{\mathrm{e}}.$ **5.** $(1)\ \dfrac{1}{45};(2)2\pi;(3)\ \dfrac{4}{5}.$

7. $\dfrac{4}{3}.$

习题 8-3

1. (1) $\int_0^{\frac{\pi}{2}} \mathrm{d}\theta \int_0^a r^2 \mathrm{d}r, \frac{\pi a^3}{6}$;(2) $\int_0^{\frac{\pi}{4}} \mathrm{d}\theta \int_0^{\tan\theta\sec\theta} \mathrm{d}r, \sqrt{2}-1$.

2. (1) $\frac{2\pi}{3}(b^3-a^3)$;(2) -4;(3) $\frac{\pi}{4}(2\ln 2-1)$;(4) $\frac{3\pi^2}{64}$.

3. (1) $\frac{8}{15}$;(2) $-\frac{3\pi}{2}$;(3) π;(4) $\frac{45\pi}{2}$

4. (1) $\frac{2}{3}(2\sqrt{2}-1)\ln 2$;(2) $e-e^{-1}$;(3) $\frac{\pi}{24}(1-\cos 1)$.

复习题 8

1. (1) 2;(2) $\frac{2}{3}$;(3) 0;(4) $2f(2)$;(5) 1.

2. (1)(B);(2)(B);(3)(A).

3. (1) $\int_0^1 \mathrm{d}y \int_0^{1-y} f(x,y)\mathrm{d}x$;(2) $\int_0^1 \mathrm{d}y \int_y^{\sqrt{y}} f(x,y)\mathrm{d}x$;

(3) $\int_0^a \mathrm{d}y \int_{\frac{y^2}{2a}}^{a-\sqrt{a^2-y^2}} f(x,y)\mathrm{d}x + \int_0^a \mathrm{d}y \int_{a+\sqrt{a^2-y^2}}^{2a} f(x,y)\mathrm{d}x + \int_0^{2a} \mathrm{d}y \int_{\frac{y^2}{2a}}^{2a} f(x,y)\mathrm{d}x$.

4. $\pi(1-e^{-R^2})$.　　　**5.** $\frac{1}{2}(e-1)$.　　　**6.** $e-1$.　　　**7.** $\frac{A^2}{2}$.

8. $xy+\frac{1}{8}$.　　　**9.** $\frac{16}{9}(3\pi-2)$.　　　**10.** $\frac{\pi}{2}\ln 2-\frac{\pi}{4}$.

习题 9-1

1. (1)发散;(2)收敛;(3)发散;(4)发散.

2. (1)收敛,和为 $\frac{5}{2}$;(2)收敛,和为 $\frac{1}{4}$;(3)发散.

习题 9-2

1. (1)发散;(2)发散;(3)当 $0<a\leqslant 1$ 时,发散,当 $a>1$ 时,收敛;(4)发散.

2. (1) 当 $0<x<1$ 时,收敛,当 $x\geqslant 1$ 时,发散;(2) 当 $0<x<2$ 时,收敛;当 $x\geqslant 2$ 时,发散.

习题 9-3

1. (1)级数收敛,条件收敛;(2) 级数收敛,绝对收敛.

2. 当 $p>0$ 时,收敛.当 $1\geqslant p>0$ 时,条件收敛;当 $p>1$ 时,绝对收敛.

习题 9-4

1. (1) $(-\infty,+\infty)$;(2) $(-\infty,+\infty)$;(3) $[-2,2]$;(4) $[-1,1]$.

2. (1) $-\ln(1+x)$ $(-1<x\leqslant 1)$;(2) $\frac{2x}{(1-x^2)^2}$, $-1<x<1$;

(3)$\ln(1-x), -1 \leqslant x < 1$;(4)$\dfrac{3x-x^2}{(1-x)^2}(-1 < x < 1)$.

3. (1) 3;(2) 4.

习题 9-5

1. (1)$1 + \sum\limits_{n=1}^{\infty}(-1)^n\dfrac{2^{2n-1}}{(2n)!}x^{2n}(-\infty < x < +\infty)$;

(2)$\sum\limits_{n=0}^{\infty}(-1)^n\dfrac{x^{2n+1}}{(2n+1)!3^{2n+1}}(-\infty < x < +\infty)$;

(3)$\sum\limits_{n=0}^{\infty}(-1)^n\dfrac{x^{n+2}}{n!}(-\infty < x < +\infty)$;

(4)$\sum\limits_{n=0}^{\infty}\left(1-\dfrac{1}{2^{n+1}}\right)x^n(-1 < x < 1)$.

2. (1)$\sum\limits_{n=0}^{\infty}\dfrac{(x-1)^n}{3^{n+1}}(-2 < x < 4)$;(2)$\sum\limits_{n=0}^{\infty}(-1)^n\left(\dfrac{1}{4^{n+1}} - \dfrac{1}{5^{n+1}}\right)(x-2)^n(-2 < x < 6)$;

(3)$\sum\limits_{n=0}^{\infty}\dfrac{(x-4)^n}{4^{n+1}}(0 < x < 8)$.

复习题 9

1. (1) 当 $n = $ 奇数时, $a_n = n$;当 $n = $ 偶数时, $a_n = \dfrac{1}{n}$;(2) 当 $|q| < 1$ 时收敛;当 $|q| \geqslant 1$

时发散;(3) 当 $p > 1$ 时绝对收敛;当 $0 < p \leqslant 1$ 时条件收敛;(4) 3.

2. (1)当 $a \neq 1$ 时收敛;(2)收敛;(3)发散;(4)收敛;(5)收敛;(6)收敛;(7)收敛.

3. (1) 绝对收敛;(2) 条件收敛;(3) 发散;(4) 绝对收敛;(5) 条件收敛;(6) 绝对收敛.

4. (1)$\dfrac{3\sqrt{e}}{2} - 1$;(2)$-\dfrac{8}{27}$.

7. 收敛半径 $R = \dfrac{1}{2}$;收敛域为 $\left[-\dfrac{1}{2}, \dfrac{1}{2}\right]$;

$$f'(x) = \begin{cases} \dfrac{1}{1-x} - \dfrac{1}{x}\ln(1-2x), & -\dfrac{1}{2} \leqslant x < \dfrac{1}{2} \text{ 且 } x \neq 0 \\ 3, & x = 0 \end{cases}$$

习题 10-1

1. (1)13 阶;(2)2 阶.

习题 10-2

1. (1)$y = Ce^{-e^x}$;(2)$x^2 + y^2 = 25$;(3)$y = \dfrac{1}{\ln|1-x^2|+1}$;(4)$y = -\ln|\cos x + C|$;

(5) $y = e^{x^2}$.

2. (1) $y + \sqrt{y^2 - x^2} = Cx^2$; (2) $y = x\mathrm{e}^{Cx+1}$; (3) $\mathrm{e}^{-\frac{y}{x}} + \ln Cx = 0$.

3. (1) $y = 2 + C\mathrm{e}^{-x^2}$; (2) $y = \mathrm{e}^{-x}(x + C)$; (3) $y = C\cos x - 2\cos^2 x$; (4) $y = x^3 + \dfrac{1}{x}$.

4. $y = -\cos x + 2$.   5. $s = 100 + C\mathrm{e}^{-t}$.

6. $f(x) = C\mathrm{e}^{2x}$.   7. $s = 100 + 50\mathrm{e}^{\frac{t}{10}}$.

8. $Q = 900 + 300\mathrm{e}^{-P}$.

习题 10-3

1. (1) $y = \dfrac{1}{8}\mathrm{e}^{2x} + \sin x + \dfrac{C_1}{2}x^2 + C_2 x + C_3$; (2) $y = -\dfrac{C_1}{x} + C_2$;

(3) $y = -C_1\cos x - 5x + C_2$; (4) $y = \mathrm{e}^x(x - 1) + C_1 x^2 + C_2$;

(5) $C_1 y^2 - 1 = (C_1 x + C_2)^2$; (6) $y = \pm\dfrac{2}{3}(x + C_1)^{\frac{3}{2}} + C_2$; (7) $y^2 = (x + C_1)^2 + C_2$.

2. $1 + C_1\mathrm{e}^{-y} = C_2\mathrm{e}^{-C_1\ln x}$.

3. (1) $y^{\frac{3}{2}} = \dfrac{3}{2}x + 1$; (2) $y = -\dfrac{x^2}{2} - x + \mathrm{e}^x - 1$.

习题 10-4

1. $y = C_1 x + C_2 x^2 + \mathrm{e}^{-x}$.

2. (1) $y = C_1 + C_2\mathrm{e}^{2x}$; (2) $y = (C_1 + C_2 x)\mathrm{e}^{2x}$; (3) $y = \dfrac{3}{2}\mathrm{e}^{3x} - \dfrac{1}{2}\mathrm{e}^{-3x}$; (4) $y = C_1\mathrm{e}^x + C_2\mathrm{e}^{-x}$;

(5) $y = \dfrac{\sqrt{5}}{2}\mathrm{e}^{(1-\sqrt{5})x} - \dfrac{\sqrt{5}}{2}\mathrm{e}^{(1+\sqrt{5})x}$.

3. $k = 6, y = C_1\mathrm{e}^{2x} + C_2\mathrm{e}^{3x}$.

4. (1) $y^* = b_0\mathrm{e}^{6x}$; (2) $y^* = x(b_0 x + b_1 x + b_2)\mathrm{e}^{-2x}$; (3) $y^* = x^2(b_0 x + b_1)\mathrm{e}^{-x}$;

(4) $y^* = x\mathrm{e}^x\left[(a_0 x + a_1)\cos x + (b_0 x + b_1)\sin x\right]$.

5. (1) $y = C_1\mathrm{e}^{-x} + C_2\mathrm{e}^x + \dfrac{1}{2}x\mathrm{e}^x$; (2) $y = C_1\mathrm{e}^x + C_2\mathrm{e}^{2x} + x\left(\dfrac{1}{2}x - 1\right)\mathrm{e}^{2x}$;

(3) $y = C_1 + C_2\mathrm{e}^{2x} - \dfrac{1}{4}x^2 + \dfrac{3}{4}x$; (4) $y = C_1\cos x + C_2\sin x - \dfrac{1}{3}x\cos 2x + \dfrac{4}{9}\sin 2x$;

(5) $y = \mathrm{e}^x(C_1\cos\sqrt{2}x + C_2\sin\sqrt{2}x) + \dfrac{1}{4}(5\cos x - 4\sin x)\mathrm{e}^{-x}$;

(6) $y = (C_1\mathrm{e} + C_2 x)\mathrm{e}^x + \left(\dfrac{1}{2}x^2 - 2\right)x^2\mathrm{e}^x + x + 3$.

6. (1) $y = -5\mathrm{e}^x + \dfrac{7}{2}\mathrm{e}^{2x} + \dfrac{5}{2}$; (2) $y = \mathrm{e}^x - \mathrm{e}^{-x} + \mathrm{e}^x(x^2 - x)$.

7. $y(x) = \sin x - 3\cos x + \cos 2x + 3$.

复习题 10

1. $(1) y = -\dfrac{\sin x + \cos x}{2} + C e^x$; $(2) y = 2\ln x + 2 + C x$; $(3) y = y e^{-y} + e^{-y} = \dfrac{x^2}{2} + \dfrac{1}{2}$.

2. $s = 6 e^{-t} \sin 2t$.　　　　3. $p = 5 e^{2t - t^2}$.　　　　4. $y = \dfrac{6}{x}$.

5. $y = x^2 - x$.　　　　6. $x = -y - 1 + c e^y$.

7. $(1) y = x e^x - 3 e^x + C_1 x^2 + C_2 x + C_3$; $(2) y = \dfrac{1}{3} x^3 - x^2 + 2x - c_1 e^{-x} + c_2$;

$(3) \dfrac{2}{C_1} \sqrt{C_1 y - 1} = \pm x + C_2$; $(4) y = 1 - \dfrac{1}{C_1 x + C_2 x}$.

8. $(1) y = e^{-x} - e^{4x}$; $(2) y = e^{2x} \sin 3x$; $(3) y = \dfrac{1}{3} e^x \sin 3x$.

9. $(1) y = \dfrac{11}{16} + \dfrac{5}{16} e^{4x} - \dfrac{5}{4} x$; $(2) y = \dfrac{1}{3} (e^{2x} - \cos 3x - \sin 3x)$; $(3) y = 2x e^x \sin x$.

10. $f(x) = 2 e^x - 2$.

11. $y = C_1 e^x + C_2 e^{2x} + x e^x$.

参考文献

[1] 曹定华,方涛,李建平. 微积分. 上海：复旦大学出版社,2006.

[2] Avner Friedman. Advanced Calculus. New York：Dover Publications Inc. ,2007.